AF398385

Thomas Neumeier hatte schon als Kind eine Affinität zum Schreiben und Erzählen. Ein Abendstudium hat ihn auf den Literaturbetrieb losgelassen. Sein bevorzugtes Metier sind gefühlsbetonte Spannungsromane.

THOMAS NEUMEIER

Das Vermächtnis der Silberhains

Ein Familiengeheimnis

Erstausgabe August 2024

Copyright © 2024 dp Verlag, ein Imprint der
dp DIGITAL PUBLISHERS GmbH
Made in Stuttgart with ♥
Alle Rechte vorbehalten

DAS VERMÄCHTNIS DER SILBERHAINS

ISBN 978-3-98998-316-8
E-Book-ISBN 978-3-98998-313-7

Covergestaltung: ArtC.ore-Design / Wildly & Slow Photography
Umschlaggestaltung: ARTC.ore Design
Unter Verwendung von Abbildungen von
shutterstock.com: © tassel78, © Traveller Martin,
© Thuwanan Krueabudda, © Alyona Roshchenko,
© Robert Harding Video
stock.adobe.com: © Laiba
Lektorat: Regina Meißner
Satz: dp DIGITAL PUBLISHERS GmbH
Druck und Bindung: Books on Demand GmbH, Norderstedt

PROLOG

„Wann kommst du endlich zurück?", hatte Liana gefragt.

„Wahrscheinlich gar nicht mehr", war Teresas Antwort gewesen, woraufhin Liana ihre Reisetaschen gepackt hatte.

Der Zug erklomm nur mäßige Steigungen, gleichwohl ging es schon seit zwei Stunden spürbar und kontinuierlich bergauf. Mit der sprichwörtlichen Wildheit der höheren Gebirgsregionen hatte Liana bislang noch keine Berührungen gehabt. Aufgewachsen war sie im Donaudelta, und die letzten acht Jahre hatte sie in Bukarest gelebt. Schon jetzt zogen sie die majestätischen Landschaftsformationen in ihren Bann, die sich auftaten, wann immer die Gleise nicht durch schmale Felsengen zielten. Es war ein betörendes Potpourri aus Bergzügen, tiefen Schluchten und Wäldern, so weit ihre Augen reichten. Im Winter mochte es trostlos wirken, aber jetzt, im Juli, waren die Panoramen eine Pracht. Liana machte ein paar Aufnahmen mit ihrem Handy und schickte sie Grazian. Der Netzempfang reichte dazu gerade noch aus. Grazian und Teresa spielten die Keyboards in ihrer Band. Liana war die Gitarristin. *Space-Trance* nannten sie ihre Musik. Ob Teresa noch Teil ihres Trios war, stand inzwischen in Frage. Sie war vor sechs Monaten zu ihrem Familiengestüt in den Karpaten heimgereist, und nach ihrer letzten Nachricht war ungewiss, ob sie zurückkehren würde.

Versunken in Erinnerungen an ihre turbulenten gemeinsamen Jahre schüttelte Liana den Kopf. Sie verstand es einfach nicht. In Bukarest hatten sie alles: eine Wohnung mit Proberaum, ihr Tonstudio, Freunde in einer vielgestaltigen Kreativszene und durch Lianas Arbeit für ein Kulturmagazin einen erfreulich kurzen Draht zu Konzertveranstaltern, Produzenten und Rezensenten. Ihr Album hatte gute Kritiken eingefahren, sie waren in Clubs und Bars aufgetreten, letztes Jahr sogar auf dem Donauinsel-Musikfestival. Der Sprung zu weiteren europäischen Musikfestivals schien greifbar.

Teresa aber war nun in die abgelegene Einöde ihrer Kindheit und Jugend zurückgekehrt und wollte dort anscheinend bleiben. Liana musste herausfinden, weshalb.

Kapitel 1: Drei wenig durchlauchte Silberjäger

Dina riet ihm davon ab, aber Nicolai ignorierte ihren Einwand. Er stoppte den Wagen und stieg aus, um einen grimmig dreinblickenden Dorfbewohner, der vor seiner Steinhütte Holz aufschichtete, nach dem Weg zu fragen.

„Die Silberhains?", knurrte der bärbeißige Kerl und stellte sich breitbeinig vor Nicolai auf. „Wer bist du und was willst du von den Silberhains?"

Stechende Augen musterten Nicolai misstrauisch. Er ließ sich davon nicht einschüchtern. Weder von der demonstrativen Drohgebärde noch von dem umständlichen Dialekt, den der Hüne sprach. Aus der Innentasche seines Sakkos fischte er das graugrüne Stück eingeschweißtes Papier, das ihm schon öfter gute Dienste geleistet hatte.

„Meine Begleiter und ich arbeiten für die Regierung", log er und hielt es seinem Gegenüber unter die Nase. „Unsere Angelegenheiten haben Sie nicht zu interessieren, guter Mann. Ich würde es allerdings zu schätzen wissen, wenn Sie uns den Weg zum Gestüt der Silberhains zeigen könnten."

Der nach Schweiß müffelnde Kerl beäugte den falschen Ausweis argwöhnisch. Niemand wusste so genau, wie sich Regierungsleute auswiesen – oder ob es überhaupt taten –, nicht in Bukarest und schon gar nicht hier auf diesem zivilisationsfernen Plateau in den Karpaten. Dieses windige Stück Papier aus einem Farbdrucker und eingeschweißt in Plastik hatte Nicolai schon öfter Türen geöffnet. Es funktionierte auch dieses Mal.

„Die Straße weiter", brummte der Kerl nun mit einem deutlich demütigeren Anstrich.

Was er als *Straße* bezeichnete, war nicht mehr als ein unbefestigter und von Felsspuren durchzogener Karrenpfad. Das überschaubare Streudorf ringsum bestand aus grobgemauerten Steinhäusern und Scheunen. In ihrer Größe variierten sie, de facto aber sahen sie alle gleich aus. Es gab keine Garagen und bis auf den einen oder anderen Viehlaster wahrscheinlich auch keine Autos. Strom gab es immerhin, was von schmalen Masten gestützte Leitungen zumindest vermuten ließen. Nicolai schaute zurück zum Auto, in dem nach wie vor Dina und Ilia verharrten und das Szenario mit finsteren Mienen verfolgten. Der bärtige Hüne war ein wenig auf Abstand gegangen. Ein paar weitere Gestalten und Pferde oder auch Esel machte Nicolai auf den bewirtschafteten Feldern weiter unten aus. Auf der anderen Seite der Straße stieg hinter den Dorfbauten eine Felsenwand auf, gekrönt von Nadelhölzern.

„Danke, das war doch gar nicht so schwer", sagte Nicolai und steckte den falschen Ausweis wieder ein. „Ich wünschen Ihnen noch einen schönen Tag."

„Du wirst da keine Silberhains antreffen", raunte der Kerl, als Nicolai schon wieder einsteigen wollte.

Er hielt inne. „Wie das? Leben keine mehr? Oder sind sie weggezogen?"

Die Antwort kam verzögert. „Weggefahren."

Nicolai fluchte im Stillen, äußerlich aber blieb er ruhig. „Nun gut, dann werden wir eben auf sie warten. Wie viele Silberhains leben hier denn?"

Der Griesgram wirkte misstrauisch, doch er gab auch darauf bereitwillig Auskunft. „Zwei. Toma und seine Schwester Teresa."

Zwei. Nicolai hatte mit mehr gerechnet. Vor allem mit mehreren Generationen. „Verheiratet?", fragte er.

Gemessenes Kopfschütteln. „Toma ist verlobt gewesen. Sie ist letzten Herbst fortgegangen."

„Wie bedauerlich", kommentierte Nicolai und machte sich gedanklich Notizen. „Und zurzeit sind beide Silberhains weggefahren?"

Der Knurrer nickte gewogen.

„Wissen Sie, wann sie wiederkommen?"

Der Mann verneinte. Nicolai rätselte, wie alt er sein mochte. Die wenige, nicht vom schwarzgrauen Rauschebart verdeckte, Gesichtshaut auf der Stirn und um die Augenpartie war schorfig wie bei Greisen, und sein grau durchsetztes Haupthaar schon ziemlich licht. Trotzdem vermutete Nicolai ihn nur wenig älter, als er selbst war. Um die fünfzig wahrscheinlich.

„Wo können wir uns denn hier einquartieren?", fragte Nicolai.

„In einem anderen Dorf", kam die unmissverständliche Antwort.

Nicolai verstand und nahm die Ablehnung ohne Groll hin. Je nachdem, wie sich die Sache entwickeln würde, könnte es sich noch von Nachteil erweisen, würden sie von hier aus operieren. Ein Dorf weiter talabwärts wäre wahrscheinlich die bessere Alternative. Sie hatten auch ein Zelt im Kofferraum, aber angesichts von Bären, Wölfen und Absturzgefahren erschien es ihm wenig ratsam, in der Wildnis zu übernachten. Zumindest nicht, bevor sie die Umgebung besser kannten.

Fürs Erste wusste Nicolai genug, aber eine letzte Frage konnte er sich nicht verkneifen. „Sagen Sie mir noch, guter Mann, gibt es *Juneskrogs* in der Gegend?"

Die Augen des Mannes schienen sich noch ein wenig weiter zu verengen. „Nein, gibt es nicht", antwortete er.

Nicolai hatte nichts anderes erwartet. Er bedankte sich und stieg wieder in seinen von der Sonne brutal aufgeheizten Wagen. Dina und Ilia rochen leider kaum besser als der grobschlächtige Kerl. Er selbst wahrscheinlich auch nicht. Die Fahrt war lang und beschwerlich gewesen.

„Nun? Sag schon, wohin müssen wir?", fragte Dina ungeduldig auf dem Beifahrersitz.

„Die Straße weiter", antwortete Nicolai. „Aber sie sind nicht da. Behauptet der Kerl da jedenfalls."

Ilia schlug zornig auf die Rücksitzlehne ein und stieß einen Fluch aus. „Das darf doch nicht wahr sein! Und was jetzt? Ich habe keine Lust, in einem stinkenden Stall zu übernachten." Er schaute sich gehetzt um, so als stünde in Aussicht, hier irgendwo eine billige Absteige zu finden. „Ich sage, wir fahren trotzdem hin. Zu diesem Landsitz, meine ich. Irgendwer muss da doch sein. Stallknechte und sowas. Wenn wir denen sagen, dass wir Freunde der Hausherren sind, lassen sie uns schon rein."

„Das bezweifle ich", sagte Nicolai und startete den Wagen. „Außerdem würde uns das in ein zweifelhaftes Licht rücken. Das können wir nicht gebrauchen."

Der bärbeißige Kerl musterte sie grimmig.

„Warum glotzt dieser dämliche Hinterwäldler so?", blaffte Ilia aufgebracht. „Hat der noch nie ein Auto gesehen? Ja, glotz nur her, du Riesenaffe! Du bist gemeint! Ja, du!"

„Jetzt beruhige dich schon", gemahnte Dina misslaunig und wandte sich an ihren Bruder. „Na schön, was machen wir jetzt?"

„Umdrehen und uns irgendwo weiter unten ein Gasthaus suchen", sagte Nicolai und wendete den Wagen. „Schau nach, wo das nächste Dorf liegt."

Die Sonne trat hinter den Wolken hervor und versprach eine weitere schweißtreibende Autostunde. Sie waren hier gefühlt am Ende der Welt.

Kapitel 2: Vom Fluss zum Stein

Lianas bisherige Erwachsenenwelt hatte sich auf Bukarest konzentriert. Auslandsreisen für ihr Musik- und Kulturjournal brachten sie hin und wieder in andere europäische Städte. Das naturnahe und zuweilen entbehrungsreiche Leben in hochgelegenen Bergdörfern und verschlungenen Tälern war ihr bestenfalls eine wildromantische Fantasie gewesen. Teresas gelegentliche Einlassungen aus ihrer Kindheit hatten diese Fantasie nicht unbedingt befeuert, sondern eher beschnitten. Eine verhärmte Vergangenheit passte hervorragend zu Teresas herbem Naturell. Liana hatte daraus gefolgert, dass die Kindheits- und Jugendjahre ihrer Freundin und Bandkollegin wohl eine ziemlich karge und eintönige Angelegenheit gewesen waren und sie es genoss, inzwischen in Bukarest am Puls der Zeit zu leben. Umso seltsamer klang ihre jüngste Äußerung, wahrscheinlich nicht zurückkehren zu wollen.

Nicht zum ersten Mal seit Teresas Fortgang ließ Liana prägende Momente ihrer gemeinsamen fünf Jahre an sich vorbeiziehen. In ihrer Dachwohnung hatten sie oft nächtelang akribisch an Soundvariationen und Aufnahmeexperimenten getüftelt, Partys gefeiert und sich mit anderen Künstlern vernetzt. Durch Lianas Arbeit für ein Kulturmagazin wussten sie gute Kontakte in die

Veranstalterszene, womit sich so mancher Gig arrangieren ließ, nicht zuletzt ein Auftritt auf einem Musikfestival, bei dem sie viel Zuspruch erfahren hatten.

Auch bei ihrer Arbeit war ihr Teresa schon nützlich gewesen. Ein Interview mit einer Crust-Punk-Band, die als ziemlich schwierig galt, lief nach Lianas kritischen Fragen erwartungsgemäß aus dem Ruder. In der Hotellobby kam es sogar zu Handgreiflichkeiten. Zum Glück war Teresa als Backup zur Stelle und hatte dem Sänger einen Kinnhaken verpasst – womit sich die Situation dann doch schnell wieder beruhigen ließ.

Abends tanzten sie in Clubs, besuchten Konzerte und erdachten und verwirklichten ihre eigene Musik. Das Bett hatten sie nur gelegentlich geteilt. Sie waren Freunde. Sehr gute Freunde. Ein Team in allen Freuden und Leiden, die der Musikbetrieb so mit sich brachte.

Der Zug entließ Liana unweit eines heruntergewirtschafteten Gebäudes aus unbearbeiteten Bruchsteinen. Es war der Bahnhof eines geschäftigen Holzfällerdorfes, das hier eine kaum noch begrünte Talsohle ausfüllte. Auf Nebengleisen reihten sich Güterwaggons, etliche mit Baumstämmen beladen, die man mit mächtigen Ketten festgezurrt hatte. Lastkräne entluden Traktorenanhänger und hievten weitere Stämme heran. Der Duft von Holz war allgegenwärtig, wofür die unermüdlich arbeitenden Kreissägen der Sägewerke sorgten. Neben den überall gleichaussehenden Wohnbaracken für Wanderarbeiter gab es abseits der Gleise auch durchaus schmucke Häuser aus Holz oder Bruchstein, die sich den sacht ansteigenden Talseiten andienten, manche mit Pferchen und Stallanbauten. Straßen aus festgefahrenem Schutt und Geröll waren vermutlich vornehmlich für die Holzzuleitung angelegt worden.

Nach Liana verließ noch eine Gruppe Männer den Zug, gestandene Holzfäller ihrem Aussehen nach. Ein Vorarbeiter nahm sie in Empfang und hieß sie, ihm zur Verwaltung zu folgen. Liana wiederum hielt auf das Bahnhofsgebäude zu. Aus dem war soeben Teresa auf den Bahnsteig gekommen und empfing sie mit einem Lächeln auf den Lippen. Das war durchaus bemerkenswert, da das bei Teresa eher selten vorkam. In Bukarest hatte sie sich der Stadtmode angepasst, bei ihren Bandauftritten sich meist in Lack und Leder geschnürt. Hier und heute trug sie ein kariertes Hemd, Jeans und Wanderstiefel. Ihr nussbraunes Haar war ein paar Nuancen dunkler als Lianas, und sie hatte es zu einem strengen Pferdeschwanz gebunden. Sie war nicht allein gekommen. Ein Mann flankierte sie, unmerklich größer als sie, schulterlanges Haar in sattem Braun und ebenfalls in Hemd, Jeans und leichte Stiefel gewandet. Entweder hatte sie hier jemanden aufgerissen oder das war – wie Liana vermutete – ihr Bruder Toma. Der, dem die Verlobte weggelaufen war, weswegen Teresa für ein paar Wochen im Familiengestüt aushelfen wollte. Das jedenfalls hatte sie bei ihrer Abreise behauptet. Inzwischen waren sechs Monate vergangen.

Mit scheelen Blicken begutachtete sie Lianas Reisetaschen. „Wo hast du deine Gitarre gelassen?", rief sie. „Es gibt hier Strom, stell dir vor."

„Dein Board steht noch im Proberaum", entgegnete Liana. „Ich bin nicht davon ausgegangen, dass wir jammen würden."

„Wir haben ein altes Klavier im Haus", sagte Teresa.

Liana stellte ihre Taschen ab, dann schlossen sich die beiden in die Arme. Der Zug nahm bereits wieder Fahrt auf.

„Schön, dich zu sehen", murmelte Liana.

„Ist nett, dass du uns besuchen kommst", entgegnete Teresa.

Anschließend machte Teresa ihren Begleiter bekannt, bei dem es sich wie angenommen um ihren Bruder Toma handelte. Sie hatte ihn ein paar Mal flüchtig erwähnt. Er war in Bukarest auf einer Wirtschaftsschule gewesen, was in Teresa Begehrlichkeiten geweckt und sie schließlich selbst von zu Hause fortgetrieben hatte. Toma war vier Jahre älter als sie, einunddreißig demnach, und der Stammhalter der Silberhains, der ihre zweihundertfünfzigjährige Familiendynastie in dieser Gegend fortführen sollte. Anscheinend hatte er sich dafür aber die falsche Frau ausgesucht. Ob es noch weitere Geschwister gab, wusste Liana nicht. Eltern hatten die Silberhains jedenfalls nicht mehr.

„Sei uns willkommen, Liana", sagte Toma bei einem flüchtigen Händedruck. „Teresa hat mir alles über dich erzählt."

Alles bestimmt nicht, dachte Liana und verkniff sich ein Grinsen. Eine ruhige Stimme, dem ersten Eindruck nach auch eine ruhige Art, nahm sie auf. Das zurücknehmende Lächeln in seinem Gesicht wirkte echt und sogar routiniert. Anders als bei Teresa, deren Lippen immer wie Fremdkörper aussahen, wenn die Mundwinkel gelegentlich mal nach oben gingen.

„Wartet ihr schon lange?", fragte Liana. „Wir hatten einen langen Stopp in einem Dorf weiter unten."

Toma verneinte. „Wir haben Besorgungen gemacht. Sachen, die wir bei uns oben nicht bekommen.“

Liana überflog die nahen Häuser und Bauten des Ortes. Nichts hier sah nach einem Supermarkt aus. „Was denn zum Beispiel?“

„Sägeblätter, genormte Dübel, Schrauben, Tortellini, eine Kiste Wein“, zählte Toma auf. „Außerdem haben wir eine neue Harfe für unsere Käserei in Auftrag gegeben.“

„Ihr habt eine Käserei?“

„Die letzte geschäftstüchtige Instanz der Silberhains“, raunte Teresa. „Na los, wir haben anderthalb Stunden Autofahrt vor uns.“

Zuvorkommend nahm Toma eine von Lianas Reisetaschen auf. Liana hatte gewusst, dass das Gestüt weit abgelegen war, aber anderthalb Stunden vom nächsten Bahnhof war schon eine Hausnummer.

Da Toma den Geländewagen steuerte, hatte Liana genug Muße, die Gegend auf sich wirken zu lassen. Bei der Zugfahrt wusste sie die spärliche Besiedlung und der Mangel an so vielem, was die moderne Zivilisation ausmachte – zum Beispiel ein Handynetz –, noch zu beunruhigen. Inzwischen war dem eine gewisse Faszination gewichen. Nicht unwahrscheinlich, dass sich diese Eindrücke in inspirative Ergüsse für ihre Musik kanalisieren ließen. Ihr Space-Trance lebte von Emotionen wie Einsamkeit und dem Eindruck von Verlorenheit in endlosen Weiten. Davon war hier reichlich geboten. Gelegentlich streiften sie dichte Wälder, zumeist aber hangelten sie sich über unbefestigte Straßen um Bergkegel herum, was Liana unvergessliche Aussichten über Schluchten und ferne Bergzüge bescherte.

Auch Teresa, die auf der Rücksitzbank saß, hatte ihren Blick meist nach draußen gerichtet, wenn Liana sich zu ihr umdrehte. Was in ihr vorging, war schwer zu erahnen, so wie meistens. In den fast anderthalb Stunden, die die Autofahrt inzwischen andauerte, hatte sie kaum zehn Sätze gesprochen. Vielleicht war sie in Gedanken bei ihren Pferden. Vielleicht auch bei ihrer Musik, bei faulen Pfirsichen oder fliegenden Einhörnern, das konnte man bei ihr nie so genau wissen. Nach der durchaus herzlichen Begrüßung hatte wieder das pragmatisch kurzangebundene Wesen Einzug gehalten, als das Liana sie vor fünf Jahren kennengelernt hatte. Über ihre in Bukarest zurückgelassenen Freunde und Bekannte hatte sie nicht viel wissen wollen. Selbst Grazian – immerhin seit fast vier Jahren ihr Mitmusiker – war in wenigen Sätzen abgehandelt gewesen. Vielleicht wollte sie in Gegenwart ihres Bruders nicht darüber reden. Wenigstens Toma hatte sich während der Fahrt um ein wenig Smalltalk bemüht und Liana ein paar Fragen über ihre Arbeit als Kulturjournalistin gestellt.

„Jetzt ist es nicht mehr weit", meinte er weiterhin gutgelaunt, als nach einem steilen Waldstück Häuser eines Dorfes in Sichtweite kamen. „Im Tal dahinter liegt unser Gestüt."

Straßen, die zuletzt kaum mehr als steinige Pfade gewesen waren, hatten sie weit hinaufgeführt. Die Sonne lugte gerade noch über ein tannengekröntes Felsmassiv, vor dem ein langgezogenes Gebäude mit einem eindrucksvollen Mansarddach stand. „Das ist die Käserei", merkte Toma an. „Leute aus dem Dorf betreiben sie. Wir machen nur die Buchhaltung."

Liana schaute sich um. Grob überschlagen überflog sie etwa dreißig bis vierzig verstreute Wohnhäuser aus Stein und nochmal so viele Scheunen und Ställe. Die bestanden überwiegend aus Holz, aber es gab auch Mischbauten, die wahrscheinlich beides in einem waren. Dazwischen spannten sich in angeratener Höhe Stromleitungen, vielfach von schlanken Holzmasten gestützt. Die meisten Häuser hatten Pflanzgärten, hier und dort entdeckte Liana auch Einwohner. Autos waren keine zu sehen, nur zwei alte Lkw, die ihrem Aussehen nach für Viehtransporte benutzt wurden. Hinter dem Käsereigebäude stieg ein Felsmassiv an, doch in die andere Richtung fiel das Land sacht ab. Ein steiniger Weg führte von den Häusern fort zu bewirtschafteten Feldern weiter unten. Liana erspähte eine Schaf- und Ziegenweide und ein paar Gestalten. Auf einer Wiese tollten Kinder in den letzten Sonnenstrahlen dieses Tages. Dabei war es erst fünf Uhr nachmittags. Liana brachte die in ihren Augen unglückliche Lage des Dorfes zur Sprache.

„Das hat schon seine Bewandtnis", erläuterte Toma. „Die Sonne geht früh unter, aber dafür schützt uns das Massiv vor den eisigen Stürmen im Winter. Unser Tal liegt schon seit zwei Stunden im Schatten."

Die holprige Straße ließ bald die letzten Dorfbauten hinter sich und grub sich in teils engen Windungen in ein dicht bewaldetes Tal. An manch lichten Stellen war auch hier der Ausblick ehrfurchtgebietend. Liana sah Wipfel majestätischer Nadelhölzer. Wie Türme eines gewaltigen Schlosses ragten sie empor, und Liana kam sich plötzlich ziemlich klein vor. Auf eine Art Schloss machte sie sich auch an ihrem Zielort gefasst. Teresa hatte mal erwähnt, dass der Landsitz ihrer Familie über einen Turm verfügte. Die Silberhains waren alter deutscher Adel, Siebenbürger Sachsen, die im achtzehnten Jahrhundert nach Transsilvanien ausgewandert waren und hier ihre Dynastie begründet hatten.

Die Straße lotste sie an einen vom Efeu umrankten Holzzaun und schließlich an ein brusthohes Tor. Teresa stieg aus, öffnete es mit einem eindrucksvoll großen Schlüssel, und Toma konnte einfahren.

Beidseitig säumten Bäume die brüchig gepflasterte Einfahrt. Die langen Arme und Fänge von mehrheitlich Buchen und Eichen kratzten beinahe am Autodach. Als sie die Sicht freigaben, zauberte der Anblick Liana ein Staunen auf die Lippen. Sie hatte nicht zu viel erwartet. Stufen führten zu einer Empfangsterrasse hinauf, auf der vier mächtige Säulen das nach vorn gerückte Obergeschoss des Mittelhauses stützten. Alles bestand aus Fachwerk, inklusive dem Rundturm, der das Mittelhaus linksseitig begrenzte. Die Turmrundung floss weich in einen sich zurücknehmenden Hausflügel über, den Liana als Wirtschaftshaus identifizierte. Dafür sprach die umschließende Pferdekoppel, deren Begrenzungszaun bis zum Waldrand reichte. Eine Handvoll grau- und dunkelhäutige Tiere tummelten sich darin, darunter auch ein paar Fohlen.

Der rechte Hausflügel wurde von einem prächtigen Giebel im Satteldach gekrönt. Ein Wohnhaus, vermutete Liana, da auch eine Terrasse dazugehörte. Knapp über dem Grund reihten sich Fenster, was auf ein Kellergeschoss schließen ließ.

„Wofür ist der Turm?", fragte Liana. „Zwischen diesen engen Talseiten macht der doch nicht viel Sinn, oder?"

„Warte es ab", meinte Toma mit einem süffisanten
Schmunzeln. „Nord- und ostwärts sieht man ziemlich
weit. Süd- und westwärts hast du allerdings recht. Er
wurde um 1890 errichtet. Wahrscheinlich wegen der
Nordseite, um frühzeitig Räuber auszumachen – zwei-
beinige und vierbeinige."

„Was hat es mit der Nordseite auf sich?"

„Wirst du gleich sehen", verhieß Toma.

Sie umrundeten das Gebäude an der Terrassenseite,
und Liana verstand, was er gemeint hatte. Rückseitig
flachte das Land sanft ab und floh in tiefer gelegene Täler. Liana sah eine Menge Wald und Wiesen, beidseitig
von Felszügen flankiert.

„Wenn man die Pfade kennt, kommt man ziemlich
weit nach unten", sagte Toma. „Schon seit Jahrhunder-
ten ziehen hier die Wölfe bei ihren Wanderungen
durch. Aber auch Banditen sind hier früher vom Tal
heraufgekommen."

„Hat sich das denn gelohnt?", fragte Liana. *Wegen ein
paar Pferde, Schafe und Ziegen?*, ließ sie ungesagt.

„Als unsere Mine noch Gold abgeworfen hat, bestimmt." Toma steuerte eine offene Garage an der
Hausrückwand an, in der auch ein Viehlaster und ein
Unimog aufwarteten. „Sie ist vor etwa hundert Jahren
stillgelegt worden."

Liana runzelte die Stirn und fuhr vorwurfsvoll zu Teresa herum. „Wölfe, Banditen, eine Käserei, eine Goldmine, ich bin noch nicht mal ausgestiegen und habe
schon mehr über deinen Familiensitz erfahren, als du
mir in fünf Jahren erzählt hast."

Teresa hob die Augenbrauen und taxierte sie mit ihrer gewohnt unwirschen Miene. „Als ob du eine ausgebeutete Mine spannend gefunden hättest."

„Und wie ich das hätte", beteuerte Liana, was nicht gelogen war.

Toma stellte den Wagen neben dem Viehtransporter ab. „Komm erstmal an und richte dich ein, dann führt dich Teresa sicher gern herum. Wir haben dir im Stall ein Bett aufgestellt." Dass er daraufhin grinste, beruhigte Liana.

Nach Stall roch es trotzdem, als sie ausstieg.

***

Der über die Jahrhunderte mehrfach erweiterte Landsitz wusste Liana zu beeindrucken, wenngleich er laut Toma eine Dauerbaustelle war. Es bestand aus dem nach Osten ausgerichteten Wohnhaus, dem Mittelhaus mit dem Rundturm und dem Wirtschaftshaus mit den Stallungen und der Pferdekoppel. Das Wohnhaus machte seiner Bezeichnung durchaus Ehre, wie Liana befand. Im Obergeschoss nahm sie ein großzügiges Vestibül in Empfang. Sie befanden sich hier unter dem Giebel, wo ein raumhohes Fenster eine Menge Tageslicht hereinließ.

„Hier wohnen wir", merkte Toma an. „Schlafzimmer gibt es genug."

Er und Teresa geleiteten Liana durch einen Bogen in einen freundlich gestalteten Flur. Der Boden war wie im Vestibül aus weichem Parkett. Liana fand es gemütlich und auch geschmackvoll eingerichtet, so auch die einsehbaren Räume. Das vorbereitete Gästezimmer konnte sich ebenfalls sehen lassen. Bett, Kommode, Schrank, ein Fenster, mehr brauchte es nicht. Liana stellte ihre Taschen ab und brach dann mit Teresa zu der versprochenen Besichtigungstour auf. Toma entschuldigte sich, um den Wagen auszuladen, was Liana ganz recht war. Ohne ihn würde sie Teresa leichter auf den Zahn fühlen können.

Der Wohntrakt des Anwesens brauchte sich hinter einer modernen Penthousewohnung in Bukarest nicht zu verstecken. Anders das Wirtschaftshaus, das über einen Flur durch das Mittelhaus zu erreichen war und sich mit vielfach bröckelnden Wänden, viel zu niedrigen Türstöcken und drückenden Decken auszeichnete. Es war der älteste Teil des Landsitzes. Aus Kostengründen waren nur die wichtigsten Räumlichkeiten im Laufe der Jahrzehnte kernsaniert worden.

In der Empfangshalle im Erdgeschoss des Mittelhauses trafen sie auf eine zierliche Frau. Teresa stellte sie Liana als ihre Haushälterin Griselda vor. Spitzgesichtig, mit schwarzer Steckfrisur und in ihrem bis oben zugeknöpften schwarzen Kittel wirkte sie wie eine wandelnde Krähe und hatte auch eine dazu passende Stimme. Gleichwohl brachte sie für den Hausgast ein gewogenes Lächeln zustande. Liana schätzte sie etwa fünfzig Jahre alt.

„Habt ihr noch mehr Angestellte?", fragte Liana, nachdem Griselda die Hauptstiege empor entschwunden war.

Teresa verneinte. „Unser Vater hat die letzten beiden Stallknechte entlassen, als er sie nicht mehr bezahlen konnte. An der Situation hat sich nicht viel geändert."

Von der Empfangshalle ging es weiter ins Erdgeschoss des Wohnhauses. Dort dominierten ein gemütlicher Salon und ein Speisesaal mit nebst gelegener Anrichte samt Speiseaufzug aus der Küche im Kellergeschoss, wie Teresa erläuterte. Im Salon, einem rechteckigen Raum mit Bücherwand und Kamin, der stirnseitig an der Terrassenfront mündete, besah sich Liana gerahmte Familienfotos. Sie zeigten mehrere Generationen von Silberhains, darunter auch Teresas Eltern.

Liana dachte an Tomas Bemerkung im Vestibül mit den vielen Schlafzimmern und musterte ihre Freundin von der Seite. „Früher haben hier eine Menge Silberhains gelebt, nehme ich an", folgerte sie.

Teresa bestätigte mit einem vagen Nicken. „Meistens mindestens drei Generationen, dazu Knechte im Souterrain. Wir hatten Äcker und Wald, Tiere, eine Säge, eine Schmiede, eine Stellmacherei. Aber die Zeiten haben sich geändert. Das meiste haben uns die Kommunisten in den Tagen unserer Großeltern weggenommen. Unsere Eltern wollten alles wiederherstellen. Sie haben investiert, um aus dem Gestüt etwas zu machen, das Zukunft hat." Teresa seufzte und wandte sich ohne Hast von ihrer Ahnenwand ab. „Sie sind gescheitert", fügte sie mit Blick auf die gläserne Terrassenfront hinzu. „So wie auch Toma scheitern wird."

Damit waren sie am Kernpunkt von Lianas Reise angelangt.

„Wenn du das Unterfangen für sinnlos hältst", sagte Liana und trat an ihre Seite, „warum bist du dann noch hier?"

Teresa ließ sich Zeit für einen Atemzug, während sich ihre Augen irgendwo draußen verloren. „Weil Toma mich braucht", antwortete sie. „Und weil ich hier etwas wiedergefunden habe, das ich in Bukarest verloren hatte. Lange Zeit habe ich es ignoriert. Nun spüre ich es wieder."

Liana musterte sie fragend. „Ich höre. Was ist das?"

„Stille", sagte Teresa und sah Liana wieder an. „Ruhe. Andacht. Innehalten. Sich selbst begreifen."

Das ist alles?, war Liana geneigt zu fragen, schluckte es aber hinunter. „Wann kommst du zurück?", kam ihr stattdessen über die Lippen.

„Ich weiß noch nicht, ob ich zurückkomme", war Teresas ernüchternde Antwort, und in ihren Augen las Liana, dass sie es so meinte.

„Aber hier ist doch nichts!", entfuhr Liana aufgebracht. „Hier gibt es nichts! Keine Clubs, keine Bars, keine Musik, kein Publikum! Nur Stein, Wald und verdammt viel Schatten!"

„Und unseren Familiensitz", entgegnete Teresa.

Liana zuckte mit den Schultern. „Wenn schon. Toma sieht gut aus, der wird bald wieder jemanden finden. Oben im Dorf gibt's doch bestimmt Frauen."

„Das ist nicht der Punkt", sagte Teresa geduldig. „Ich bin gern hier. Es tut mir gut. Und mir ist tief drin bewusst geworden, wie sehr ich das Stadtleben leid bin."

Liana konnte es nicht fassen. „Und unsere Musik?" Dass Teresa alles, was sie in Bukarest zusammen hatten – ihre Band, ihre Wohnung, ihre Freundschaft – für diese abgelegene Einöde aufzugeben bereit war, verletzte sie.

„Du und Grazian könnt ohne mich weitermachen", schlug Teresa vor.

Liana wurde wütend. „Du und ich sind das Herz der Band! Wir haben sie gegründet! Wir haben unseren Sound und unseren Stil definiert. Ich kann nicht einfach mit Grazian weitermachen. Will ich auch gar nicht. Du und ich sind die Band!“ Sie bemühte sich um Strenge, innerlich aber rang sie mit den Tränen. Wie konnte Teresa fünf Jahre Freundschaft, akribisches Komponieren und all die erhebenden Momente bei Live-Auftritten einfach wegwerfen?

Teresa atmete abermals durch und nahm Liana an beiden Händen. „Ich kann verstehen, was in dir vorgeht“, behauptete sie und klang tatsächlich einfühlsam – ein klein wenig zumindest. „Gib mir Zeit, dann werden wir sehen, wie es weitergeht.“

Erst jetzt bemerkte Liana die innere Ruhe, die von ihrer Freundin ausging. Das musste wohl tatsächlich die Gegend ausmachen. Die getriebene Teresa, mit der sie sich ganze Nächte mit Komponieren, Soundexperimenten und Aufnahmen um die Ohren geschlagen hatte, war ihr trotzdem lieber.

✳✳✳

Zuletzt durfte Liana noch den Keller besichtigen – das *Souterrain*, wie Teresa es betulich nannte.

„Was ist mit Sushi?“, fragte Liana auf der Treppe. „Shawarma? Indisch hast du auch immer gern gegessen. Und Pizza!“

„Nichts davon brauche ich wirklich“, erklärte Teresa, die vorausging. „Und für Pizza hätten wir sogar einen Steinbackofen.“

Am Fuß der Treppe angelangt, sorgte sie für Licht, und die beiden betraten ein niedriges Backsteinegewölbe. Draußen hielt die Abenddämmerung Einzug, aber auch bei Tag musste dieser Bereich eine ziemlich düstere Angelegenheit sein. An den mächtigen Querbalken konnte sich jemand von Tomas Statur leicht den Kopf stoßen. Liana kam gerade so durch. Sie zog trotzdem intuitiv den Kopf ein. Vom Hauptkorridor führten ein paar Seitenflure fort und mündeten an Fenstern, die Juliana bei ihrer Anfahrt gesehen hatte. Lichteinfall von draußen war kaum wahrnehmbar. Ohne die Wandlampen wäre es wahrscheinlich nächtlich finster gewesen.

„Was ist mit Sex?", setzte Liana ihre Anhörung nach Annehmlichkeiten fort, auf die Teresa hier verzichten musste.

„Ich habe Sex", erklärte Teresa bestimmt. „Wann immer ich will."

Liana hob skeptisch die Augenbrauen. „Ach ja? Mit wem?"

Teresa fuhr herum und bedachte sie mit einem schneidenden Blick. „Wenn du es unbedingt wissen willst, mit einem Jugendfreund. Oben, im Dorf. Er ist inzwischen mit einer guten Freundin verheiratet. Für sie ist das in Ordnung."

Liana staunte unfreiwillig und nahm das Gesagte hin. Sie und Teresa waren bei bislang drei Gelegenheiten miteinander im Bett gelandet. Das erste Mal zusammen mit Grazian in der betörenden Euphorie nach einem gelungenen Auftritt, das zweite Mal, nachdem Liana von ihrem Ex-Freund Bogdan fallengelassen worden war, und noch einmal, weil ihnen schlichtweg danach gewesen war.

„Und das genügt dir?", schob Liana frustriert hinterher.

„Ob du es glaubst oder nicht", erwiderte Teresa.

***

Nach der rudimentären Besichtigungstour fanden sie sich zum Abendessen im Speisesaal ein. Nur zu dritt an der etwa sechs Meter langen altehrwürdigen Tafel zu sitzen, fühlte sich seltsam an und sah wahrscheinlich auch seltsam aus, nichtsdestotrotz war das offenbar üblich im Hause Silberhain. Möglicherweise Tomas und Teresas Art, ihre verstorbenen Vorfahren zu ehren. Liana fragte nicht. Toma saß an der von den beiden Fenstern abgewandten Stirnseite, Teresa und Liana nebeneinander ihm zur Rechten. Der Raum war bis unter die Decke holzvertäfelt, was ihm den Anstrich einer urigen Kneipe verpasste.

Griselda servierte ein reichhaltiges Abendessen, wofür Toma sie ausgelassen lobte. Teresa hingegen wirkte abwesend und verhielt sich seit ihrem Rundgang ziemlich zugeknöpft. Liana kannte sie Grunde kaum anders. Gleichwohl hoffte sie, etwas in ihr aufgerührt zu haben. Liana wollte sie zurück. In Bukarest. An ihrem Keyboard. Und als ihre Freundin.

„Hey, ich habe einen Vorschlag", brachte sie sich ein, nachdem es ziemlich ruhig an der Tafel geworden war. „Wie wäre es mit einem gemeinsamen Spieleabend? *Carcassonne* oder *Die Siedler von Catan*, habt ihr sowas im Haus? Dazu eine Flasche Wein, was meint ihr?"

Aus Tomas Blick schloss Liana, dass er nicht recht wusste, wovon sie redete. Auch Teresa war nicht der Spiele-Typ, aber in Bukarest hatte Liana sie immerhin ein paar Mal überreden können.

„*Monopoly* vielleicht?", fügte sie hinzu. „Oder *Cluedo*?"

„Ich glaube, wir haben irgendwo ein Schachspiel", überlegte Toma.

Liana seufzte. „Habt ihr Spielkarten? Ganz egal, welche, wir improvisieren einfach. Das wird sicher lustig."

„Ohne mich", stellte Teresa klar. „Ich stehe morgen früh auf. Die Tiere brauchen ihren Auslauf."

„Dann machen wir das ein andermal", bemerkte Toma in Teresas Richtung. „Wir haben nämlich Spielkarten im Haus." Er schien der Idee tatsächlich etwas abgewinnen zu können.

Anders Teresa. Sie streifte ihn mit einem genervten Blick und widmete sich wieder ihrem Essen.

Aus dem gemeinsamen Spieleabend wurde somit nichts, deshalb zog sich Liana nach einem Glas Wein in ihr Zimmer zurück. Die lange Reise in den Knochen und von unerwarteten, aber auch faszinierenden Eindrücken beseelt schlief sie schnell ein.

***

Das Aufregendste, was sie für den neuen Tag erwartete, war ein gemeinsamer Ausritt mit Teresa. Dann aber geschah etwas, das dem Morgen eine unerwartete Dynamik verlieh. Auf der Terrasse nippte sie an ihrer Kaffeetasse und badete in den ersten Sonnenstrahlen, die über die flach ansteigenden Waldhänge im Osten auf sie fielen, als eine frühlingshafte Melodie einen Besucher am Außentor ankündigte. Im ersten Moment sah Liana wenig Veranlassung, darauf zu reagieren und wollte lieber in Ruhe ihren Kaffee genießen, doch dann war das Interesse doch größer, wer den Silberhains so früh seine Aufwartung machte. In der Eingangshalle traf sie auf Toma.

„Erwartet ihr jemanden?", fragte sie.

Toma, der sich an der Garderobe gerade eine leichte Jacke über sein Hemd zog, verneinte. „Weder Handwerker noch Lieferanten noch Verwandtschaft", sagte er und wirkte etwas verhalten.

Liana schlüpfte ebenfalls in eine Jacke. „Hast du eine Vermutung?"

„Nein, aber nach meiner Erfahrung bringen unangekündigte Besuche selten was Erfreuliches."

Liana konnte das von sich zu Hause nicht bestätigen, aber sie nahm es hin. Sie folgte Toma durch die schwere Hauspforte nach draußen und stieg mit ihm die Treppen zur Zufahrt hinunter. Bald war das Außentor in Sichtweite. Liana erspähte einen schwarzen Wagen und ein paar Gestalten, die sich um ihn scharten.

„Kennst du die?", fragte sie Toma.

Toma schüttelte den Kopf. „Ich glaube nicht. Niemand aus dem Dorf."

Sie gingen näher. Ein hellhaariger Mann war bis ans Tor herangetreten. Hinter ihm verharrten zwei weitere Personen am Auto. Die eine schien eine Frau zu sein. Als Liana und Toma nur noch ein paar Meter entfernt waren, hob der Mann am Tor eine Grußhand. „Guten Morgen", rief eine klare wie kräftige Stimme.

„Guten Morgen“, erwiderte Toma. „Was kann ich für Sie tun?“

Der Mann trug ein marineblaues Jackett auf weißem Hemd, was ihm durchaus stand. Sein weizenfarbiges Haar neigte bereits zu Geheimratsecken. Er war etliche Jahre älter als sie und Toma und sicher schon in den Vierzigern.

„Sie sind Toma und Teresa Silberhain, nehme ich an“, sagte er mit einem freundlichen Lächeln im bartlosen Gesicht.

Liana und Toma hielten ein paar Schritte vor dem Tor inne.

„Ich bin Toma Silberhain“, entgegnete Toma. „Und mit wem habe ich das Vergnügen?“

„Sind Sie verwandt mit Rudolf Silberhain?“, fragte der Fremde, ohne sich vorzustellen.

„Das war mein Großvater“, antwortete Toma. „Dürfte ich jetzt erfahren, wer Sie sind?“

„Verzeihung, ich musste erst sichergehen, dass wir hier richtig sind“, erwiderte der Fremde unentwegt lächelnd. „Mein Name ist Juneskrog. Nicolai Juneskrog.“ Mit einer weichen Geste verwies er auf seine beiden Begleiter am Auto. „Das sind meine Schwester Dina und ihr ... Gefährte Ilia.“

Die besagte Schwester war eine eher kleine Frau und bemerkenswert muskulös, konstatierte Liana. Ihre schulterlangen rostbraunen Haare mochten gefärbt sein, vielleicht auch nicht. Bluse und Rock hatten schon bessere Tage gesehen. Ein unwirscher, humorloser Blick, gar mit Teresa zu vergleichen, wohnte ihr inne. Der stämmige Mann neben ihr trug einen ähnlichen Ausdruck zur Schau. Sein pechschwarzes Haar war so kurz wie der Bartflaum in seinem Gesicht. Er steckte in Jeans und einer engen grünen Jacke mit arg ausgebeulten Brusttaschen. Zigaretten wahrscheinlich, vermutete Liana. Beide nickten zum Gruß. Toma tat es ihnen mit einem wachsamen Blick gleich.

Der Vorderste der drei, Nicolai Juneskrog, musterte ihn, so als erwarte er eine Reaktion. Nachdem eine solche ausblieb, hakte er nach. „Sie wissen nicht, wer wir sind?"

„Woher sollte ich?", entgegnete Toma. „Meines Wissens begegnen wir uns heute zum ersten Mal."

Das Paar am Wagen tauschte einen Blick, der Liana nicht sonderlich gefiel.

Nicolai Juneskrog studierte weiterhin Toma. „Mein und Dinas Vater war Martin Juneskrog", sagte er. „Unser Großvater war Lothar Juneskrog."

Toma zuckte die Schultern. „Diese Namen sagen mir nichts, tut mir leid."

„Ich hab's doch geahnt", schnarrte die Frau am Wagen verächtlich und taxierte Toma finster. „Er leugnet es. Will nichts davon wissen."

„Was will ich nicht wissen?", erwiderte Toma strenger als zuvor.

Bemerkenswert schnell und katzengleich begab sich der andere Mann ebenfalls ans Tor. „Du hast etwas für uns", fuhr er Toma grimmig an. „Denk mal scharf nach, Junge. Mag 'ne Weile her sein, aber du hast etwas zugesteckt bekommen, das uns gehört."

Liana verspürte den Impuls, zurückzuweichen, Toma hingegen trat nun sogar näher an die beiden Männer heran. „Ich habe keine Ahnung, wer Sie sind", sagte er so ruhig wie resolut. „Auch lasse ich mich nicht von

Ihnen auf meinem Grund einen Dieb heißen. Steigen Sie in Ihren Wagen und verschwinden Sie von hier."

„Nicht, bevor wir haben, was uns gehört", blökte der Aggressivere der beiden, der vorhin als Ilia vorgestellt worden war.

„Beruhige dich und lass mich das machen", raunte Nicolai Juneskrog und drängte den anderen Mann einen Schritt zurück, bevor er sich wieder an Toma wandte. Auch Teresa war plötzlich da. Liana hatte sie nicht kommen sehen und war dankbar um die Verstärkung. Diese Begegnung entwickelte sich äußerst unerfreulich.

„Hören Sie zu", sagte Nicolai Juneskrog. Er lächelte nicht mehr, aber er war noch immer der Umgänglichste der drei. „Wir sind einen weiten Weg gekommen. Unser Vater, Martin Juneskrog, ist kürzlich verstorben. Er hat uns Ihren Namen genannt. Silberhain. Sie haben etwas, das uns gehört. Ihr Großvater, Rudolf Silberhain, hat es vor vielen Jahren von unserem Großvater Lothar anvertraut bekommen."

„Ich wiederhole mich", sagte Toma streng, aber geduldig. „Ich weiß nicht, wovon Sie reden. In unserem Familiensitz befindet sich garantiert nichts, das Ihnen gehört. All die Namen, die Sie mir hier aufzählen, sind mir völlig fremd. Falls mein Großvater je mit Ihrem Großvater zu tun hatte, ist mir nichts davon bekannt."

„Denken Sie nochmal nach", forderte Nicolai Juneskrog mit nicht mehr der Spur seines vormals so freundlichen Lächelns. „Es mag lange her sein, aber unser Name muss Ihnen etwas sagen."

„Tut er nicht", stellte Toma klar und sah zu Teresa. „Sagt er dir etwas?"

„Nicht die Spur", erklärte Teresa mit eisigem Blick. „Ich schlage vor, Sie verschwinden jetzt."

„Es war Gold, nicht wahr?", zischte plötzlich die Frau und trat mit funkelnden Augen ebenfalls ans Tor heran. „Ihr habt euch hier mit unserem Gold ein nettes Leben aufgebaut, was? Ihr diebischen –"

„Ruhe!", wurde sie von ihrem Bruder angeherrscht. Schon wandte er sich wieder an Toma. „In der Tat frage ich mich, warum euch die Kommunisten nicht ebenfalls enteignet haben, wie so viele andere. Hat sich euer Großvater vielleicht freigekauft? Mit unserem Gold zum Beispiel?"

Liana hatte es schon geahnt. Worum immer es hier ging, die Wurzeln lagen wie so vieles in den dunklen Tagen, als die Sozialisten das Land unterjocht und ausgeplündert hatten.

Toma trat nun so nahe ans Tor, dass ihn die drei auf der anderen Seite mühelos packen könnten, würde sie wollen. Liana rang mit dem Impuls, ihn von dort wegzuziehen, doch sie verstand, dass Toma hier klarmachen musste, dass er vor diesen drei seltsamen Vögeln keine Angst hatte. „Dieses Land hier", sprach er langsam und in jedem Wort eine Drohung, „wurde von Silberhains erschlossen, von Silberhains urbar gemacht und von Silberhains besiedelt. Alles, was Sie hier sehen, wurde von Generationen von Silberhains aufgebaut und erwirtschaftet. Wir haben geblutet, als die Kommunisten alles an sich rissen, o ja, das haben wir, und doch gibt es uns noch. Unser Großvater hat sich mit dem Regime arrangiert, und Gold hatte rein gar nichts damit zu tun. Ich lege Ihnen dreien jetzt ein letztes Mal nahe, in Ihren Wagen zu steigen und zu verschwinden. Es gibt hier nichts für Sie."

Der Mann namens Ilia setzte ein höhnisches Grinsen auf. „Und was willst du machen, wenn wir bleiben, Bursche?"

Eine Antwort blieb Toma erspart, denn Nicolai Juneskrog drängte seinen Schwager – oder was immer er sein mochte – mit sanfter Gewalt zum Wagen zurück. „Komm, lass es gut sein, wir ziehen ab."

Die giftige Frau fuhr ihren Bruder empört an. „Was? Du willst die damit durchkommen lassen?"

Nicolai Juneskrog ging nicht auf sie ein, sondern drehte sich noch einmal zu Toma um. „Stöbern Sie in Ihren Papieren, Herr Silberhain", verlangte er schroff. „In Testamenten und sonstigen Aufzeichnungen Ihres Vaters und Ihres Großvaters. Und dann sprechen wir uns wieder."

Toma verharrte unbewegt am Tor, bis das Auto der drei gewendet hatte und die schmale Straße in Richtung Dorf zurückrollte. Durch die Heckscheibe sah Liana Ilias bärtiges Gesicht, der sie und die Silberhains mit finsteren Blicken aufspießte. Als sich Toma Liana und Teresa zuwandte, wirkte er besorgt. „Die haben wir nicht zum letzten Mal gesehen, fürchte ich. Ich werde tun, was mir der Kerl geraten hat. Alte Papiere durchforsten." Er schüttelte versonnen den Kopf. „Juneskrog. Dieser Name ist mir völlig unbekannt."

„Mir nicht", sagte Teresa zur Überraschung ihres Bruders und auch Lianas.

Beide taxierten sie erwartungsvoll, doch Teresa blieb still.

„Na, jetzt sag schon", verlangte Toma. „Wer sind die?"

Nun war es Teresa, die unmerklich den Kopf schüttelte. „Es fällt mir nicht ein. Aber ich bin mir sicher, diesen Namen schon mal irgendwo gehört oder gelesen zu haben." Sie stolzierte Richtung Koppel davon. „Ich denke darüber nach."

Als sich die drei zum Mittagessen im Speisesaal trafen, wusste Teresa mehr.

„Juneskrog, ich habe diesen Namen mal gelesen", erklärte sie. „Und zwar in einen Türstock eingraviert. Bei den Totans."

KAPITEL 3: DAS BADEHAUS

Jeden Abend, wenn die Sonne unterging, eilte Martin ans Küchenfenster und wartete auf die lustigen Männer mit den schmutzigen Gesichtern. Meistens lachten oder sangen sie, wenn sie vom Berg herunterkamen, überquerten dann den Bach vor dem Haus und gingen nacheinander in die graue Steinhütte, die Martins Opa als junger Mann an das Becken des Wasserfalls gebaut hatte. Es war ein Waschhaus, in dem sich die Männer mit dem Bachwasser den Schmutz abwaschen konnten. Das mussten sie machen. Würden sie es nicht tun, würden ihre Frauen sie zu Hause nicht reinlassen, hatte Mama mal erklärt. Kein Wunder, denn die Männer waren meistens so schmutzig, vor allem in den Gesichtern, dass Martin nicht einmal seinen Papa unter ihnen erkannte. Wenn es draußen besonders kalt war, schürte Mama den Männern einen Kessel, damit das Waschwasser nicht ganz so eisig war.

Die Männer kamen und gingen vom Frühjahr bis in den späten Herbst. Im Winter machten sie Pause, denn da war es zu gefährlich, die schweren Körbe und Kisten vom Berg herunterzutragen, hatte Martins Papa ihm mal erklärt. Außerdem fror der Bach manchmal zu und dann war nicht genug Wasser da, um sich sauberzumachen. Wenn die Männer ungewaschen nach Hause kämen, würde man sie nicht reinlassen, und das wäre gar nicht gut im Winter.

Als er älter wurde, verstand Martin, dass Papas viele Freunde aus dem Dorf eigentlich für ihn arbeiteten und Geld dafür bekamen, dass sie in die tiefen Stollen der Mine hinabstiegen und das schwarze, staubige Zeug herausholten. Kohle war das, und wann immer Papa eine Wagenladung davon wegbrachte, kehrte er abends mit Fleisch und Eiern und Mehl und anderen Dingen zurück. Und mit Geld. Geld, das er dann wieder seinen Freunden gab, damit sie ihm bei der schweren Arbeit in der Mine halfen.

„In ein paar Jahren, wenn du größer bist, darfst auch du mir helfen“, sagte Papa oft und verwuschelte Martins Haare. „Da wird dein Gesicht dann so schwarz werden, dass dich deine Mama nicht mehr erkennt.“

Martin grinste bei der Vorstellung und freute sich schon darauf.

Mit den Jahren waren die schmutzigen Männer nicht mehr ganz so interessant. Martin hockte nur noch selten am Küchenfenster, sondern sah sie meistens nur dann, wenn er gerade draußen oder in der Scheune Arbeiten verrichtete. Dennoch fiel ihm irgendwann auf, dass die Männer nicht mehr so oft lachten und sangen wie früher. Auch waren es nicht mehr so viele wie einst.

„Es hat keinen Sinn“, meinte sein Papa eines Abends beim Essen. „Wir versuchen es ab morgen mit einem neuen Stollen weiter oben.“

Erst nach und nach begriff Martin, dass die Lage ernster war, als sein Papa ihm gegenüber vorgab. Offenbar gab es im Berg keine Kohle mehr. Es wollten sich einfach keine neuen Vorkommen mehr finden, und die alten warfen nicht mehr viel ab. Irgendwann kamen nur noch zwei Leute aus dem Dorf. Mehr von ihnen konnte Papa nicht mehr bezahlen. Umso mehr arbeitete er selbst. Oft blieb er abends noch lange allein in der Mine, während die anderen längst heimgegangen waren. Es folgte ein schrecklich kalter Winter, in dem es nicht viel zu essen gab und Martin oft hungrig ins Bett gehen musste.

Im Frühjahr, als Papa wieder anfing, in der Mine Stein zu schlagen, kamen keine Freunde aus dem Dorf mehr, um ihm zu helfen. Martin sah ihm an, dass er traurig war. Traurig und besorgt. Gern hätte Martin ihm geholfen, aber für die Arbeit in der Mine war er noch nicht groß und stark genug. Von jetzt an aber nahm Mama ihn mit zu den Feldern weiter oben beim Dorf, wo auch viele andere Kinder arbeiteten.

Papa wurde indessen jeden Tag ein wenig ungeduldiger und zorniger. Er hatte in diesem Jahr noch keinen einzigen Wagen wegfahren können. Trotzdem hörte er nicht auf und wollte nichts davon wissen, ebenfalls auf den Feldern zu arbeiten.

„Das ist unsere Mine!", brüllte er eines Abends beim Essen Mama an. „Sie ernährt uns Juneskrogs seit zweihundert Jahren! Ich gebe sie nicht auf, nur weil es gerade schwierig ist!"

Weitere Ratschläge behielt Mama für sich, und auch Martin hütete lieber seine Zunge, wenngleich er im Stillen seiner Mutter recht gab.

Dann aber kam der Tag im Sommer, an dem sich alles änderte. Lange vor Sonnenuntergang kehrte Papa aus

der Mine zum Haus zurück und breitete eine Handvoll
dunkler Steine auf den Esstisch in der Küche aus. Sie
glitzerten hier und da. „Seht! Seht nur!", rief er so aufgeregt, wie Martin ihn noch nie zuvor erlebt hatte. „Das
ist Gold! Gold!"

Die folgenden Jahre, in denen Martin seine Kindheit
allmählich hinter sich ließ, waren gute Jahre. Wo es
früher eine ganze Wagenladung gebraucht hatte, reichten heute ein paar Steine. Früh morgens fuhr Papa mit
ihrem leeren Pferdekarren weg und kam abends mit
reichlich Essen und Werkzeug wieder zurück. Nun boten sich wieder allerhand Leute aus dem Dorf an, für
ihn in die Mine zu steigen. Doch Papa lehnte sie alle ab.
Einzig Martin wollte er zu gegebener Zeit in die neue
Arbeit in der Mine einführen. Niemanden sonst. Vorher aber brauchte er Martins Hilfe bei einer anderen
Sache, die ihm sehr wichtig zu sein schien.

„Wir bauen das Waschhaus um", verkündete Papa eines Morgens mit einem strahlenden Lächeln. „Wir machen daraus ein Badehaus."

Martin begriff zunächst den Unterschied nicht, doch
das änderte sich mit jedem Tag, an dem die steinerne
Hütte ihre neue Gestalt annahm. Die dazu nötigen Materialien besorgte Papa mit seinem Pferdewagen und
bezahlte sie mit Gold.

„Wir müssen den Boden anheben", erklärte er Martin
eines Morgens. „Dazu bauen wir viele kleine Säulen,
alle gleich groß und in gleichmäßigen Abständen ne-
ben- und hintereinander, sodass wir dann diese Fliesen
daraufsetzen können."

Damit waren viereckige Platten gemeint, von denen er gestern eine Menge mitgebracht hatte. Martin verstand nicht, wofür das alles gut sein sollte, doch er tat, wie ihm geheißen. Auf die gesamte Länge des Waschhauses mauerten sie kleine Türme aus Stein und hockten dann die Fliesen an ihren vier Ecken darauf. Den Sinn dahinter begriff Martin erst, als ihm Papa die Funktionsweise der großen Feuerstelle erklärte.

„Pass auf, ich zeige es dir", sagte er und führte ihn zum Kamin. „Damit heizen wir nicht nur diesen Raum, sondern auch den Raum zwischen den Säulen unter uns, verstehst du? Die Luft erwärmt sich und mit ihr die Fliesen unter unseren Füßen. Wir werden hier drin also auch im Winter immer warme Füße haben."

Martin war unsagbar beeindruckt. Doch das war noch gar nicht alles. Papa hatte eine weitere Besonderheit ersonnen. „Und hier", erklärte er und wies zu einem leeren Hohlraum über der Feuerstelle, „kommt ein großer Kessel aus Kupfer rein. Kannst du dir denken, wofür?"

Martin schüttelte den Kopf.

Papa lächelte und verwuschelte ihm die Haare, wie er es schon lange nicht mehr gemacht hatte. „Dann will ich es dir sagen: Damit wir hier drin immer heißes Wasser haben."

Nicht weit neben der Feuerstelle setzte Papa einen großen Zuber ein, den ihm ein Handwerker aus dem Dorf gezimmert hatte. Weiter hinten mauerte er einen Tischsockel und zwei Sitzläufe, die mit glatteren Fliesen als der Boden belegt wurden.

Das Badehaus nahm Form an, bis endlich der Tag kam, an dem es zum ersten Mal befeuert wurde. Da erwies sich, dass Papa nicht zu viel versprochen hatte. Nicht nur der Raum, sondern auch der Boden wurde behaglich warm, und aus dem Hahn über dem großen Badezuber lief tatsächlich heißes Wasser, wenn man es wollte. Martin jubelte und war stolz auf seinen Papa.

Selbst bei größter Kälte nicht frieren zu müssen und warmes Wasser zu haben, war eine wunderbare Sache. Martin und seine Eltern verbrachten nun fast jede Woche Zeit im Badehaus, und manchmal lud Papa auch Freunde aus dem Dorf ein und zeigte ihnen, was er gebaut hatte. Selbst wenn das Feuer im Kamin niedergebrannt war, blieb es noch lange warm im Badehaus. Martins Ansicht nach hatte sein Papa hier ein kleines Wunder vollbracht.

„Die Römer haben sowas gebaut", erzählte er ihm eines Abends beim Essen. „Das habe ich in einem Buch gelesen."

Martin wusste nicht, wer oder was diese Römer waren, aber sie hatten wohl schon vor sehr vielen Jahren gelebt.

Nach jeder Benutzung des Badehauses riss Papa die beiden Türen und die vier Fenster auf. Dann strich die Kälte herein und kühlte Mauern und Fliesen wieder vollständig aus.

„Das Haus muss regelmäßig entfeuchtet werden", erklärte Papa, nachdem Martin gefragt hatte, warum sie die kostbare Wärme nicht einfach drin behielten. „Wenn wir das nicht machen, bildet sich Schimmel. Vor allem im Holz." Es deutete auf die leicht gebogenen

Balken, die das Steindach hielten. „Du weißt doch, was Schimmel ist, oder?“

Martin wusste zumindest, dass Schimmel nichts Gutes war.

Das Badehaus brachte ihm und seinen Eltern weiterhin viel Freude, und das Gold, das Papa bald auch mit Martins Hilfe aus der Mine förderte, sicherte ihnen das ganze Jahr über genug zu essen. Sobald Martin sechzehn Jahre alt wäre, wollte Papa ihm auch alles Geschäftliche beibringen. Doch dazu kam es nicht. Martin verstand nicht recht, was vorging und warum es sie und die Leute im Dorf oben überhaupt kümmerte, was zurzeit in der weit entfernten Hauptstadt passierte, wo seit einiger Zeit jemand Neues den Ton angab. Genau das aber schien seine Eltern enorm zu beunruhigen. Und schließlich kam der Abend, als Papa mit einem entsetzlich ernsten Gesichtsausdruck heimkehrte und verkündete: „Sie kommen. In ein paar Tagen werden sie im Dorf sein.“

Kapitel 4: Goldene Verheissung in trauter Wärme

„Wer sind die Totans?", fragte Liana.

„Unsere nächsten Nachbarn", antwortete Teresa und nahm ihren Platz an der Speisetafel ein. Liana und Toma setzten sich ebenfalls.

„Ihr Gehöft liegt wie unseres außerhalb des Dorfes", ergänzte Toma.

„Mir ist auf dem Weg hier runter kein weiterer Hof aufgefallen", sagte Liana.

„Kurz vor der Talsohle zweigt ein Pfad in die östliche Flanke des Tals ab", erklärte Toma. „Mit dem Auto nicht zu befahren. Dort leben die Totans."

Liana zog die Augenbrauen hoch. „Die wohnen noch abgelegener als ihr? Erreichbar nur mit Pferd, oder wie?"

Toma schmunzelte. „Es gibt auch eine Zufahrt. Ist dir die Dorfstraße aufgefallen, die zu den Feldern hinunterführt? Folge ihr weiter und du gelangst zu den Totans." Er wandte sich an seine Schwester. „Bist du dir denn auch sicher?"

Teresa nickte. „Es ist die Küchentür. Oben im Türstock steht das Wort *Juneskrog*. Außerdem eine Zahl, wenn ich mich richtig erinnere. Wahrscheinlich eine Jahreszahl."

Toma lehnte sich zurück und zog eine nachdenkliche Miene. „Hast du Achile mal danach gefragt?"

Teresa schüttelte den Kopf. „Hat mich damals nicht weiter interessiert."

Liana versuchte, den Geschwistern zu folgen. „Denkt ihr, diese drei Typen heute Morgen haben sich an der Haustür geirrt? Aber immerhin kannten sie doch den Namen eures Großvaters. Die haben nach Silberhains gesucht, nicht nach Totans."

„Die wollten zu uns", pflichtete Toma ihr bei.

Da er sie an weiteren Überlegungen nicht teilhaben ließ, wandte sich Liana an Teresa. „Und woher weißt du so genau, was bei diesen Totans an der Küchentür steht?"

„Weil ich dort früher viel Zeit verbracht habe", antwortete Teresa lakonisch.

Toma war es, der ein bisschen mehr Licht in diese Angelegenheit brachte. „Teresa und Achile Totan waren mal zusammen", erklärte er Liana. „Vater hätte es ganz gern gesehen, wenn sie geheiratet hätten. Dazu ist es aber nicht gekommen, wie du siehst. Achile hat inzwischen eine andere geheiratet."

Das war ein Thema, mit dem man Teresa wunderbar kitzeln konnte, und Liana ergriff prompt die Gelegenheit. „Wow, also noch ein Verflossener", bemerkte sie mit gespieltem Erstaunen. „Ich bin beeindruckt."

Teresa grinste sie mit falscher Süßlichkeit an.

„Mir ist nicht bekannt, dass hier jemals Juneskrogs gelebt hätten", sagte Toma. „Falls doch, muss das schon sehr lange her sein."

Griselda schob den Speisewagen herein und trug stumm die Suppe auf.

„Griselda, meine Liebe, sagt dir vielleicht der Name Juneskrog etwas?", fragte Toma. „Hat es in der Gegend mal welche gegeben?"

Griselda verneinte. „Müsste vor meiner Zeit gewesen sein."

Toma nahm es hin und wandte sich wieder an Teresa. „Ich habe die Lohnbücher aus Großvaters Zeiten durchgesehen und nach Knechten und Gesinde gesucht. Bislang nichts. Wir hatten hier niemanden mit Namen Juneskrog."

„Ich reite nachher zu den Totans", entgegnete Teresa. „Die müssen etwas wissen."

Toma nickte zustimmend und tauchte seinen Löffel in die Suppe. „Ich nehme mir unsere Geschäftsbücher vor."

Liana stellte ihre eigenen Überlegungen an. „Wenn es dort eine Tür gibt, auf der dieser Name prangt, liegt nahe, dass dort mal Juneskrogs gelebt haben. Und was aus ihnen geworden ist, liegt ebenfalls auf der Hand", fuhr sie fort und sah in die Runde. „Juneskrog ist wie Silberhain ein deutscher Name. Wahrscheinlich sind sie wie so viele andere Deutschstämmige enteignet und vertrieben worden."

Toma nickte. „Das ist sehr gut möglich."

„Was machen diese Totans?", fragte Liana. „Ich meine, wovon leben sie? Sie haben ein Gehöft, sagt ihr?"

„Sie haben ein paar Tiere, aber sie leben von ihrer Mine", antwortete Toma. „Gold", fügte er hinzu. „Anders als unsere Mine ist ihre noch nicht erschöpft."

Liana sah auf. „Sie sind Goldschürfer?"

Tomas Lippen kräuselten sich zu einem Lächeln. „Falls du jetzt an reiche Leute denkst, muss ich dich enttäuschen. Der Goldabbau ist harte Arbeit, und viel wirft ihre Mine nicht ab. Es reicht wohl gerade so zum Überleben. Zu Vaters Zeiten haben wir ihnen in den Wintern oft mit Lebensmitteln ausgeholfen. Bezahlen konnten sie dafür oft erst später.“

„Es hat aber auch bessere Jahre gegeben“, wandte Teresa ein. „Zumindest hat Achile das mal behauptet. Da haben sogar Leute aus dem Dorf in der Mine gearbeitet. Muss vor unserer Zeit gewesen sein.“

„Ich kann mich nicht erinnern, dass Vater je erwähnt hätte, dass dort vor den Totans jemand anderes gelebt hätte“, sagte Toma.

„Tja, Vater hat nach Mamas Tod fast gar nichts mehr erwähnt, oder?“, meinte Teresa bitter, und Toma stimmte ihr stillschweigend zu.

Der tödliche Reitunfall seiner Frau hatte Constantin Silberhain zerstört und in den Alkohol getrieben. Soweit Liana wusste, hatte er seine letzten Lebensjahre neben der Arbeit vor allem in seinem Sessel verbracht, und das selten ohne ein Glas in der Hand.

„Nun“, sagte Liana, „wenn diese Mine einst eine Menge abgeworfen hat, haben sich die Kommunisten sicher darauf gestürzt.“ Sie taxierte Teresa. „Ich möchte mitkommen, wenn du nachher zum Gehöft eurer Nachbarn reitest. Wir finden schon raus, was es mit diesen Juneskrogs auf sich hat.“ Sie erlaubte sich ein Grinsen. „Außerdem will ich diesen Achile kennenlernen, der einst dein Herz erobert hat.“

***

Zum frühen Nachmittag hatte sich die Sonne hinter graue Wolken verzogen. Inzwischen sah es für Liana sogar nach Regen aus. Teresa hingegen war sich sicher, dass es trocken bleiben würde, und Liana glaubte ihr. Sie trugen nichtsdestotrotz Westen über ihren Hemden, denn im tiefen Schatten des Bergzuges konnte es auch im Sommer schnell frisch werden.

„Warum ist das mit dir und diesem Achile nichts geworden?", fragte Liana.

Sie saß vor Teresa in einem Doppelsattel auf einer braunen Stute, die sie gemächlichen Trabes die Zufahrtsstraße hinauftrug. Die sattgrünen Bäume zu beiden Seiten standen still, irgendwo knackte ein Ast.

„Hat halt nicht gepasst", antwortete Teresa kühl.

Liana kniff ihr beidseitig in die Oberschenkel. „Damit lasse ich dich nicht durchkommen. Erzähl mir von ihm. Was für ein Typ ist er? Hat er dich schlecht behandelt?"

„Nein, hat er nicht."

Liana kniff erneut zu.

Teresa zuckte. „Jetzt lass das schon, verdammt."

„Nur wenn du endlich auspackst", erwiderte Liana schelmisch. „Ist er dir nicht gut genug gewesen? Hat er von dir verlangt, dass du ihm die Schuhe putzt? Wer hat die Beziehung beendet? Er?"

„Nein", raunzte Teresa. „Ich. Achile ist ein guter Kerl. Aber mit ihm leben, auf dem Gehöft seiner Familie … nun, es wäre nicht das gewesen, was ich wollte."

Liana kannte Teresa gut genug, um zu verstehen, ohne tiefer graben zu müssen. Als Teil einer Dynastie von Goldschürfern hätte sie wahrscheinlich nicht nach

Bukarest gehen können. Ihre Pferde hätte sie womöglich auch aufgeben müssen.

„Hat Achile Geschwister?", fragte Liana.

„Eine jüngere Schwester", antwortete Teresa. „Luxandra. Sie war wie ich eine Weile weg. Inzwischen ist sie wieder da, habe ich gehört. Mit einem Mann."

„Und wen hat Achile an deiner Stelle geheiratet?"

„Eine aus dem Dorf. Cosmina. Sie haben schon drei Kinder, soweit ich weiß."

Die schmale Straße beschrieb eine Kurve, als Teresa ihre Stute in eine kaum anderthalb Meter breite Schneise am Straßenrand trieb. Wer ihn nicht kannte, hätte diesen Pfad wahrscheinlich nie gefunden. Über mächtige Wurzeln und durch Schwemmlöcher ging es deutlich langsamer als zuvor weiter. Liana schaute nach oben, wo Nadelhölzer wie gewaltige Spieße einem grauen Himmel entgegenstrebten.

„Wie steht ihr zu den Totans?", fragte sie. „Habt ihr regelmäßig Kontakt? Nachbarschaftshilfe und so? Kaffeekränzchen? Weihnachtsgrüße?"

„Zu Vaters Zeiten war das so", sagte Teresa. „Vater und der alte Orest haben sich oft besucht. Auch Toma war manchmal dabei, wenn sie wichtige Dinge besprochen haben. Mit Mutters Tod ist das abgebrochen. Vater hat fast alle Kontakte aufgegeben. Seitdem war kein Totan mehr bei uns. Und wir nicht bei ihnen."

Liana versuchte, es nachzuvollziehen, was ihr nur bedingt gelang. Toma, auf dem eine große Verantwortung lastete, hatte wohl keine Muße gefunden, neben all seinen Pflichten auch freundschaftliche Kontakte zu pfle-

gen. Und Teresa hatte sich in Bukarest selbst verwirklicht. Zumindest hatte Liana das bis vor Kurzem geglaubt.

„Wie sind die Totans so? Nimmermüde, dauerver-
schwitzte Stollengräber im permanenten Goldfieber?"

Zu Lianas Freude entlockte sie Teresa damit ein Grinsen.

„Den alten Orest könnte man tatsächlich so beschrei-
ben", sagte sie. „Er glaubt wahrscheinlich immer noch,
eines Tages auf eine große Ader zu stoßen. Damals war
es zumindest so, als ich mit Achile zusammen war."

„Und wie war dein Achile damals?"

„Entspannter als sein Vater", antwortete Teresa.

Liana wollte es nicht dabei bewenden lassen. „Jetzt
sag schon! Wie war er? Heißblütig? Leidenschaftlich?
Dazu ein vom Bergbau gestählter Körper?"

„Geht dich nichts an", erwiderte Teresa.

Liana seufzte. „Du hast ja recht. Wissen möchte ich es
trotzdem."

Der Pfad war zwischenzeitlich überschaubarer geworden, führte sie leicht bergauf, und die Bäume
ringsum lichteten sich ein wenig. Zur Rechten stieg der
Hang zunehmend steiler an und mündete hoch oben
an einer abweisenden Felswand. Irgendwo darüber
musste sich das Dorf befinden.

„Was ist über Achiles Schwester zu wissen?", fuhr Liana fort. „Luxandra, nicht? Du sagst, sie war eine Weile
weg. Wo denn?"

„Keine Ahnung", meinte Teresa. „Dachte wohl, sie
würde irgendwo ein besseres Leben finden. So wie ich."

In dem Moment hielt die Stute in ihrem Trab inne
und wieherte leise.

„Was ist los, altes Mädchen?", nuschelte Teresa und tätschelte dem Tier seitlich den Hals. „Was gefällt dir hier nicht?"

Wieder ein zögerliches Wiehern, doch immerhin setzte sich das Tier wieder in Bewegung.

Liana wurde ein wenig mulmig zumute und schaute sich nach allen Seiten um. „Was könnte sie denn haben?", wisperte sie. „Wittert sie etwas?"

„Vielleicht ist ein Bär in der Nähe", sagte Teresa nicht weiter bekümmert und nahm eine silberne Pfeife aus ihrer Brusttasche, die sie an Liana weiterreichte.

„Was soll ich damit?", fragte Liana.

„Bären vertreibt man am besten mit lauten Geräuschen, mit Glocken oder Pfeifen."

„Ich soll da also reinpusten?"

„Nein, sie dir in die Haare flechten", raunte Teresa.

„Was?"

„Puste rein. Kurze Stöße. Aber nicht zu laut. Nicht, dass sich Ludmilla noch erschreckt."

Liana tat, wie ihr geheißen und stieß ein paar schrille Töne aus.

„Gut, das reicht erstmal", sagte Teresa schließlich.

Liana schaute sich argwöhnisch um. „Bist du sicher?"

„Nein."

„Verschreckt so eine Pfeife auch Wölfe?"

Teresa zuckte lapidar mit den Schultern. „Vielleicht."

„Warum haben wir kein Gewehr mitgenommen?"

„Weil wir keines brauchen."

Liana blieb skeptisch. „Ganz sicher?"

„Nein."

Liana war es nur allzu recht, dass sich der Wald weiter lichtete und das Gelände dadurch überschaubarer wurde. Die Felswand zur Rechten rückte nun wieder von ihnen ab, dafür gelangten sie an einen Bach, der ihnen träge talabwärts entgegen plätscherte.

„Die Totans haben keinen Brunnen“, sagte Teresa. „Sie nehmen alles Wasser aus diesem Bach. Ihr Gehöft steht am Fuß der Felswand, von der er herunterkommt. Wir sind gleich da.“

Da der Boden nun wieder flacher und sicherer war, trieb Teresa ihr Pferd zu einem flotteren Trab an. Sie blieben dem von Blumen und Gräsern gesäumten Bachbett treu und gelangten unverhofft auf eine Steinstraße, die von den Hängen zur Rechten herunterkam. Es musste die andere Dorfstraße sein. Strom- oder vielleicht auch Telefonleitungen auf etwa vier Meter hohen Masten, wie man sie auch im Dorf oben sah, begleiteten sie. Sie lotste die beiden Reiterinnen geradewegs auf ein steiles Felsmassiv zu.

„Siehst du?“, sagte Teresa. „Da sind wir.“

Hinter Bäumen gut verborgen erspähte Liana ein paar Bauten. Die Dächer waren so grau wie die Felsen dahinter. Einen hölzernen Grundstückszaun wie bei den Silberhains gab es auch. Bemerkenswerterweise stand das Tor weit offen. Die Straße führte daran vorbei und verlor sich in einem Waldstück.

„Wohin geht es da?“, fragte Liana.

„Nirgendwohin“, antwortete Teresa. „Die Straße endet an einem Abgrund. Früher war der Sims entlang des Bergkegels wahrscheinlich breit genug für Fuhrwägen, aber er ist schon vor vielen Jahren eingebrochen.“

Teresa lenkte ihre Stute im lockeren Trab durch das offene Tor.

„Dürfen wir da so einfach rein?“, fragte Liana.

„Du kannst ja noch ein bisschen pfeifen, um uns anzukündigen."

Liana staunte. „Hey, das war schon wieder ein kleiner
Scherz. Irgendetwas stimmt mit dir nicht. Sag mal,
kann es sein, dass du dich auf das Wiedersehen mit
Achile freust? Stehst du etwa noch auf ihn?"

„Halt den Mund" erwiderte Teresa schroff, doch Liana bemerkte das vage Schmunzeln auf ihren Lippen.

„Ha! Du stehst noch auf ihn!"

Teresa kniff ihr in den Oberschenkel. „Ruhe jetzt."

„Aber ich wollte dich noch über seine Mutter ausfragen."

„Lass es. Da ist sie nämlich."

Von einer hölzernen Scheune zuvor teilweise verdeckt, gaben sich zwei Steinhäuser zu erkennen. Das
größere war aus Fachwerk, verfügte über ein Obergeschoss und ein gelittenes Schieferdach. Das kleinere
war im Mittelteil ein reiner Steinbau, hatte aber an beiden Stirnseiten hölzerne Anbauten. Davor warteten ein
Mann und eine Frau. Sie in einem grauen Kittelkleid,
er in dunkler Hose und mit entblößtem Oberkörper.
Beide bewegten sich nicht und schauten Liana und Teresa abwartend an.

„Das ist *der alte Orest*, nehme ich an", murmelte Liana.

„Ist er", bestätigte Teresa.

Der alte Orest war ein Bär von einem Mann, und in
einem überdrehten Moment überlegte sich Liana, ob
ihre Stute vielleicht vorhin seinetwegen gescheut hatte.
Seine Arme waren junge Baumstämme, sein schon etwas ausgedünntes Haupthaar schwarz und kraus wie
sein Bart. Auch auf seiner Brust, über einem wohlgenährten Bauchvorsatz, fläzte sich ein Haarteppich. Die

Frau an seiner Seite war schmal und zierlich, ein Eindruck, der durch Orests imposante Erscheinung noch verstärkt wurde. Lockiges schwarzes Haar umrahmte wache Augen und volle Wangen. Erst aus kürzerer Distanz erkannte Liana, dass es von Grau durchsetzt war.

Orest lachte unvermittelt auf. Ein dröhnendes Gewitter, das an anderer Stelle womöglich einen Felsrutsch verursacht hätte. „Ist denn das zu glauben! Teresa!"

Teresa lenkte ihr Tier bis auf wenige Meter an die beiden heran. „Walfa, Orest", grüßte sie zurückhaltend. „Kommen wir ungelegen?"

„Ganz und gar nicht, mein Kind", sagte Walfa mit einem einnehmenden Lächeln und breitete die Arme aus. „Bitte, seid uns willkommen."

Liana stieg nach Teresa aus dem Sattel, was ganz gut funktionierte. Die Zufahrt zu den drei Gebäuden bestand aus Schüttgut, rundherum aber wuchsen Gras und Wiesenblumen. Die vielen Bäume innerhalb des Umgrenzungszauns waren Obst- und Nussbäume. Das Bachbett zog ein paar Schritte vor dem Haupthaus vorbei. An zwei Stellen waren Stege darübergelegt, aber man würde es auch mit einem beherzten Sprung überwinden können. Liana vernahm das Plätschern des Wasserfalls und sah ihn schließlich auch, als sie den Blick zur Felswand hinter den Häusern hob. Ein Rinnsal stürzte von etwa zwanzig Metern Höhe zwischen den beiden Häusern hernieder. Im Frühjahr zur Schneeschmelze war es wahrscheinlich deutlich mehr.

„Toma lässt euch grüßen", sagte Teresa und trat mit ihrer Stute bei sich noch ein wenig näher. Die sonst so forsche Silberhainerin wirkte ein wenig unsicher.

Liana wurde indessen von Walfa gemustert und versuchte deren warmherziges Lächeln zu erwidern. Eine durch und durch fürsorgliche Mutter, war Lianas Eindruck. Erste Fältchen zierten ihre weichen Gesichtszüge. Am Hals hatte sie ein großes Muttermal.

„Er lässt uns grüßen?", donnerte Orest grimmig. Die Träger seiner Hose baumelten an seinen Beinen. Geäderte Haut um seine Augenpartie und auf der Nase zeugten von vielen Jahren harter Arbeit auch bei ungastlichen Temperaturen. „Warum habt ihr ihn einfach mitgebracht? Was treibt er denn immer? Ich habe ihn ewig nicht mehr gesehen."

„Reparaturen, Holz, Familiengeschäfte, das Übliche, du weißt", antwortete Teresa abgeklärten Tonfalls und zog nun Liana ein wenig unsanft in den Vordergrund. „Ich darf euch Liana vorstellen. Wir kennen uns aus Bukarest."

Liana hielt es für angebracht, auch selbst etwas zu sagen. „Teresa und ich sind befreundet. Wir haben in Bukarest zusammen Musik gemacht."

Orest musterte sie verhalten und wirkte von der Situation ein wenig überfordert. „Noch eine aus der Stadt", brummte er wenig angetan. „Bist du etwa gekommen, um Toma über seinen Verlust hinwegzutrösten? Die nächste Fremde, die ihn am Ende dann wieder verlassen wird?"

„Hör nicht auf ihn", raunte Walfa augenrollend und nahm Liana an beiden Schultern. „Sei uns willkommen, Liana. Ich bin Walfa. Dieser Căpcăun hier ist mein Gatte Orest."

Kurzangebunden holte auch Orest die Begrüßung nach.

„Freut mich sehr", sagte Liana etwas restringiert, was ihr gerade angebracht erschien.

Walfa nahm Teresa die Zügel ab und drückte sie ihrem Mann in die Hand.

„Ihr bleibt natürlich eine Weile bei uns", meinte sie zu Teresa. „So viel ist passiert, und es gibt viel zu erzählen. Es wird Zeit, dass unsere Familien wieder öfter zusammentreffen und wir füreinander da sind."

Damit schloss sie Teresa in eine Umarmung, und Liana beobachtete einen Ausdruck an ihrer Freundin, der sie tief berührte: ein wohliges Lächeln mit geschlossenen Augen. Bezeichnend war abermals die innere Ruhe, die sie dabei ausstrahlte. Die Silberhain-Geschwister hatten ihre Mutter früh verloren. Vielleicht war Walfa für Teresa während ihrer Zeit mit Achile ein Art Ersatzmutter geworden.

„Eurer Stute wird es an nichts fehlen, solange sie hier ist", brummte Orest und führte das Tier Richtung Scheune davon. „Geht schon mal rein. Die anderen sind schon drin."

Durchaus nette Leute, dachte Liana und schaute sich um. Ein Teil des Bachbeckens, in das der Wasserfall plätscherte, verschwand unter dem hinteren Holzanbau des Steinhauses. Wahrscheinlich wurde dort das Wasser für den Hausgebrauch geschöpft. Eine breite Holzrinne beförderte es wiederum zum Haupthaus. Sicher nicht so komfortabel wie ein Brunnen, der alle Hausleitungen zuverlässig bewässerte, aber zweckdienlich.

„Für heute sind alle Arbeiten beendet", sagte Walfa und geleitete Liana und Teresa zu der Tür im vorderen Holzanbau des Steinhauses. „Ihr habt doch genug Zeit mitgebracht, um den Nachmittag mit uns im Badehaus zu verbringen?"

„Aber ja, sehr gern", sagte Teresa.

Walfa stieg die zwei Trittstufen hinauf und öffnete die Holztür.

„Ein Badehaus?", flüsterte Liana verwirrt.

„Es ist toll, du wirst sehen", erwiderte Teresa halblaut.

***

Nach Walfa und Teresa betrat auch Liana den gänzlich aus Holz gezimmerten Vorraum, der offensichtlich den Zweck einer Garderobe erfüllte. An Wandhaken hingen Klamotten, unter einer Sitzbank standen Schuhe und Stiefel. Auf einem Schemel in der Ecke wartete ein Trog mit sorgfältig gefalteten Handtüchern auf.

Walfa schlüpfte aus ihren Schuhen und entledigte sich ihres Kleides. Darunter trug sie nichts. Sie lächelte, als sie Liana passierte und durch eine zweite Tür entschwand. Ein wenig beklommen spürte Liana einen Hauch warmer Luft, der aus dem Nebenraum hereingeströmt war. Dazu vernahm sie Wasserplätschern, das nicht der Wasserfall draußen verursachte. Außerdem waren da ein paar Stimmen gewesen. Nervosität keimte in ihr auf.

„Sind da drin jetzt alle nackt?", fragte sie Teresa, die sich ebenfalls bereits auszog.

Teresa bestätigte. „Früher bin ich da oft gewesen. Vor allem im Winter war das toll. Viel heißes Wasser und langanhaltende Wärme."

Der gesamten Totan-Sippschaft nackt gegenüberzutreten, kam unerwartet und verursachte im ersten Moment ein mulmiges Gefühl in Lianas Magengegend.
Gleichwohl befanden sie sich hier unverkennbar unter
Freunden, somit sprach auch nichts dagegen. Schon
gar nicht, wenn das hier Usus war. Liana fing ebenfalls
an, sich auszukleiden.

Teresa hatte sich zuerst allem entledigt und begab
sich zur Tür. Diese sah schwer aus und hatte weder
Schloss noch Klinke, nur einen Bügel.

„Hey, warte auf mich“, bat Liana und zog Slip und BH
aus.

Sie war bereit, aber den Vortritt nach nebenan wollte
sie Teresa überlassen. Teresa drückte die Holztür nach
innen auf, und Liana folgte ihr.

Feuchtwarme Luft umfing sie. Liana staunte, dass
man in diesem aus groben Bruchsteinen gemauerten
Haus auf so angenehm warme Fliesen stieg. Das Stein-
haus schien nur aus einem einzigen Raum zu bestehen.
Leicht beschlagene Fenster zur Hofseite ließen Tageslicht herein. Gleich neben dem Eingang stand eine
großzügige Holzwanne mit Ablauf und einem Wasser-
hahn mit Seilzug unter der Decke. Eine Dusche. Walfa
stieg klatschnass daraus hervor. „Wir haben Gäste, also
benehmt euch!“, rief sie lauthals Leuten zu, die Liana
noch nicht sehen konnte.

„Vorsicht, das Wasser ist schon ziemlich heiß“, fügte
Walfa an die Neuankömmlinge gewandt hinzu, bevor
sie tiefer in den Raum hineinschritt.

Lianas Blick begleitete sie. Der Dusche folgte ein mit
Schürholz vollgeschlichtetes Regal, das bis zu einem
prasselnd befeuerten Kamin reichte. Auf einem daran

angebauten Steinsockel machte ein riesiger Holzzuber etwa die Mitte des Raumes aus. Wasser plätscherte aus einem mächtigen Hahn. Hinter dem Zuber erhoben sich nun ein paar neugierige Köpfe, allesamt schwarzhaarig.

„Teresa?", rief ein Typ mit schulterlangen Haaren. „Bist du das?"

Teresa rührte sich nicht von der Stelle, und Liana hörte sie tief durchatmen.

Schon kam der Mann um den Zuber herum auf sie zu, groß, bartlos, in jeder Hinsicht wohlgeformt und, wie zu erwarten war, splitternackt. Die angefeuchteten Haare, die sein hübsches Gesicht einrahmten, kringelten sich leicht. Liana gefiel, was sie da sah.

„Achile", entgegnete Teresa steif. „Hallo."

Wie so oft kehrte sie eine kühle Distanziertheit hervor, doch Liana durchschaute ihre Freundin. Dies war einer dieser seltenen Augenblicke, in denen Teresa Silberhain geradezu entzückend verlegen war.

Bis auf zwei Schritte trat Achile vor sie beide hin und schenkte ihnen das warme Lächeln seiner Mutter. „Das ... wow, also ... nun, das kommt unerwartet", stöpselte er sympathisch unsicher. In seinen nussbraunen Augen schien etwas aufzuleuchten – Freude, wenn nicht gar Verzückung, glaubte Liana.

Ein lockenköpfiges Mädchen, vielleicht fünf Jahre alt, stolzierte ihm hinterher und ging zu Walfa. Liana bemerkte auch einen kleinen Jungen, der schüchtern um den Zuber lugte.

„Wer sind diese Frauen, Bunica?", fragte das Mädchen forsch.

„Das sind unsere Nachbarn auf der anderen Talseite, Liebes", sagte Walfa. „Wir sehen sie nur selten, leider. Komm, geh zu ihnen und begrüße sie."

Die Kleine zögerte nicht, begab sich an Achiles Seite und verkündete ein erhabenes „Hallooo".

Liana und Teresa erwiderten den Gruß. Achile lächelte zufrieden und legte dem Mädchen eine Hand auf den Kopf. „Gut so, kleiner Schatz."

„Wie heißt du denn?", fragte Liana, um kein verlegenes Schweigen aufkommen zu lassen.

„Cella", sagte die Kleine selbstbewusst. „Und mein Bruder heißt Elian."

Sie schaute sich um, aber der Junge hinter dem Zuber wagte sich nicht näher, beobachtete sie nur neugierig.

„Und unsere Schwester schläft jetzt", ergänzte Cella mit vorgerecktem Kinn.

„Unsere Große", erklärte Achile amüsiert. „Weiß schon alles und kann schon alles. Unsere Kleine ist erst acht Monate alt."

„Das ist wirklich toll, Achile", erklärte Teresa gewohnt abgeklärt und schob Liana hektisch in die Dusche. „Wir sind gleich bei euch."

Achile und seine Tochter ließen sie allein, und Liana konnte nicht umhin, seinen knackigen Hintern zu begutachten, als er wegging.

***

Das Wasser aus dem Duschhahn war in der Tat bemerkenswert heiß. Einen Temperaturregler gab es nicht, nur den Seilzug.

„Es kommt aus einem eingemauerten Kessel über dem Feuer", erläuterte Teresa. „Wird welches abgelassen, strömt neues aus dem Bach hinein."

„Also je länger wir es laufen lassen, desto kühler wird es", folgerte Liana.

„Richtig, aber untersteh dich", raunte Teresa. „Wir werden nicht der Grund sein, wenn dann das Zuberwasser nur lauwarm wird."

Liana warf einen Blick zu dem Koloss in der Raummitte, in den es betulich plätscherte. „Werden wir dort nachher alle drinsitzen?"

„Davon kannst du ausgehen."

„Tja, das wird sicher ein Spaß", meine Liana mit hochgezogenen Brauen und grinste. „Du bist also schon ein paar Mal hier gewesen?"

„Fast jeden Samstag damals", antwortete Teresa. „Für die Totans ist ihr Badehaus eine Begegnungsstätte, um den Zusammenhalt zu festigen. Für die alten Griechen und die Römer waren Badehäuser das auch."

Nach einer schnellen Waschung mit enorm heißem Wasser stieg Liana aus der Holzwanne zurück auf die Fliesen. Dass sie alles volltropfte, war offenbar in Ordnung, denn das hatte auch Walfa getan. Tiefer in den Raum wollte Liana sich ohne Teresa nicht vorwagen. Sie besah sich die gebogenen Querbalken in der steinernen Decke und bestaunte den aus Backstein gemauerten Kamin. In der ummauerten Ausbuchtung darüber musste sich der besagte Wasserkessel befinden. Eine abenteuerliche, aber offensichtlich funktionierende Konstruktion.

Hinter dem mächtigen Zuber und dem Kamin gab es anscheinend eine Sitzgruppe. Achile und seine Tochter hatten sich wieder dazu begeben. Auch Walfa stand dort und plauderte mit jemandem. Da waren in der Tat noch mehr Gesichter. Gesichter, die nun mehrheitlich zu Liana herübersahen. Sie quittierte sie mit einem Lächeln.

Teresa stieg nun ebenfalls aus der Dusche.

„Na komm“, sagte sie und ging voran. „Machen wir dich bekannt.“

Sie passierten das Kaminfeuer und umrundeten den Zuber. Inzwischen war absehbar, dass der gesamte Raum sorgfältig gefliest war, so auch ein großzügiges Podium – oder eher eine Liegefläche – an der hinteren Stirnwand, auf der mehrere Holzeimer und eine Blechwanne standen. Daneben befand sich eine Tür und führte unzweifelhaft in den Holzanbau am Wasserfallbecken.

Die Sitzgruppe erwies sich als ein etwa zwei Meter langer Steinquader, der als Tisch fungierte, mit ebenfalls gemauerten Sitzbänken an den zwei Längsseiten. Achile und seine Familie saßen auf Handtüchern. Auf einer Wandablage gab es noch mehr davon.

Von der Sitzbank, neben Achile mit dem Rücken zu ihnen sitzend, erhob sich eine deutlich jüngere Frau als Walfa und nahm sich den Neuankömmlingen an.

„Teresa, wer hätte das gedacht.“ Ihr Lächeln wirkte ein wenig bemüht, als sie in einer weichen Bewegung Teresas beide Hände in ihre nahm. „Ist eine Weile her, dass wir uns gesehen haben. Bukarest hat dich wohl sehr in Anspruch genommen.“

„Cosmina“, entgegnete Teresa und rang sich ebenfalls eine halbwegs erfreute Miene ab.

Cosmina. Dieser Name war Liana bekannt. Demnach handelte es sich um Achiles Gattin und Mutter seiner drei Kinder. Eine gutaussehende Frau, etwas kleiner als Teresa, mit langen glatten Haaren und stechend dunklen Augen. Sie ließ Teresas Hände schnell wieder los und nahm dafür Lianas.

„Und du bist der Besuch aus Bukarest", konstatierte sie. „Aber nicht Tomas neue Flamme, erzählt uns Walfa jedenfalls. Nun, Toma Silberhain ist sehr wählerisch bei seinen Frauen. Die Auswahl im Dorf scheint ihm nicht zu genügen. Ich bin Cosmina. Fühl dich wie Hause bei uns, Liana."

„Danke, sehr freundlich von euch", entgegnete Liana und rätselte, wie sie Cosminas Worte einordnen sollte. Nichts davon war unfreundlich gewesen, allenfalls ein bisschen blasiert.

Cosmina schenkte ihr noch ein Lächeln, dann ließ sie auch von Liana ab, ging zum Zuber, schöpfte einen Eimer Wasser heraus und goss ihn in die Blechwanne auf der Liegefläche. Töchterchen Cella, die bislang bei ihrer Großmutter verharrt hatte, kletterte hinterher und tauchte einen Finger in das eingegossene Wasser.

„Es ist zu heiß!", verkündete sie.

„So so, und was machen wir da?", fragte Cosmina.

Cella grinste wissend und schnappte sich einen eigenen Eimer. Walfa hielt ihr die Tür in den hinteren Anbau auf. Schon ein paar Sekunden später schleppte Cella einen halbvollen Eimer Wasser herein, Wasser, das unzweifelhaft frisch aus dem Bach kam. Cosmina nahm ihn entgegen und leerte ihn in die Wanne. „Hol gleich noch einen."

Auch die vordere Tür wurde nun wieder aufgestoßen. Orest kam herein, ein Lied vor sich hin summend.

Lianas Blick wanderte wieder zur Sitzgruppe. Nachdem Cosmina weiterhin damit beschäftigt war, die Blechwanne zu füllen, wäre auf der Sitzbank neben Achile mit seinem kleinen Sohn eigentlich Platz für sie und Teresa gewesen. Ohne Einladung aber wollte Liana dort nicht aufschlagen – wie auch Teresa das ihrem ungewohnt zurückhaltenden Gebaren nach zu halten schien. Auf der anderen Seite des gefliesten Quaders saßen zwei weitere Personen, die sich noch nicht vorgestellt hatten und sie bislang mehr verhalten denn neugierig musterten. Die schlanke junge Frau hatte leicht gewelltes Haar, das ihr knapp bis auf die Brüste fiel. Das Haar des athletischen Kerls an ihrer Seite war deutlich kürzer als Achiles und dennoch länger als üblich bei Männern. Er sah durchaus gut aus, machte aber weder Toma noch Achile Konkurrenz. Dafür waren seine Gesichtszüge nicht filigran genug.

„Verflucht noch eins, ist das heiß!“, schimpfte Orest am anderen Ende des Raums unter der Dusche.

Die junge Frau, die wahrscheinlich Achiles Schwester war, visierte Teresa an. „Willst du uns nicht verraten, was dich nach so langer Zeit wieder in unsere bescheidene Hütte führt?“ Sie war höchstens fünfundzwanzig, Lianas Schätzung nach. „Uns deine Freundin vorzustellen, kann ja wohl nicht alles sein.“

Jemand, der schnell zum Punkt kommt, dachte Liana und spielte sich kurzentschlossen in den Vordergrund, bevor Teresa antworten konnte.

„Irgendwie schon“, erklärte sie. „Ich wollte unbedingt die Nachbarn der Silberhains kennenlernen. Toma und

Teresa haben mir viel Gutes über euch erzählt, davon wollte ich mir selbst ein Bild machen."

Achile kräuselte amüsiert die Lippen. Die Frau ihm gegenüber hatte ihren abschätzigen Blick nur kurz auf Liana verlagert, nun taxierte sie wieder Teresa, ohne das Gesagte zu kommentieren.

„Hallo, Luxandra", sagte Teresa. „Es stimmt also, du bist wieder da."

Walfa mischte sich ein. „Ja, unsere Tochter ist wieder da, und da sie es offensichtlich versäumt, übernehme ich es, euch ihren Mann vorzustellen. Teresa, Liana, der gutaussehende Bursche neben ihr ist Florin. Die beiden haben letztes Jahr in Sibiu geheiratet."

Der Benannte erhob sich nicht, brachte aber ein passables und durchaus sympathisches Lächeln zustande. „Nett, euch zwei kennenzulernen."

Orest nahte heran, ging zum Zuber und tauchte eine Hand ins bereits eingeflossene Wasser. „Das hier ist auch viel zu heiß!", polterte er in Luxandras und Florins Richtung. „Na los, holt kaltes Wasser. Das hält doch kein Mensch aus."

In dem Moment schleppte Cella mühsam einen Eimer herein. Orest lachte und applaudierte der Kleinen.

Luxandra und Florin erhoben sich und fügten sich dem Wunsch von Vater und Schwiegervater. Liana wollte sich ebenfalls nützlich machen, aber Walfa hielt sie davon ab.

„Aber nicht doch, ihr seid Gäste", tadelte sie milde und drückte den Eimer stattdessen ihrem Gatten in die Hand.

Orest grummelte und folgte seiner Tochter und Florin nach nebenan.

Die Blechwanne war inzwischen ausreichend gefüllt. Achile reichte seinen Sohn an Cosmina weiter, die ihn vorsichtig hineinsetzte. Cella stieg ebenfalls zu, was den Kleinen riesig freute. Luxandra, Florin und Orest kippten indessen Eimer um Eimer frisches Bachwasser in den zentralen Zuber.

„Können wir irgendwas beisteuern?", fragte Teresa Walfa.

„Eure Gesellschaft ist schon mehr als genug, Kind", entgegnete Walfa und schenkte ihr ein weiteres Mal ihr mütterliches Lächeln. „Ihr Silberhains habt schwere Jahre hinter euch. Erst Victoria, dann euer Vater und dann auch noch Tomas treulose Verlobte. Wie hieß sie noch? Sharona, nicht? Ich glaube, ich habe sie nur ein einziges Mal gesehen."

Teresa nickte sacht.

„Unsere Familien müssen wieder zusammenwachsen", fuhr Walfa fort. „Gram und Verlust sollte man nicht alleine tragen."

Luxandra trug einen weiteren Eimer Wasser herbei und beäugte misstrauisch die Anteilnahme, die ihre Mutter gerade Teresa zuteilwerden ließ.

Achile, sanftmütig, hübsch und dem Anschein nach auch ein guter Vater – seine Mutter ein bemerkenswert herzliches Wesen, Orest sicher ebenfalls erträglich, und doch war all das Teresa nicht ausreichend gewesen, um sich hier mit Achile niederzulassen. Das sagte viel über Teresas Sturheit und Ansprüche aus. Irgendwie war es aber auch traurig.

Liana beobachtete, wie Luxandra einen weiteren Eimer kalten Wassers in den Zuber kippte. Dann stellte sie ihn ab und trat zu ihrer kleinen Runde. Ihr eindringlicher Blick galt Teresa.

„Mir ist klar, dass ihr es gerade nicht leicht habt, du und Toma“, erklärte sie zögerlich, wobei etwas wie Anerkennung oder Verständnis in ihrer Stimme mitschwang. „Nun ja. Jetzt schaust du mal wieder bei uns vorbei. Schön. Lange genug hat es gedauert.“

Solch verträgliche Worte waren von ihr nach dem eher kargen Empfang nicht unbedingt zu erwarten gewesen. Dass sie sich über den Besuch freute, kam ihr nicht über die Lippen, Liana meinte trotzdem, dass sie unter der Oberfläche so empfand.

„Mich freut es sehr, euch alle wiederzusehen“, entgegnete Teresa.

Luxandras Miene blieb skeptisch, doch sie nickte und gesellte sich zu ihrem Mann und ihrem Vater, die über die aktuelle Wassertemperatur im Zuber diskutierten.

Als die Gelegenheit günstig war, weil Walfa von ihrer Enkelin gerufen wurde, fragte Liana Teresa, ob es zwischen ihr und Luxandra Streit gegeben habe.

„Wir sind bestens ausgekommen“, behauptete Teresa. „Sie war damals noch ein halbes Kind. Nachdem ich die Beziehung mit Achile beendet hatte, war sie mir böse, weil mir ihr Bruder ihrer Meinung nach nicht gut genug war.“

„So war es ja auch, oder?“

Teresa taxierte sie streng. „Ich hab’s dir doch schon erklärt. An Achile lag’s nicht. Ich wollte das Leben hier nicht.“

„Schon gut“, seufzte Liana einsichtig.

„Herbei, herbei, allerseits, ihr feine Gesellschaft!“, dröhnte plötzlich Orest launig. „Es ist angerichtet!“

KAPITEL 5: SCHIMMEL UND FLAMMEN

Das Wasser war angenehm heiß und der Zuber mit acht erwachsenen Insassen gut gefüllt. Liana hatte sich neben Teresa gesetzt, mit der sie keine Berührungsängste hatte. Zu ihrer Linken saß Cosmina, was ebenfalls kein Anlass für Unbehagen war.

An Teresas anderer Seite hockte Florin. Vielleicht ganz gut, dass es nicht Achile war. Ein Eifersuchtsszenario wäre der erneuerten Familienfreundschaft zwischen den Totans und den Silberhains sicher nicht zuträglich.

Das brachte Liana auf den eigentlichen Grund ihres Hierseins zurück. Wenn ihre Mutmaßungen stimmten, hatten auf diesem Hof nicht immer Totans gewohnt. Doch wie leitete man zu so einem delikaten Thema über? Falls die Juneskrogs von hier vertrieben worden waren, hatten die Totans womöglich einen nicht unerheblichen Anteil daran gehabt. Das war wahrscheinlich nichts, worüber man gern redete. Achile und Luxandra waren zu jung, um diese Zeit miterlebt zu haben. Bei Walfa und Orest sah es schon anders aus.

„Aber jetzt erzähl mal, Liana aus Bukarest!", polterte Orest. „Was haben du und Teresa in dieser entsetzlichen Stadt getrieben?"

Gefeiert, gevögelt, gelebt, lag Liana auf der Zunge. Stattdessen antwortete sie: „Wir haben zusammen Musik gemacht. Ziemlich erfolgreich sogar. Ich schreibe für ein Kulturjournal, dadurch hatten wir gute PR. Unser Album *Signs and Portents* hat auch darüber hinaus beachtliche Resonanzen bekommen."

Dies war nicht nur eine Antwort an Orest, sondern auch ein subtiler Hinweis an Teresa, was sie in Bukarest im Begriff war, aufzugeben.

Orests Miene verdüsterte sich ein wenig. „Du bist so eine Zeitungstante? Ach herrje."

Achile brachte sich ein. „Vater glaubt keiner Zeitung, sondern nur, was Sonntagabend im Wirtshaus erzählt wird", bemerkte er spitz.

„Was mir da gesagt wird, hat Hand und Fuß", raunte Orest. „Zeitungen schreiben, was ihnen befohlen wird."

„Heute nicht mehr", sagte Liana. „Die Kommunisten sind zum Glück Vergangenheit. Und mein Magazin schreibt ohnehin nur über Kunst und Kultur."

Orest war anzumerken, dass er dem wohl gern noch etwas hinzugefügt hätte, um des Badefriedens aber schwieg. Wahrscheinlich hatte ihn Walfa unter Wasser gekniffen. Die Erwähnung des Regimes wäre eine Gelegenheit, um dem Thema Juneskrog näherzukommen, aber Teresa griff den Faden nicht auf. Sei's drum, Teresa kannte die Totans besser. Der Impuls, der Sache auf den Zahn zu fühlen, musste von ihr ausgehen.

„Was versteht dein Magazin unter Kultur?", fragte Luxandra neben ihrem Vater und taxierte Liana scharf.

Liana kam eine Idee. „Nun, wir haben auch schon mal etwas über deutschstämmige Dynastien und ihre

Schicksale unter dem Regime veröffentlicht. Auch das ist Teil rumänischer Kultur."

Eine Gelegenheit auf dem Silbertablett serviert, und Liana war gespannt, ob Teresa sie wahrnehmen würde.

„Da war Teresa natürlich eine lohnende Adresse", meinte Walfa.

Liana nickte bestätigend. Teresa wiederum gab keinen Kommentar ab. Cosmina stand auf und stieg aus dem Zuber, weil ihre Kinder nach ihrer Aufmerksamkeit verlangten. Der Rest verblieb im heißen Wasser. Liana spürte Luxandras stechenden Blick auf sich.

„Hast du vor, Toma zu trösten?", fragte sie. „Falls du nicht bereit bist, hierherzuziehen und ihm Kinder zu schenken, verschwendest du seine Zeit."

Liana versuchte, eine neutrale Miene zu bewahren. Bemerkenswert, wie hier alle um Toma Silberhains Liebesleben und Wohlergehen besorgt waren. Wahrscheinlich war das in abgelegenen Dörfern einfach so. Alle passten aufeinander auf.

„Schatz, das ist allein Tomas Angelegenheit", tadelte Walfa. „Er wird schon wissen, was er tut – und was nicht."

„Aber es stimmt doch, Toma wird die Dynastie fortführen wollen", beharrte Luxandra. „Dafür braucht er jemanden, der hier mit ihm leben will." Sie wandte sich wieder an Liana. „Wenn er niemanden findet, werden die Silberhains aussterben. Außer Teresa bleibt und heiratet."

Es hatte durchaus seinen Charme, wenn so ungeschönt geredet und unangenehme Wahrheiten unkompliziert auf den Tisch gebracht wurden. Meistens führte es aber auch zu Verlegenheit auf der einen oder anderen Seite. Liana versuchte, die ihre zu überspielen. Im Grunde aber genoss sie die Situation.

Walfa lächelte sie an, Luxandra studierte sie verhaltener. Sie schien noch ein wenig tiefer bohren zu wollen, doch nun verschafften sich erstmal die Kinder in ihrer Blechwanne Gehör. Die beiden wollten zu den Erwachsenen in den großen Zuber.

„Erst, wenn es nicht mehr so heiß ist", stellte ihre Mutter klar.

Cella und Elian sahen es nach mehreren Versuchen ein, und Cosmina stieg ohne sie in den Zuber zurück.

„Sharona wird nicht wiederkehren, oder?", sagte sie. „Wo kam sie nochmal her?"

Teresa nannte eine Kleinstadt in der Walachei.

Bei aller Freundlichkeit konfrontierte diese Sippe ihre Gäste mit äußerst ungeschliffenen Themen, musste Liana feststellen. Auch das entsprach wohl der hiesigen Mentalität. Teresa verhielt sich schließlich genauso.

Cosmina nahm wieder ihren Platz neben Liana ein. „Mir kam sie, wie soll ich sagen, seltsam vor. Eine Auswärtige aus der Stadt, die sich einbildet, hier zurechtzukommen. Sie hat sich das Leben bei uns wohl etwas einfacher vorgestellt."

„Und jetzt hat Toma wieder eine Auswärtige unter seinem Dach", merkte Luxandra an. „Hoffentlich ist er klüger geworden."

„Auch du hast einen Auswärtigen", entgegnete Teresa kühl.

Danke, dachte Liana und sah Florin ihr gewogen zunicken. Die Dorfbewohner hätten es wahrscheinlich lieber gesehen, wenn der wohlhabende Gutsherr jemanden von hier geheiratet hätte. Womöglich hatten auch Cosmina und Luxandra mal Ambitionen für Toma gehabt. Oder wenigstens ihre Familien.

Achile wandte sich an seine Schwester. „Toma wird, genau wie du, schon wissen, was gut für ihn ist."

„Auf jeden Fall müssen wir auf euren Besuch anstoßen", proklamierte Orest. „Luxandra, hol eine Flasche und Becher!"

Luxandra verzog eine genervte Miene, gehorchte aber und stieg aus dem Zuber.

„Der vom letzten Jahr ist wirklich ausgezeichnet", verhieß Orest mit einem breiten Grinsen unter seinem Bart.

„Ich bin gespannt", sagte Teresa.

Aus einem Schränkchen beim Holzregal nahm Luxandra eine Korbflasche. Ein Selbstgebrannter aus Gartenobst, vermutete Liana.

„Was machen die Familiengeschäfte, Teresa?", fragte Orest. „Hab gehört, in der Käserei wird eine neue Harfe gebraucht. Das weiß ich aus dem Wirtshaus", fügte er mit einem grimmigen Seitenblick zu Achile hinzu.

„Wir haben bereits eine in Auftrag gegeben", antwortete Teresa.

Luxandra kam zurück, in der einen Hand die Korbflasche, in der anderen einen waghalsig aufeinander gestapelten Turm aus Holzbechern – Birkenholz, der weißen Rinde nach. Sie wurden durchgereicht. Dann schenkte Luxandra nacheinander ein. Fast randvoll, wie Liana bei Teresa beobachtete.

„Mir reicht ein halber", sagte sie, als sie an der Reihe war.

Luxandra machte ihr den Becher trotzdem voll.

„Ziemlich starkes Zeug, nehme ich an", flüsterte Liana Teresa zu.

„Darauf kannst du wetten."

Nachdem die acht Becher gefüllt waren, wurde die Korbflasche neben der Einstiegsleiter abgestellt, und Luxandra nahm wieder ihren Platz ein.

„Auf unsere Familien!", donnerte Orest. „Auf unsere Verbundenheit! Auf Gesundheit und Wachstum! Und auf das reizende neue Gesicht in unserer Mitte", ergänzte er grinsend an Liana.

Sie dankte ihm nickend, dann wurden die schmucken Holzbecher vorsichtig aneinander geklappert. Orest kehrte den Patriarchen heraus, aber Liana war sich ziemlich sicher, dass in dieser Familie Walfa das letzte Wort hatte.

Der klare Obstschnaps erwies sich als überraschender Gaumenschmeichler und war nicht so stark wie befürchtet. Liana nippte trotzdem nur. Nicht, dass noch jemand auf die Idee käme, nachzuschenken.

Der Alkohol leistete sicher seinen Beitrag, dass sich die Stimmung im Zuber ein wenig auflockerte und auch die strengen und mitunter ungewohnt direkten Fragen und Kommentare abflauten. Florin hatte einige Jahre in Deutschland gelebt und dort das Bäckerhandwerk erlernt, wie Liana und Teresa erfuhren. In Sibiu – Hermannstadt – hatte er nach seiner Rückkehr eine Bäckerei eröffnen wollen. Da aber war ihm Luxandra dazwischengekommen. Nun backte er nur noch für die Totans.

„Wir werden neben der Scheune einen Steinbackofen bauen", verkündete er tatendurstig. „Achile und ich.

Damit werde ich fünfzehn oder mehr Brotlaibe gleichzeitig backen können. Dann werde ich auch welche im Dorf verkaufen.“

„Alles Zeit, die ihr nicht in der Mine arbeitet“, grummelte Orest. „Hier braucht es keinen Bäcker. Hier backt jeder sein Brot selbst. Stimmt doch, Teresa?“

„Wir haben einen alten Steinbackofen auf der Terrasse“, antwortete Teresa. „Der wird nie benutzt. Du kannst ihn gern mal befeuern. Damit du in Übung bleibst.“

Sehr elegant, dachte Liana. Teresa hatte damit Orest weder widersprochen noch ihm zugestimmt, Florin somit nicht entmutigt, sondern sogar eine weitere nachbarschaftliche Brücke geschlagen.

„Den sehe ich mir gern mal an“, entgegnete Florin sichtlich erfreut.

„Die Arbeit in der Mine wird deswegen nicht vernachlässigt, damit das klar ist“, brummte Orest wenig begeistert. „Von ein paar Brotlaiben können wir nicht leben.“

„Von Kohle aber auch nicht“, warf Achile ein, was ihm seitens Orest einen äußerst missbilligenden Blick einbrachte.

„Kohle?“, fragte Liana. „Ich dachte, ihr baut hier Gold ab.“

„Schon, aber wir stoßen in letzter Zeit vor allem auf Kohlevorkommen“, antwortete Achile. „Früher ist unsere Mine sogar vornehmlich eine Kohlemine gewesen. Bis eines Tages Gold gefunden worden ist.“

„Muss eine gewaltige Plagerei gewesen sein“, überlegte Liana und dachte an die steile Dorfstraße. „Die

Kohle erst ins Dorf hoch und dann weiter ins Tal zu bringen, meine ich."

„Damals gab es noch einen anderen Weg", antwortete Achile. „Um den Berg herum, ohne erst hoch zum Dorf zu müssen. Eine Schufterei muss es trotzdem gewesen sein."

Die Straße in den Wald, die mittlerweile eine Sackgasse war, folgerte Liana. Sie kamen gerade jenen Zeiten näher, zu der sie Fragen hatte. Vielleicht würde Teresa nun endlich beiläufig zu den Juneskrogs überleiten.

Sie tat es ohne Umschweife. „Haben hier nicht vor euch Juneskrogs gelebt?", fragte sie.

Falls sie vorgehabt hatte, Orest damit kalt zu erwischen, war das gelungen. Sein über alles erhabener Ausdruck entwich wie Luft aus einem Ballon.

„Ach ja", sagte er. „Vor meiner Zeit."

„Noch eine deutschstämmige Familie, über die dein Magazin schreiben will?", bemerkte Cosmina von der Seite.

Liana zuckte mit den Schultern. „Ich weiß nicht. Was gäbe es denn über die zu schreiben?"

„Nichts, was wir dir berichten könnten", sagte Walfa ruhig. „Das war vor unseren Tagen, mein Kind."

Das ließ wenig Spielraum, um daran anzuknüpfen. Die Erwähnung der drei ominösen Typen heute Morgen wäre ein Ansatzpunkt, aber Liana wollte es Teresa überlassen, ob die zur Sprache kommen sollten oder nicht. Es hatte im Moment nicht den Anschein. Falls diese drei auch hier aufgeschlagen hatten, gaben sich die Totans keinerlei Blöße.

Orest leerte mit einem kräftigen Zug seinen Becher. „Luxandra, schenk mir nochmal nach."

Da erst fiel Liana der eindringliche und wissende Blick auf, mit dem Luxandra sie bedachte. Wahrscheinlich ahnte sie, dass sie hier soeben auf den eigentlichen Grund ihres Besuches gestoßen waren. Womöglich ahnten sie es gerade alle und zogen ihre Schlüsse: Liana, eine Journalistin, die hier nach einer Geschichte wühlte, eine möglichst reißerische natürlich.

„Luxandra", brummte Orest nachdrücklich. „Los, mach schon."

Luxandra erhob sich geziert, langte nach der Flasche draußen und erfüllte ihrem Vater seinen Wunsch. Außer ihm wollte niemand nachgeschenkt bekommen.

Die Stimmungslage im Zuber hatte sich glücklicherweise nur kurz getrübt. Als Orest zu singen begann, gab es für die Kinder in ihrer Blechwanne kein Halten mehr. Sie wollten zu den Erwachsenen, und Achile und Cosmina hatten ein Einsehen. Elian wurde von seinem Papa über Wasser gehalten, Cella kam auf den Schoß ihrer Mutter. Gesungen wurde zum Glück nicht lange.

„Kannst du in Bukarest vom Schreiben für dein Kulturmagazin leben?", fragte Cosmina.

„Ich habe auch noch ein paar andere Talente", antwortete Liana.

„Ach ja, ihr macht Musik", sagte Cosmina. „Verdient man damit denn Geld?"

„Wenn man so gut ist wie wir, dann schon", warf Teresa ein, was Liana ungemein freute.

„Musik könntet ihr natürlich auch hier machen", sagte Cosmina. „Aber ich bezweifle, dass du hier leben möchtest."

Liana fand das spartanische Leben hier durchaus faszinierend, aber sie war definitiv eine Stadtpflanze.

Walfas Blick fand sie, und sie schenkte ihr ein Lächeln. „Es kommt darauf an, was einem das Herz sagt, alles andere wird sich dann fügen."

Liana hatte Walfa von Anfang an intuitiv gemocht, aber sie spürte auch, dass Güte und Herzlichkeit nur ein Teil dessen war, was Walfas Wesen ausmachte. Sie konnte, wenn es erforderlich war, auch zur Wölfin werden, da war sich Liana sicher.

Luxandra war die Erste, die dem Zuber den Rücken kehrte. Sie verschwand kurz in den Nebenraum, in dem das Bachwasser geschöpft worden war, und kam mit einem aufklappbaren Holzliegestuhl zurück. Vor der podiumartigen Erhebung, auf der die Schöpfeimer und die Kinderblechwanne auf ihren nächsten Gebrauch warteten, stellte sie ihn auf und legte sich mit einem Buch zur Hand nieder.

Wenig später stiegen auch Cosmina und die Kinder aus dem Wasser. Die Kleinen hätten genug gebadet, meinte sie und erklärte, das Badehaus umgehend zu verlassen, um nach dem Baby zu sehen. Achile blieb.

Liana rätselte, worauf Teresa wartete. Warum bohrte sie nicht weiter? Das Wichtigste hatten sie bereits herausgefunden. Ja, hier hatten einst Juneskrogs gelebt. Laut Walfa vor ziemlich langer Zeit. So mochte es sich verhalten, aber Liana konnte nicht glauben, dass die Totans, zumindest Orest und Walfa, rein gar nichts darüber wussten, was sich damals zugetragen hatte und wohin diese Juneskrogs verschwunden waren. Ob sie den Hof freiwillig aufgegeben hatten oder gehen mussten. Ob sie ihr Eigentum verkauft hatten oder vom

Regime enteignet wurden. Ob sie in Frieden gegangen waren oder verjagt wurden.

Lianas Blick fiel auf Luxandra auf ihrem Liegestuhl. Es konnte kaum schaden, eine eigene Strategie zu verfolgen, um an Informationen zu gelangen.

„Für mich ist es auch erstmal genug", erklärte Liana den Verbliebenen im Zuber und stieg ebenfalls hinaus.

***

Luxandra schenkte ihr keine Beachtung, als Liana sie passierte und sich von der Wandablage ein kleines Handtuch nahm. An der Sitzgruppe trocknete Cosmina gerade ihre Kinder ab. Liana zwinkerte Elian zu, der sich daraufhin grinsend hinter seiner Mama versteckte.

Liana ging zu der gefliesten Liegefläche zurück und ließ sich an Luxandras Fußende nieder. Das Handtuch war zu klein, um sich darauf lang zu legen, aber das machte nichts. Luxandra schaute kurz von ihrem Buch auf, einem Liebesroman, wie Liana dem Umschlag entnahm, und entschied dann wohl, dass dieser interessanter war.

„Ihr seid wirklich nett", sagte Liana. „So viel Gastfreundschaft hatte ich nicht erwartet. Vielen Dank."

Luxandra hob ihren Blick von dem Buch und musterte sie abschätzig. „Kann ich was für dich tun? Einen Schnaps einschenken vielleicht?"

Liana hatte den Birkenholzbecher in der Hand. Er war noch halbvoll. „Oh, nein, danke. Schmeckt sehr gut, aber mehr als einen Becher trinke ich lieber nicht."

Luxandra las weiter. Im Zuber berichtete Orest gerade von einer aufregenden Wildschweinjagd letzte
Woche.

„Du warst eine Weile weg von hier, hat mir Teresa erzählt", fuhr Liana fort. „Hast dort dann auch geheiratet.
Wo warst du überall? Und warum bist du weggegangen?"

Nun legte Luxandra ihr Buch beiseite. „Was geht dich
das an?", entgegnete sie ruhig und nichtsdestotrotz bissig. „Glaubst du etwa, das wäre eine lustige Geschichte,
über die du in deinem Kulturblatt schreiben kannst?
Das kleine Bergmädchen, das es in der Stadt versucht
hat und dann doch ganz schnell wieder heimgelaufen
ist?"

Luxandra war ein Geradeaus-Typ und ließ sich nicht
viel vormachen, deshalb beschloss Liana, ihr einfach
die Wahrheit zu sagen. Zumindest einen Teil davon.
„Mit beruflichem Interesse hat es schon auch zu tun",
lenkte sie ein. „Cosmina hat natürlich recht. Nicht jeder
ist für ein Leben hier gemacht. Bei dieser Sharona hat
es ja offensichtlich nicht geklappt. Ich bin im Donaudelta aufgewachsen, trotzdem bin ich ein Stadtkind.
Diese Welt hier ist mir fremd. Ich fühle mich bislang
recht wohl, aber ich glaube nicht, dass das ausreicht,
um hier sesshaft werden zu können. Das Leben, die Gebräuche, die Umgangsformen, alles ist anders. Du
kennst beide Welten. Vielleicht kannst du mir einzuschätzen helfen, was die Unterschiede zwischen den
Menschen hier und denen weiter unten sind."

Luxandra beäugte sie noch immer misstrauisch, aber
zumindest ein Stück weit schien es sich zu verflüchtigen. „Ich bin von hier fortgegangen, weil ich geglaubt

habe, das Leben wäre woanders besser", antwortete sie. „Ich habe mich geirrt. Deshalb bin ich wieder hier."

„Was ist hier so viel besser als woanders?", fragte Liana.

„Die Menschen stehen füreinander ein", war die simple Antwort.

Liana ließ das Gehörte sacken. Im Zuber gab indessen weiterhin Orest den Ton an. Das Wildschwein war noch immer nicht erlegt.

„Warum seid ihr hier?", fragte Luxandra schließlich. „Nach so vielen Jahren will uns Teresa Silberhain auf einmal einen Höflichkeitsbesuch abstatten? Dass ich nicht lache."

Liana sah keinen Sinn darin, irgendetwas abzustreiten. Luxandra war durchweg aufrichtig, soweit sie das beurteilen konnte, insbesondere in ihrer nur mäßigen Begeisterung, was den überraschenden Besuch aus dem Hause Silberhain anbelangte. Sie hatte deshalb auch eine aufrichtige Antwort verdient.

„Heute Vormittag sind drei seltsame Typen bei den Silberhains gewesen", sagte Liana. „Sie haben Forderungen gestellt. Behaupteten, die Silberhains hätten etwas, das ihnen gehört. Sie sagten, ihr Name wäre Juneskrog. Da haben wir uns überlegt, dass diese drei vielleicht auch bei euch gewesen sind."

Luxandra schüttelte den Kopf. „Hier war niemand. Was genau wollten die denn?"

„Haben sie nicht gesagt", antwortete Liana. „Vielleicht, weil sie es selbst nicht wussten."

Luxandra zog argwöhnisch die Augenbrauen hoch und nahm wieder ihr Buch auf. „Ich weiß nicht, wie ich dir helfen könnte, dir die Unterschiede begreiflich zu machen", fügte sie hinzu. „Wenn du das wirklich ergründen willst – was ich bezweifle –, wirst du lernen müssen, nicht nur die hübsche Gegend zu mögen, sondern auch alles andere."

Zum Beispiel, dass die Menschen hier füreinander einstehen, dachte Liana, während Luxandra wieder ihr Buch aufschlug. *Oder es zumindest sollten.*

„Teresa hat damals nicht nur Achile verletzt, nicht wahr?", fragte sie. „Sie hat auch dich verletzt."

Es dauerte ein paar Sekunden, dann legte Luxandra ihr Buch erneut beiseite. Ihr Blick war finster, als sie zu ihrer Antwort ansetzte. „Sie hat uns alle verletzt. Jeden Totan hier. Sie hat uns weggeworfen. Offenbar waren wir nicht gut genug für eine Silberhain. Deshalb verstehe ich nicht, warum gerade alle so tun, als wären wir bestens befreundet."

Lianas Blick wanderte zum Zuber hinüber, wo Orest seine Geschichte wild gestikulierend fortsetzte und damit sogar Teresa zum Grinsen brachte.

„Vielleicht, weil es schön wäre, wenn es wieder so wäre", meinte Liana.

Luxandra kommentierte das nicht weiter.

„Du kennst Teresa viel länger als ich", fuhr Liana eindringlich fort. „Somit weißt du auch, dass sie gesellschaftlich ziemlich ... eingeschränkt ist. Um nicht zu sagen inkompetent. Glaub mir, auch mir hat sie es nicht leicht gemacht, als wir uns in einem Club in Bukarest kennengelernt haben. Sie hat eine Geste falsch verstanden und mich draußen in eine Lache Regenwasser getunkt." Schmunzelnd erinnerte sich Liana an dieses Wochenende vor fünf Jahren, als sie und Teresa Freundinnen geworden waren. „Was immer damals war, ich bin sicher, dass euch Teresa nicht kränken oder beleidigen wollte. Teresa ist eben ... Teresa.“

Luxandra atmete tief durch und drehte den Kopf zum Zuber hinüber. Im Moment war es Achile, der irgendetwas zur allgemeinen Belustigung beitrug.

„Ich würde sie am liebsten beidhändig würgen“, raunte Luxandra.

Liana, die durchschaute, wie es gemeint war, schmunzelte und nickte zustimmend. „Diese Fantasie ist mir nicht fremd.“

Auf einmal konnte Luxandra sogar ein wenig lächeln.

„Auf, auf!“, befahl Cosmina ihren Kindern und dirigierte sie am Zuber vorbei Richtung Ausgang. Cella und Elian eilten voraus, Cosmina und Achile küssten sich noch flüchtig über die Zuberwand hin, dann verließ Cosmina mit den beiden Kleinen das Badehaus.

***

Luxandra las wieder in ihrem Buch, und Liana wollte sie nicht weiter stören, um den soeben erst entfachten Funken von Sympathie füreinander nicht gleich wieder zu belasten. Sie überlegte sich, zurück in den Zuber zu steigen, entschied dann aber, das Geschehen lieber aus ein paar Metern Entfernung mitzuverfolgen. So verblieb sie auf dem Liegepodium neben Luxandra und sah durch ein beschlagenes Fenster Cosmina und die Kinder draußen vorbeilaufen. Eine Idylle, der Totan-Hof, sowohl seiner beschaulichen Lage nach als auch der Menschen, die hier miteinander lebten.

Die drei Fremden, die sich als Juneskrogs ausgegeben hatten, schienen Luxandra nicht weiter zu interessieren, geschweige denn beunruhigt zu haben. Demzufolge waren die tatsächlich nur bei den Silberhains vorstellig geworden. Warum auch immer.

Liana sah auf, als Bewegung in den Zuber kam. Walfa und Orest stiegen heraus, und dem Vernehmen nach wollten sie das Badehaus verlassen.

„Ihr bleibt natürlich zum Abendessen", polterte Orest launig. „Und da dulde ich keine Widerrede!"

Dagegen war nichts einzuwenden. Schon allein deshalb, weil nicht davon auszugehen war, dass Teresa die Zeit genutzt hätte, den beiden nochmal auf den Zahn zu fühlen. Walfa warf Liana einen Gruß zu, dann folgte sie ihrem Gatten in den Vorraum.

Teresa blieb mit Achile und Florin im Zuber zurück. Womöglich zielte sie auf Achile als Informationsgeber ab. Liana wollte sie machen lassen, wenngleich sie sich davon nicht viel versprach. Luxandra hatte kaum auf den Namen Juneskrog reagiert. Ihr Bruder war nicht viel älter als Teresa. Unwahrscheinlich, dass er entscheidend mehr als Luxandra über das Schicksal dieser Familie wusste.

„Wie oft macht ihr das?", fragte Liana. „Dieses Badehaus beheizen und dann alle zusammen einen gemütlichen Nachmittag verbringen? Ich finde das großartig."

„In den kalten Monaten jede Woche", antwortete Luxandra, schloss ihr Buch und widmete sich Liana. „Im Sommer seltener."

„Wer hat es gebaut? Deine Eltern?"

Luxandra verneinte, wobei sie Liana mit einem durchdringenden Blick bedachte. „Es ist schon älter."

Liana fühlte sich ertappt und versuchte erst gar nicht, ihre Absichten zu verschleiern.

„Ich muss ständig an diese Leute von heute Morgen denken", räumte sie ein. „Die denken, ihnen stünde irgendetwas zu. Toma und Teresa haben aber keinen Schimmer, was das sein könnte."

„Glaubt ihr, wir wüssten das?", meinte Luxandra in unveränderter Haltung und Miene.

Liana seufzte. „Na, immerhin hatte ich dadurch das Vergnügen, dich und deine Familie kennenzulernen. Und mit etwas Glück rücken mit dem heutigen Tag Totans und Silberhains wieder näher zusammen."

Dann würde Teresa mit besserem Gewissen nach Bukarest zurückkehren können, ließ sie ungesagt.

Ihr Blick wanderte zum Zuber. Achile, Florin und Teresa stiegen nun ebenfalls heraus.

„Verschrumpelt ihr allmählich?", fragte Liana.

„Zu einem Baderitual gehören auch Pausen", klärte Achile sie auf. „Tee für dich?"

„Gern", entgegnete Liana erfreut.

Er und Teresa begaben sich zu der Sitzgruppe, Florin hielt bei Luxandra und Liana inne. Liana verharrte noch ein paar Augenblicke, dann folgte sie Teresa und Achile. Womöglich hatten die zwei jungen Eheleute etwas Privates zu besprechen.

An dem als Tisch genutzten Steinquader saß das ehemalige Liebespärchen beisammen. Liana riskierte es, zu stören und setzte sich dazu. Falls Teresa die Gunst des Augenblicks nutzen wollte, Achile über die Juneskrogs auszuhorchen, stünde sie dem wohl kaum im

Weg. Tatsächlich aber plauderten sie über jemanden aus dem Dorf. War wohl eine lustige Geschichte aus ihrer gemeinsamen Zeit.

Eine gemütliche Viertelstunde verstrich, in der Florin von seinen Jahren in Deutschland erzählte, dann begann der Teekessel zu pfeifen. Achile trug ihn auf, woraufhin sich auch Luxandra zur Sitzgruppe gesellte. Liana genoss die unverfängliche Atmosphäre, die sich eingestellt hatte. Hier saßen Freunde zusammen, Freunde und Familie. Nichts stand zwischen ihnen. Nicht einmal Kleidung. Luxandra verhielt sich Teresa gegenüber zwar weiterhin reserviert, aber das wusste Liana inzwischen einzuordnen und hatte Verständnis dafür.

Das Gespräch entwickelte sich hin zu den vergangenen Jahren, in denen Totans und Silberhains kaum Kontakt miteinander gehabt hatten, nicht zuletzt, weil Teresa die meiste Zeit in Bukarest verbracht hatte.

„Ich muss mir vorwerfen, Toma nie besucht zu haben", räumte Achile verkniffen ein. „Es wäre angebracht gewesen, ihm Hilfe anzubieten. Ihr habt schwere Jahre hinter euch. Und doch habe ich mich nie blicken lassen. Nicht mal, nachdem euer Vater gestorben war."

„Du hast geheiratet und Kinder in die Welt gesetzt", entgegnete Teresa nüchtern. „Und du wusstest nicht, ob du bei uns willkommen wärst."

Achile kräuselte seine Lippen zu dem hinreißenden Schmunzeln, das er heute schon mehrfach gezeigt hatte. „Das mag stimmen. Aber ich hätte über meinen Schatten springen können. So wie du heute."

„Warum solltest du?", warf Luxandra ein. „Wir hatten es selbst schwer genug, meinst du nicht?"

Nachfolgend berichtete Achile von einem ihrer Onkel, einem Bruder Orests, der gern mit seiner Familie hergezogen wäre, um in der Mine zu arbeiten. Orest aber hatte ablehnen müssen. Die Mine warf kaum genug für eine Familie ab, daran würden auch zusätzliche Hände nichts ändern. Nicht bevor man auf eine neue Ader stieße. Die Erträge waren in den vergangenen Jahren so weit zurückgegangen, dass sogar schon mal im Raum gestanden war, die Minenarbeit ganz aufzugeben. Orest aber wollte davon nichts hören und war laut geworden.

Während Achile erzählte, behielt Liana vor allem Luxandra im Auge. Dass ihr Bruder hier gerade so freigiebig mit delikaten Familienangelegenheiten herausrückte, schien ihr gar nicht recht, aber sie ließ ihn gewähren.

„Wenigstens unser Kohlekeller ist voll wie schon lange nicht mehr", schloss Achile und ließ sich auch von diesem weniger erfreulichen Thema nicht die Laune vermiesen.

Liana vernahm ein entferntes Klirren, so als wäre irgendwo nebenan eine Flasche zu Bruch gegangen. Auch die anderen hatten es gehört und wandten die Blicke zum fernen Ende des Raums. Im nächsten Moment zersprang die vorderste Fensterscheibe und etwas Schweres krachte auf die Bodenfliesen. Liana erschrak fürchterlich, doch ihr Entsetzen weitete sich noch, als etwas Brennendes dem faustgroßen Stein hinterherflog. Der Brandsatz zerschellte am Holzlager und überzog das Regal und den Fußboden mit einem Flammenteppich.

Liana wusste nicht mehr, wer alles geschrien hatte,
aber sie alle sprangen in Panik auf. Achile und Florin
eilten auf das Feuer zu, Liana wiederum rang gegen den
Impuls an, in den Anbau zu flüchten. Zu ihrem Entsetzen flog noch ein weiterer Brandsatz durch das bereits
kaputte Fenster. Dieser traf den Eingangsbereich. Das
Holzlager stand in Flammen, dazu Teile des Fußbodens
und nun auch noch die Eingangstür. Die Feuerzungen
leckten bis an die Decke.

Achile und Florin nässten im Zuber Handtücher und
schlugen damit auf die Flammen ein. Teresa und
Luxandra griffen sich Eimer und stürzten ebenfalls an
die Feuerfront. Liana schloss sich an. Sie schöpfte mit
den anderen aus dem Zuber und schleuderte willkürlich Wasserschwälle in den vorderen Teil des Badehauses. Achile brüllte etwas, Florin brüllte etwas, Luxandra
schrie etwas zurück, aber Liana verstand kein Wort. Jemand packte sie von hinten und schleifte sie um den
Zuber herum. Teresa.

„Komm schon!", rief sie.

Einen Moment lang dachte Liana, Teresa wollte davonlaufen, doch weit gefehlt. Sie hatte es auf die noch
immer gefüllte Blechwanne auf dem Podium abgesehen.

„Na los, fass mit an!"

Zu zweit schleppten sie das Ding um den Zuber
herum.

„Vorsicht! Aus dem Weg!", brüllte Teresa.

Achile stolperte zur Seite und machte den Weg frei. Liana und Teresa ergossen den Wanneninhalt auf den Boden. Das Wasser breitete sich aus und verzehrte die Flammen auf den Fliesen zu weiten Teilen. Nun konnte Achile bis zur Eingangstür vordringen, um sie mit nassen Handtüchern zu bearbeiten.

Florin versuchte indessen dasselbe beim Holzregal, unterstützt von Luxandra, die im Zuber stand und im Stakkato Eimer um Eimer am Kamin vorbei in die Flammen schickte. Dichter Qualm stieg nach oben und weiter zum kaputten Fenster.

„Auf der anderen Seite brennt es auch!", brüllte Achile an der Tür.

Liana fragte nicht, woher er das wusste. Die Tür selbst jedenfalls war gelöscht – zumindest auf dieser Seite. Achile hatte den Duschhahn aufgedreht und ließ das Wasser laufen. Mit feuchten Handtüchern kleidete er den unteren Türspalt und den Eingangsbereich aus.

„Macht weiter!", rief Luxandra, warf Teresa ihren Eimer zu und kletterte aus dem Zuber.

Liana sah, was sie umtrieb. Die Flammen hatten einen Querbalken in der Decke erreicht, der schon zu kokeln begann. Luxandra tunkte ein weiteres Handtuch ins Wasser und ging auf der Einstiegsleiter stehend dagegen vor.

Teresa schöpfte bereits wieder aus dem Zuber. Liana nahm den nächstbesten Eimer auf und tat es ihr gleich. Eimer um Eimer beförderte sie gegen das Holzregal, dem Qualm immer wieder ausweichend. Die gemeinsame Anstrengung zeigte Wirkung. Die Rauchentwicklung hielt sich in Grenzen. Vielleicht war das Lagerholz so feucht, dass bislang nur die brennbare Flüssigkeit aus den Brandsätzen brannte. Eine andere Erklärung hatte Liana nicht.

Achile eilte zu ihnen zurück. Liana sah, dass seine Füße bluteten. Offensichtlich war er in Scherben getreten.

„Macht hier fertig, ich gehe nach draußen!"

Mit dieser Ansage humpelte er um den Zuber herum und verschwand durch die Tür in den Anbau. Liana fand es beruhigend, dass es dort wohl einen Hinterausgang gab.

Während Teresa sich letzte übriggebliebene Brandstellen am Eingangsbereich vornahm, widmeten sich Liana und Florin ganz dem Holzregal. Luxandra wiederum tunkte ein ums andere Mal ihr Handtuch ins Wasser, um es gegen den kokelnden Deckenbalken zu pressen. Dass sie dem Brand hier drin bald Herr würden, war absehbar. Doch was war sonst noch passiert? Was ging da draußen vor? War eine Räuberbande ins Tal eingefallen? Liana vernahm Schreie und wüste Befehle. Unzweifelhaft von Orest.

Luxandra stieß einen Schmerzensschrei aus und wich zurück. Offenbar war ihr Knie den Flammen am Holzregal zu nahegekommen. Liana schleuderte einen Wasserschwall darauf. Durch das schmutzige Löschwasser, in dem nun vor allem der vordere Bereich des Badehauses schwamm, humpelte Teresa zu ihnen zurück. Ihr rechter Fuß gab sichtbar Blut ans Wasser ab. Auch sie musste sich geschnitten haben. Liana wollte zu ihr, aber Teresa hob eine abwehrende Hand.

„Bleib weg!", rief sie. „Sonst schneidest du dich auch!"

Sämtliche Flammen am Holzregal waren erstickt oder ertränkt worden. Die hohe Luftfeuchtigkeit hier drin hatte es dem Feuer zusätzlich erschwert. Liana vergoss den Eimer, den sie bereits geschöpft hatte, und wollte sich ein Stück weit erleichtert Teresa widmen, als diese plötzlich losstürzte, Luxandra auf der Zuberleiter umklammerte und mit sich fortriss. Im nächsten Augenblick brach mit einem mächtigen Rumpeln der Querbalken mit einem Teil des Daches herab. Noch ehe Liana ganz begriff und reagieren konnte, traf sie etwas am Kopf, und sie taumelte gegen den Zuber.

***

Liana schwindelte; für eine Weile hatte ihr Gehör ausgesetzt. Zumindest kam es ihr so vor. Teresa und Luxandra lagen beide neben einem Schuttberg vor dem Kamin und riefen ihr etwas zu. Liana aber hörte nichts außer einem leisen Pfeifen, das wahrscheinlich wiederum niemand anderes vernahm. Ihre ganze Welt roch nach Asche. Teresa kroch auf allen vieren näher, aber es war Florin, der Liana auf die Füße hievte. Liana wollte sich am Zuber einhalten, bis der Raum in ihrer Wahrnehmung nicht mehr seitlich umzukippen schien, doch Florin schleppte sie rücklings weiter. Luxandra half indessen Teresa auf.

Der Raum schien sich zu drehen, doch Lianas Hörvermögen kehrte allmählich zurück. Florin brachte sie auf das gefliese Podium, wo sie vom Löschwasser und etwaigen Scherben sicher waren. Sitzend und mit dem Rücken an die raue Außenwand gelehnt versuchte Liana, den Raum und das Geschehen zu erfassen, was ihr aber nur unzureichend gelang. Sie konzentrierte sich auf Teresa, die von Luxandra gestützt ebenfalls zum

Liegepodium gebracht wurde. Schon war sie bei ihr, was Liana irgendwie tröstlich empfand. Sie strich ihr zärtlich über die Wange, dann über den Kopf, und schließlich wedelte sie ein paar Zentimeter vor Lianas Augen mit einem ausgestreckten Finger hin und her. Liana glaubte, ihm folgen zu können. Endlich verstand sie auch die Worte, die sie seit Kurzem wieder vernahm.

„Jetzt sag schon", blaffte Teresa unwirsch. „Kannst du mich hören und sehen?"

Liana nickte.

Auch Luxandra tauchte in Lianas Blickfeld auf, sie aber redete auf Teresa ein. „Du blutest. Wir müssen das abbinden."

Teresa widersprach nicht. Sie bequemte sich auf ihren Hintern und ließ zu, dass Luxandra ihren verletzten Fuß nach Glassplittern untersuchte. Anschließend band Luxandra ihn mit einem Handtuch ab, bis ein richtiger Verband verfügbar wäre.

Auch Florin war wieder da und stellte einen Eimer Wasser neben Liana ab. Mit einem tropfenden Waschlappen betupfte er Lianas Stirn. Das Wasser war eiskalt. Es musste frisch aus dem Bach kommen.

Laut krachend wurde die Eingangstür aufgestoßen. Florin und Luxandra wirbelten herum. An Florin vorbei sah Liana durch einen Rest fahler Rauchschwaden Cosmina im Türbogen stehen, gekleidet in Grau und mit einem Gewehr in der Hand.

„Geht es euch allen gut?", rief sie besorgt.

„Nur Schnittwunden", erwiderte Florin. „Liana hat ein Stein getroffen. Aber es scheint nicht so schlimm."

„Bleibt erstmal hier drin“, erwiderte Cosmina befehlsgewohnt. „Es ist alles gelöscht. Niemand ist verletzt worden.“

„Wer hat das getan?“, rief Luxandra.

„Das werden wir sehen“, meinte Cosmina finster und verschwand. Die Tür ließ sie offen.

Florin nahm sich wieder Liana an und fuhr noch eine Weile damit fort, Lianas Gesicht und Kopf zu benetzen, bis sie ihm irgendwann Einhalt gebot, weil ihr das kalte Wasser unangenehm wurde.

Ihr Blick fand Teresas, aber es war Luxandra, die sie fragte, wie es ihr ging und ob sie Kopfschmerzen hätte.

Liana schüttelte vorsichtig den Kopf. Bis auf das Schwindelgefühl fühlte sie sich gut.

„Das kommt wahrscheinlich noch“, meinte Florin. „Schätze, es wird eine ordentliche Beule. Zum Glück keine Platzwunde. Ein Stein hat dich erwischt.“

Liana begriff; hatte im Grunde schon früher begriffen. Doch war es gut, es nun zu hören, um die Sachlage gewissermaßen amtlich zu machen. Ihr Blick wanderte von Florin zu Teresa und weiter zu Luxandra, die mit Teresas Fuß nun endlich zufrieden schien und sich ebenfalls niederließ. Ruhe kehrte ein. Auch draußen lärmte niemand mehr.

„Was ist passiert?“, fragte Liana verständnislos und erhielt keine Antwort.

***

Die Erkenntnis, gerade einem brutalen Überfall ausgesetzt gewesen zu sein, reifte schnell, machte es Liana aber nicht einfacher, es zu verstehen. Gab es in dieser

Bergidylle Brandschatzer? Liana suchte in den Gesichtern der anderen nach Antworten, fand aber keine. Nur Erschöpfung und Verwirrung. Minutenlang sprach niemand ein Wort. Liana schaute zu der Stelle zwischen Zuber und Kamin, an der das Dach eingebrochen war. Dort hatte sie der Stein getroffen. Luxandra aber hätte es viel schlimmer erwischt, wenn Teresa nicht so schnell reagiert hätte.

„Du hast dich verbrannt", sagte Florin plötzlich besorgt und glitt zu seiner Frau.

Die merklich gerötete Haut an ihrem Knie schien Luxandra jetzt erst zu bemerken.

„Nicht so schlimm", kommentierte sie.

Nichtsdestotrotz zog Florin den Eimer kalten Wasser heran und gebot ihr, die angesengte Haut hineinzutunken. Luxandra begab sich auf alle viere und gehorchte.

Teresa prüfte und betastete das Handtuch um ihren rechten Fuß. Es schien die Blutung gestoppt zu haben. Nun rutschte sie an Lianas Seite. Ihre Blicke fanden sich.

„Wir haben es überstanden", sagte Teresa eindringlich. „Es ist vorbei."

Liana nickte und fragte sich gleichwohl, was sie denn überstanden hatten. Einen Anschlag? Einen Überfall? Was war hier geschehen?

Das schien auch Florin zu interessieren. Er verließ den Liegebereich und stieg vorsichtig durch das überall verteilte Löschwasser zu einem der Fenster.

„Jemand zu sehen?", fragte Teresa.

Er verneinte. „Nichts und niemand."

„Nirgendwo Rauch? Gar nichts? Was ist mit der Scheune?"

„Kein Rauch", sagte Florin. „Die Scheune ist zu. Alles in Ordnung."

Teresa sorgte sich um ihre Stute, war Liana klar. Liana wiederum sorgte sich mehr, dass der oder die Täter noch einmal wiederkommen könnten.

„Das war nicht allein das Feuer", merkte Florin an. Er schaute nicht länger aus dem Fenster, sondern besah sich die heruntergekommenen Steine mitsamt dem Querbalken. „Der Balken hat nicht mal gebrannt. Schimmel. Wahrscheinlich Schimmel." Liana sah ihn den Kopf schütteln. „Ein Unglück durch ein anderes verhindert", murmelte er.

„Was wurde verhindert? Was redest du da?", blaffte Luxandra. Sie hob ihr verletztes Knie aus dem Eimer und setzte sich wieder hin. „Du hast schon mitgekriegt, was da vorhin passiert ist, oder? Es hätte mich fast erwischt!"

Mit einem seltsamen, zurückhaltenden Lächeln auf den Lippen wandte sich Florin wieder den drei Frauen zu. „Schimmel", sagte er. „Ich wette, dieser Balken ist vom Schimmel zerfressen. Der hat ihn porös gemacht. Er wäre auch ohne das Feuer bald runtergekommen. Verstehst du, es hätte jederzeit passieren können. Immer."

Luxandra schluckte betroffen und starrte nur noch geradeaus. Einige stille Sekunden zogen dahin, dann sah sie wie verloren zu Teresa. „Dass es mich nicht erwischt hat, verdanke ich dir."

Teresa reagierte zunächst gar nicht, dann nickte sie zaghaft. „Hab gesehen, wie sich der Balken bewegt hat."

Die beiden musterten einander für lange Sekunden, aber mehr passierte nicht. Lianas Blick wanderte zu

Florin am Fenster. An ihm wiederum hatte sich etwas verändert. Sein Penis hatte sich aufgerichtet. Liana schmunzelte, was Florin erwiderte.

„War eine Nahtoderfahrung", erklärte er. „Außerdem bin ich hier mit drei hübschen Frauen. Da kommt das vor."

Ungeachtet seiner Erektion ging er zum Liegepodium zurück und nahm wieder Platz. Luxandra schob ihm den Eimer mit kaltem Wasser hin. „Den hast du jetzt nötiger", meinte sie, schmunzelte aber ebenfalls.

Doch schon wandte sie sich wieder Teresa zu – bemerkenswert finster. „In all den Jahren bist du kein einziges Mal hier gewesen. Warum nicht?"

Teresa zuckte unbeholfen mit den Schultern. „Nachdem ich mit Achile nicht mehr zusammen war ... nun, ich dachte ... es gab keinen Grund mehr."

„Du hast mir schon einmal das Leben gerettet", raunte Luxandra, nachdem von Teresa nichts mehr kam. „Damals, als uns der Bär gejagt hat."

„Ach was", wiegelte Teresa ab. „Wir sind auf den Felsvorsprung geklettert. Da konnte er uns nicht mehr erreichen."

„Wir haben da Stunden verbringen müssen!", erwiderte Luxandra unverwandt streng. „Ich war vierzehn! Und du hast mich die ganze Zeit gehalten. Weil ich schreckliche Angst hatte, ich könnte hinunterrutschen. Verdammt, Teresa, du warst wie eine große Schwester für mich! Ich habe zu dir aufgesehen! Und dann hast du mich einfach weggeworfen! So wie unsere ganze Familie."

Ein paar stille Augenblicke verstrichen, dann sagte Teresa etwas, was Liana nie für möglich gehalten hätte, jemals aus ihrem Mund zu hören: „Es tut mir leid, Luxandra. Es tut mir leid."

Luxandra schien das ebenfalls nicht erwartet zu haben. Ein paar Sekunden lang starrte sie Teresa ratlos an. „Okay", sagte sie schließlich und wandte sich ein wenig überfahren ihrem Mann zu. „Okay. Schön. Hast du dich irgendwo verbrannt, Florin?" Liana sah ihr eine Träne über die Wange laufen.

Florin schüttelte den Kopf und legte einen Arm um sie. „Alles gut, Liebling."

Luxandra schmiegte sich an ihn. Ihr trauriger Blick verlor sich in den Tiefen des verwüsteten Badehauses.

„Ich bin beeindruckt", wisperte Liana Teresa ins Ohr. „Wirklich, ich bin beeindruckt. Und stolz auf dich."

Liana meinte, was sie sagte, ohne neckischen Unterbau, und Teresa schien es auch so aufzufassen. Sie nahm Lianas Hand und drückte sie sanft.

***

Die schwelenden Duftnoten von erkalteter Asche, angebranntem Holz, Ruß und dem Löschwasser überall waren erträglich, doch nachdem der erste Schrecken verdaut war, verlangte es Liana nach frischer Luft. Sie wollte diesem Ort entrinnen, der sich innerhalb von Augenblicken von einer Wohlfühloase in ein Katastrophengebiet verwandelt hatte. Die anderen schienen ähnlich motiviert, und allen voran Luxandra drängte es, draußen nach dem Rechten zu sehen. Barfuß durch Schutt und Scherben zu waten, wäre grob fahrlässig – um nicht zu sagen dämlich – somit war angeraten, das

Badehaus wie Achile durch den rückwärtigen Anbau zu verlassen.

„Ist wahrscheinlich besser so", kommentierte Florin wenig angetan und setzte als Erster wieder Fuß vom Liegepodium.

Während Liana sich im Stillen fragte, was er an diesem Ausgang auszusetzen hatte, stellte sie ihre Füße ebenfalls auf die vom Löschwasser überfluteten Fliesen und richtete sich unter Zuhilfenahme der Wand wacklig auf. Ihr war ein wenig schwindlig, der Kopf schmerzte, wo sie der Stein getroffen hatte, aber es ging. Florin stand bereit, sie notfalls aufzufangen.

„Halte dich an mir fest", bot er fürsorglich an. „Ich bringe dich raus. Raus und durchs Wasser."

Liana nickte dankbar, wenngleich sie die Reihenfolge seiner Vorhaben irritierte.

„Hilfst du mir, kleine Schwester?", hörte sie Teresa neben sich fragen.

Teresa war an die Kante des Podiums gerutscht und schaute mit ausgestreckter Hand zu Luxandra auf, die unbewegt vor ihr stand. Ein paar stille Momente zogen dahin, dann half Luxandra Teresa wortlos auf ihren guten Fuß. Kaum aufrecht stehend legte Teresa ihren freien Arm um Luxandra und drückte sie behutsam an sich.

Liana staunte. Hier bewies Teresa ein Taktgefühl, das man ihr nicht unbedingt zutraute. Sie wäre sicher auch allein hochgekommen und hätte auf ihrem provisorischen Handtuchverband zum Ausgang humpeln können. Doch nein. Die starke, sture und stolze Teresa Silberhain nahm Hilfe an, erbat sie sogar. Von jemandem, der sie ihr offenbar gern gewährte. Luxandra erwiderte nach kurzem Zögern auch die Umarmung und wirkte erstmals versöhnt.

„Wir können ja schon mal vorgehen", schlug Liana Florin vor.

So rührend die Szene anzuschauen war, Liana wollte jetzt raus. Nicht zuletzt, um endlich zu erfahren, was hier vor sich ging. Florin war augenblicklich zu bewegen. Er stützte und geleitete sie durch die massivhölzerne Tür in den hinteren Anbau, wo es eine Stufe runter in einen schummrigen Raum ging. Wie Liana schon erwartet hatte, traten sie auf Holzdielen. Dies war ein Steg. Voraus führten zwei weitere Stufen zu einem überbauten Ausläufer des Bachbeckens hinab. Draußen plätscherte vernehmlich der Wasserfall. Durch den handbreiten Spalt zwischen der Wasseroberfläche und dem Überbau gelangte ein wenig Tageslicht herein. Fenster gab es keins. Eine Tür auch nicht. Nun wusste Liana Florins Worte einzuordnen. Sie mussten durch das Bachbett raus. So war auch Achile nach draußen gelangt.

„Frischt ihr euch hier manchmal ab?", fragte Liana.

„Ist schon vorgekommen", antwortete Florin. „Komm, das Wasser ist nur knietief."

Er stieg als Erster rein. Langsam und vorsichtig. Auch wenn er sich nichts anmerken ließ, das Gebirgswasser musste verdammt kalt sein, Sommer oder nicht. Liana ahnte, was auf sie zukam, als sie mit ihren Zehen vorfühlte. „Ach du meine Güte."

Hinter sich hörte sie Teresa und Luxandra hinzukommen.

„Na komm", lud Florin nachdrücklich ein und nahm Liana in Empfang, als sie sich hineinwagte.

„Ooohhhh", stöhnte sie.

Nach der wohligen Wärme im Badehaus setzte ihr das kalte Wasser erst recht zu. Noch reichte es ihr nicht einmal bis an die Knie, aber um nach draußen zu kommen, würden sie sich ganz hineinbegeben müssen. Teresa, auf Luxandra gestützt, stieg ebenfalls ins Bachbett. Den beiden schien das kalte Wasser wenig auszumachen, während Lianas Füße bereits taub wurden. Florin geleitete sie tiefer hinein, das Wasser stieg bis über ihre Knie, dann standen sie vor der Holzwand. Teresa und Luxandra folgten dichtauf.

„Gut so, jetzt setzen wir uns gemeinsam hin", sagte Florin zu Liana. „Ich schlüpfe als Erster hindurch und warte draußen auf dich."

Liana nahm sich zusammen und nickte. Schon stöhnte sie erneut, als das kalte Wasser Stück um Stück weitere Teile ihres Körpers gefangen nahm. Das felsige Bachbett war glatt, doch nach ein paar Augenblicken glaubte sie, ihren Hintern nicht mehr zu spüren. Das Wasser schwappte um ihre Schultern. Florin tauchte neben ihr ab und glitt unter der Bretterwand hindurch nach draußen. *Je schneller ich mache, desto schneller ist es vorbei*, war Liana klar und krabbelte mit den Beinen voran hinterher. Dann legte sie den Kopf rücklings ins Wasser, um den Rest hindurchzubekommen.

Wie versprochen nahm Florin sie draußen in Empfang. Liana klammerte sich instinktiv an ihm fest, und er wuchtete sie und sich in die Senkrechte. Das Erste, was Liana bewusst aufnahm, war eine steile Felswand und fallendes Wasser keine fünf Meter entfernt. Doch das war nicht ihr Ziel. An Florins Seite durchquerte sie das steinerne Becken auf das Wohnhaus zu. Es wurde noch einmal tiefer, bevor es seichter wurde, doch schließlich ließen sie das kalte Wasser hinter sich und stiegen ans grasige Ufer. Sonnenstrahlen waren ihnen keine vergönnt, trotzdem war es warm und Liana stöhnte vor Erleichterung. Ihnen folgten Teresa und Luxandra.

Aus der offenen Haustür trat Walfa in ihrem grauen Kittel und hatte wie vorhin Cosmina ein Gewehr zur Hand. „Kommt rein", befahl sie und schaute sich wachsam um.

„Wo sind die anderen?", fragte Luxandra.

„Versuchen, sie zu finden", antwortete Walfa kurz angebunden. „Die Kinder sind oben."

„Wer hat das getan?", fragte Florin.

„Es waren zwei", sagte Walfa. „Orest war in der Scheune und hat sie gesehen." Sie verwies auf den Mittelplatz des Gehöfts zwischen der Scheune und dem Badehaus.

Die Kopfbeule schmerzte, aber der Schwindel ließ allmählich nach, und Liana versuchte, sich einen Überblick zu verschaffen. Abgesehen von dem vagen Brandgeruch in der Luft wirkte alles friedlich. Am Himmel zogen ein paar Wolken, und wie das Gestüt der Silberhains lag auch dieser Talarm schon früh im Schatten des westlich gelegenen Bergzugs. Außerhalb des Gehöfts und jenseits der Obstbäume war keine Menschenseele zu sehen.

Offensichtlich hatten die Angreifer nur das Badehaus attackiert. Das ließ zwei Schlussfolgerungen zu: Entweder waren sie in ihrer Zerstörungswut nicht wählerisch

gewesen oder sie hatten es gezielt darauf abgesehen –
darauf oder auf jemanden, der sich darin aufgehalten
hatte.

Kapitel 6: Diebe auf dem Berg

Martin war noch nie bei einer Sprengung dabei gewesen, aber bei der nächsten wollte Papa ihn mitnehmen und ihm zeigen, wie und wo man das Dynamit anbringen musste, damit es die gewünschte Wirkung entfaltete.

„Es kommt darauf an, die Kraft der Explosion in die richtige Richtung zu lenken", erklärte er Martin am Küchentisch. „Wir wollen schließlich nicht, dass der Berg einstürzt, sondern lediglich einen weiteren Stollen anlegen."

Sie waren erst kürzlich auf ein weiteres Goldvorkommen gestoßen, und Papa hatte ein gutes Gespür dafür, wo es noch mehr davon geben könnte.

„Da kommt jemand", sagte Mama am Küchenfenster. Dort hielt sie sich seit geraumer Zeit ziemlich häufig auf. Wie ein Wachtposten und fast so wie Martin früher, wenn er auf die rußbeschmierten Männer aus der Mine gewartet hatte.

„Wer ist es?", fragte Papa und erhob sich alarmiert aus seinem Stuhl.

Mama schüttelte den Kopf. „Noch nie gesehen."

Martin und Papa gingen ebenfalls zum Fenster und schauten hinaus. Ein Mann auf einem Pferd kam gemächlich näher. Er hatte einen Hut auf, aber einen anderen als die Leute im Dorf oben. Sein Mantel und die Hose waren dunkelgrau, fast schwarz wie seine hohen Reitstiefel.

„Bleibt hier", befahl Papa und ging zu ihm nach draußen.

In letzter Zeit waren immer wieder Fremde zu ihnen gekommen. Leute, die von den neuen Machthabern in der Hauptstadt geschickt worden waren. Sie hatten Fragen gestellt, sich am Hof umgesehen und manchmal sogar Dinge mitgenommen. Meistens Werkzeug, aber einmal auch eins ihrer Pferde. Martin hatte gegen sie aufbegehren wollen und sich gefragt, warum Papa das zuließ. Diebe sollte man schließlich erschlagen. Bei diesen aber war es anders. Die durften anscheinend, was sie da taten, und Papa hatte Martin eingeschärft, dass es sehr unklug wäre, sich gegen sie zu stellen.

Der Mann saß nicht von seinem Pferd ab. Martin beobachtete durch das Fenster, wie er Papa ein Stück Papier überreichte. Nach einem kurzen Blick darauf wurde er sehr laut und sehr böse. Martin verstand nicht viel, doch es war schön zu sehen, wie der Reiter sich eilig abkehrte und von dannen ritt. Endlich hatte Papa sich gegen diese unverschämten Leute gewehrt. Seltsamerweise freuten sich aber weder Mama noch er darüber. Beim Abendessen herrschte eine furchtbar gedrückte Stimmung, und Martin begriff, dass noch lange nicht alles gut war.

***

Die Sprengung wurde nun doch nicht durchgeführt. Stattdessen verbrachte Papa den halben Tag in der Stube und verkündete schließlich, dass er Rudolf Silberhain aufsuchen wollte. Nach dem Mittagessen saß er auf eins ihrer Pferde auf und galoppierte davon.

Dieser Rudolf Silberhain war ein Freund Papas. Kein solcher wie die aus dem Dorf, die früher für ihn gearbeitet hatten, sondern einer, der ähnlich wie sie von den *Handlangern der Kommunisten*, wie Papa sie nannte, bedroht und bestohlen wurde. Ein sehr strenger und grimmiger Mann, dieser Rudolf Silberhain, fand Martin, als er vor ein paar Wochen zu Besuch zu ihnen gekommen war. Papa hatte ihn ins Badehaus einladen wollen, aber das hatte Silberhain rundweg abgelehnt. Also hatten sie sich in der Stube unterhalten, über Kommunisten und Parteifunktionäre und einen Landvermesser und einen Beamten und wie man am besten mit ihnen allen umgehen könnte. Martin hatte nicht viel davon verstanden. Nur dass die Dinge offenbar sehr schlimm standen. Nicht nur hier, sondern überall im Land.

Rudolf Silberhain hatte zwei Söhne, wie Martin aus dem Gespräch in der Stube erfuhr. Martin hätte gern gewusst, wie alt sie denn waren, denn im Dorf oder auf den Feldern hatte er sie nie gesehen. Doch er hatte sich nicht zu fragen getraut.

Als Papa wiederkam, nahm er Martin beiseite.

„Hör mir gut zu, Martin", sagte er eindringlich. „Es kann sein, dass wir von hier fortmüssen. Vielleicht schon bald. Es kann auch sein, dass wir getrennt werden."

Martin hatte Angst wie noch nie zuvor in seinem Leben. Wovon redete Papa da? Von hier fortgehen? Und voneinander getrennt auch noch? Was passierte hier bloß?

„Sie wollen uns alles wegnehmen", antwortete Papa seltsam ruhig. „Es wird schlimm werden. Aber hör mir zu: Eines Tages wird der Kommunistenabschaum zugrunde gehen. Und dann kommen wieder bessere Zeiten. Für uns alle." Er verwuschelte Martins Haare. „Es kann noch lange dauern, bis das passiert. Vielleicht bin ich dann schon nicht mehr da. Aber du. Du wirst es noch erleben. Und dann, Martin, gehe zu Rudolf Silberhain. Zu Rudolf oder welcher Silberhain auch immer dann hier lebt. Gehe zu ihm. Er hat etwas für dich."

Was er denn für ihn habe, fragte Martin verwirrt, doch Papa verriet es ihm nicht.

„Eines Tages wirst du es verstehen", sagte er.

***

In den nächsten Tagen wollte Papa vor allem in Ruhe gelassen werden. Martin wusste nicht, was oder woran er arbeitete, aber er tat es allein. Ein paar Mal war er in der Mine, aber nie für lange Zeit. Wohin er verschwand, wenn er den Hof verließ, wusste Martin nicht.

Abends ging Papa ins Badehaus. Es war noch gewachsen in den letzten Monaten. Papa hatte Holz gekauft und einen Vorraum gezimmert. Doch um zu baden oder zu entspannen, ging er an diesem Abend nicht rein. Er schürte nicht mal Feuer.

„Was wird passieren?", fragte Martin seine Mutter.

„Es wird sicher alles gut werden", sagte sie und rang sich mühevoll ein Lächeln ab.

Doch es wurde nicht gut. Ein paar Tage später kamen wieder Männer zum Hof. Vier waren es dieses Mal. Der von neulich war auch wieder dabei. Heute saß er schwungvoll ab. Die anderen drei, die ganz ähnlich wie er gekleidet waren, taten es auch. Papa redete mit ihnen. Martin und seine Mutter sahen durch das Küchenfenster zu. Es schien ein ruhiges Gespräch zu sein. Niemand wurde laut. Papa nickte sogar hin und wieder verständnisvoll. Aber dann, als er sich zum Haus umkehrte, zog einer der Männer eine Pistole und schoss ihm in den Hinterkopf. Papa brach zusammen und bewegte sich nicht mehr. Martin schrie und tobte, bis ihn seine Mutter fest umklammernd zu Boden brachte und mit ihm weinte.

Sie durften den Toten nicht einmal beerdigen. Mit nicht mehr als dem, was sie am Leib tragen konnten, wurden Martin und seine Mutter von ihrem Familienhof verjagt. Sollten sie morgen noch in der Nähe sein, so meinten die Mörder unter schallendem Gelächter, würde man sie ebenfalls erschießen.

Kapitel 7: Scherben in alter Asche

Eine Maschine gab es in der Waschküche des Haupthauses nicht, dafür einen Ofen, um Wasser zu erhitzen, und Holztröge in verschiedenen Größen. Außerdem einen umfangreichen Reinigungsplatz mit Schlauch und hölzernem Rost über dem Ablauf. Florin hatte ihnen dort eine ovale Blechwanne aufgestellt und mit warmem Wasser gefüllt. Darin saß Liana nun hinter Teresa und wusch ihr mit weichen Bewegungen die Haare. Die vorangegangene Anspannung flaute allmählich ab. Teresas inzwischen verarzteter und bandagierter rechter Fuß ruhte trocken auf dem Wannenrand.

„Ich habe mich schon gefragt, wann wir das mal wieder tun würden", meinte Liana.

„Was denn?", fragte Teresa kurz angebunden.

„Uns gegenseitig die Haare waschen", antwortete Liana. „Oder überhaupt miteinander baden oder duschen."

Teresa schwieg dazu. Es gab auch nichts zu sagen. Sie waren allein in der Waschküche, seit sich Florin und Luxandra höchstwahrscheinlich in ihr Schlafzimmer begeben hatten. Auch Liana verspürte Lust auf Sex. Gefährliche Situationen und die Konfrontation mit dem Tod verstärkten dieses Verlangen, hatte sie mal gelesen. Das schien zu stimmen. Anders als Florin und Luxandra würden sie und Teresa allerdings keinen Sex haben. Auf dem Silberhainer Gestüt würde es vielleicht passieren; so wie es schon früher bei besonderen Situationen passiert war. Hier aber sicher nicht. Doch Zärtlichkeiten waren vielleicht auch schon ausreichend. Teresa machte diesbezüglich keinerlei Anstalten, aber Liana sehnte sich danach.

„Verbinde Teresas Fuß", hatte Luxandra draußen ihre Mutter angeherrscht. „Ich ziehe mir was an und folge den anderen. Gib mir das Gewehr."

„Du bleibst hier!", hatte Walfa resolut erwidert und sie mit der freien Hand am Arm genommen. „Dein Vater und die anderen brauchen dich jetzt nicht. Ihr werdet euch erstmal Ruß und Rauch abwaschen. Keine Widerrede."

„Und du brauchst Essig und Honig für dein Knie", ergänzte Florin.

„Ich bringe euch alles", hatte Walfa in Aussicht gestellt und die vier dann weiter in die Waschküche gescheucht.

Die Situation schien demnach im Griff zu sein, dennoch war Lianas Blick bang dem Bachlauf in das Wäldchen gefolgt, durch das sie und Teresa hergeritten waren. Die Brandstifter würden wohl kaum die Straße hinauf zum Dorf laufen. Wahrscheinlicher war, dass sie sich irgendwo verschanzten oder dem Talverlauf folgten und womöglich gar in die Nähe des Silberhain-Gestüts kamen. Hoffentlich war Toma auf der Hut. Teresa schien sich diesbezüglich keine Sorgen zu machen. Falls doch, ließ sie es sich nicht anmerken.

Liana lehnte sich rücklings an den Wannenrand und zog Teresa an sich, wogegen sich die Silberhainerin nicht zur Wehr setzte.

„Was, wenn sie jetzt zum Gestüt unterwegs sind?", stellte Liana zur Diskussion. „Die Brandstifter, meine ich."

„Dann wird Toma sie erschießen", antwortete Teresa düster. „Es können nur diese drei von heute Morgen gewesen sein. Niemand von hier würde so etwas tun."

Vermutlich hatte sie recht. Sabotage, Brandstiftung, Vandalismus, das waren Dinge, die in großen Städten vorkamen, aber wohl nicht hier auf dem Berg. Hier gaben die Menschen aufeinander acht.

„Und die wollen etwas von uns", fuhr Teresa grimmig fort. „Von Toma und mir. Die wären also ziemlich dämlich, würden sie unser Haus attackieren."

„Aber sie könnten uns beiden auflauern", gab Liana zu bedenken. „Wenn wir nachher nach Hause reiten."

„Ich wüsste nicht, was sie davon hätten", meinte Teresa. „Wahrscheinlicher erscheint mir, dass sie sich in die andere Richtung abgesetzt haben. Und auch von dort gekommen sind."

„Die Dorfstraße?"

Teresa schüttelte unmerklich den Kopf. „Die andere Richtung. Aus dem Wald."

„Aber sagtest du nicht, das wäre eine Sackgasse?", fragte Liana irritiert. „Und, dass die Straße an einem Abgrund endet?"

„Das tut sie", bestätigte Teresa. „Für Fahrzeuge und Reittiere unpassierbar. Aber zu Fuß kann man noch über einen schmalen Sims auf die alte Kohlestraße gelangen, die vom Berg hinunterführt. Es ist gefährlich.

Man kann leicht abstürzen. Aber es geht. Ich wette, sie sind von dort gekommen. Andernfalls müssten sie durchs Dorf. Und dort haben Orest und Walfa sicher inzwischen jeden alarmiert."

„Könnten sie nicht zu den Tälern nördlich von eurem Gestüt wollen?", horchte Liana nach. „Toma hat gesagt, dass es dort Pfade gibt, die abwärtsführen."

„Diese Pfade sind schwer zu finden", sagte Teresa. „Nein, wenn sie den Berg schnell verlassen wollen, dann über die alte Kohlestraße."

„Und wenn sie ihn gar nicht verlassen wollen?"

„Wird man sie finden und erschießen."

Dies war so ein Moment, in dem eine weitere Schattenseite von solch wildromantischem Leben in rauer Natur und abseits der Zivilisation zum Vorschein kam. Weniger Komfort, weniger Essensauswahl und praktisch kein kulturelles Geschehen waren das eine. Doch auch an Polizei und Krankenhäusern fehlte es. Immerhin eine Heilerin, die auch Knochenbrüche richten und Wunden zunähen konnte, gab es im Dorf oben, hatte Luxandra erwähnt. Für Teresas Fuß war sie zum Glück nicht nötig.

Ungeachtet dessen, dass sie noch tropfnass waren, hatte Walfa die vier aus dem Badehaus in die Waschküche des Hauses komplimentiert. Liana war weiterhin von Florin gestützt worden, obgleich sie sich allmählich sicher genug fühlte, wieder allein zu laufen. Wahrscheinlich hatte das Eisbad seinen Beitrag dazu geleistet, Denkapparat und Sinne wieder einigermaßen zu eichen. Luxandra hatte Teresa gestützt. In der Waschküche, einem mangelhaft gefliesten Raum an der Stirnseite des Hauses, hatte Florin eine große Decke vom Waschtisch geholt und sie auf dem Boden ausgebreitet. Teresa ließ sich mit Luxandras Assistenz darauf nieder. Liana begab sich dazu. Walfa hatte Verbandszeug gebracht. Teresas Fuß zu verarzten, übernahm Luxandra.

Dann war Luxandra dran gewesen. Florin tupfte die Verbrennungen vorsichtig mit einem in Essig getränkten Tuch ab, bevor er sie mit Honig bestrich.

„Besser als jede Brandsalbe", hatte er gemeint, als ihm Lianas staunender Blick aufgefallen war. „Hab mich während meiner Ausbildung einige Male an den Backblechen verbrannt."

Florin kannte ebenfalls beide Welten. Und er hatte sich für diese entschieden. Das stimmte Liana nicht unbedingt zuversichtlicher, dass Teresa wieder nach Bukarest kommen würde.

Das Wasser in ihrer Blechwanne war herrlich warm, aber Liana verspürte ein Frösteln. Sie war verunsichert, und das nicht zum ersten Mal. Deswegen schlang sie ihre Arme um Teresas Brust und Bauch, und schmiegte sich fest an sie.

„Du hast nicht vor, mich zu zerquetschen, oder?", bemerkte Teresa.

„Ich möchte dich nicht verlieren", hauchte Liana brüchig.

Teresa drehte ihr das Gesicht zu. „Was willst du mir damit sagen?"

„Frag nicht so blöd", raunte Liana. „Du bist mir wichtig. Dass du womöglich nicht zurückkehren willst, macht mich fertig."

„Dann bleib doch einfach ebenfalls hier“, erwiderte Teresa.

Liana prustete. „Ja, schon klar.“

„Ich meine es ernst“, behauptete Teresa. „Wir könnten auch hier Musik machen. Dazu brauchen wir keine Clubs und Bars und Lärm und Dreck.“

„Und wie soll ich Geld verdienen?“

„Auf dem Gestüt gibt es genug Arbeit.“

Liana seufzte. „Sharona ist sie anscheinend zu viel geworden. Wie gut hast du sie gekannt?“

„Gut genug, um Cosmina recht zu geben“, sagte Teresa. „Hat geglaubt, in Toma einen wohlhabenden Landeigner gefunden zu haben. Spätestens nach dem Tod unseres Vaters muss sie festgestellt haben, dass daran auch viel Arbeit hängt. Sie war nicht für das Leben hier gemacht.“

„Und du glaubst, ich wäre das?“

„Das kannst nur du selbst wissen.“

Liana seufzte abermals. „Na gut, dann heirate ich am besten auch gleich noch deinen Bruder, damit das alles Hand und Fuß hat.“

Teresa taxierte sie streng. „Toma ist schon einmal das Herz gebrochen worden. Fang also nichts an, was du nicht zu Ende zu bringen bereit bist.“

„Hey, ich hab nur Spaß gemacht“, beteuerte Liana.

„Ich nicht“, erwiderte Teresa. „Wir sind hier nicht in der Stadt. Hier haben Worte und Taten eine Bedeutung.“

Harsch im Ausdruck, aber Liana wusste, wie es gemeint war.

„Droh mir nicht, Süße“, warnte sie. „Mit deinem gehandicapten Fuß stecke ich dich locker in die Tasche.“

„Das wollen wir mal sehen."

Unverwandt agil wirbelte Teresa herum und war plötzlich über ihr, das Bein mit dem bandagierten Fuß außerhalb der Wanne. Ihr Blick war grimmig, aber mit dick eingeschäumten Haaren sah sie nur halb so bedrohlich aus.

Liana lächelte und strich ihr Shampoo von der Stirn. Dann hob sie beide Hände an Teresas Wangen und küsste sie. Teresa erwiderte den Kuss. Auch fand eine Hand Lianas Wange. Doch es war dann ebenfalls Teresa, die den Lippenkontakt abrupt beendete.

„Ich meine es ernst", sagte sie. „Ich fände es schön, wenn du und Toma etwas miteinander anfangen würdet. Aber Toma wird nicht mit dir nach Bukarest gehen. Toma gibt es nur hier. Und hier ist nicht immer Sommer."

Liana nickte einsichtig und war einmal mehr erstaunt, wie unverwandt offen man Dinge zur Sprache bringen konnte, wenn die Umstände dazu einluden. Es schien nicht, als ob Teresa für weitere Zärtlichkeiten zu haben wäre, nach denen es Liana gerade so sehr verlangte. Aber immerhin drehte Teresa sich wieder herum und ergab sich erneut rücklings in Lianas Umarmung. Liana dachte über ihre Worte nach. Ein Abenteuer mit Toma erschien ihr durchaus reizvoll, aber damit Teresas Missbilligung zu riskieren, war dann doch etwas abschreckend.

„Die kommen damit nicht davon", hatte Teresa vor etwa zwanzig Minuten eindringlich zu Luxandra gesagt.

Luxandra kauerte mit ihnen auf der Decke, nachdem Florin ihr Knie versorgt hatte, und wirkte etwas verloren, den fahrigen Blick immer wieder zum Fenster gerichtet, so als würden sich dort gleich Antworten eröffnen. Auf Teresas Ansprache hin lächelte sie vage und nahm Teresas Hand. „Wir hätten sterben können."

Florin verfrachtete indessen eine Blechwanne auf den Rost und ließ über den Schlauch Wasser einlaufen. „Für dich und Teresa", sagte er zu Liana.

Luxandra streckte eine Hand nach ihrem Gatten aus, der Wanne und Schlauch daraufhin allein machen ließ und zu ihr kam, um sie in die Arme zu nehmen. Luxandra schluchzte – und lachte dabei auch. Lebensgefahr stellte Seltsames mit Menschen an. Liana hatte das Verlangen, Teresa zu umarmen, aber das verbat sie sich vorläufig.

Luxandra hingegen gebot sich keine Zurückhaltung und hob sich auf ihr unverletztes Knie. Sie nahm Florins Kopf zwischen beide Hände und küsste ihn leidenschaftlich auf den Mund. Florin leistete keinerlei Gegenwehr. Im Gegenteil. Er küsste sie ebenfalls. Luxandra murmelte etwas, und beide standen auf.

„Das Wasser ist warm und die Wanne gleich voll", merkte Florin an und verwies auf die neben sich stehende Blechwanne. Dann nahm er sich ein Handtuch vom Waschtisch und verschwand mit Luxandra zum Flur hinaus. Wohin sie wollten, war nicht schwer zu erraten.

***

Teresa schien es nicht eilig zu haben, die Wanne zu verlassen, was Liana nur allzu recht war.

„Im Vorraum hat es auch gebrannt", resümierte die Silberhainerin, weiterhin in ihrer Obhut. „Unser Zeug hat es wahrscheinlich erwischt. Die Stiefel waren noch verdammt gut."

Liana wusste nicht, wo sich hier das nächste größere Warenhaus befand. Wahrscheinlich mehrere Autostunden entfernt. Zum Glück gab es im Hause Silberhain nicht nur ein Paar Stiefel.

„Reiten wir eben nackt zurück", schlug sie vor. Ihrem Verlangen nach körperlicher Nähe nachkommend umschlang sie Teresa wieder behutsam. „Ich bin sicher, die Totans leihen uns Klamotten", fügte sie hinzu.

„Wieso das Badehaus?", raunte Teresa. „Drei Brandsätze, alle ins Badehaus. Warum nicht auf die Scheune? Die wäre viel leichter abgebrannt."

Darauf hatte Liana keine Antwort. Nach Walfas Darstellung hatte Orest die Brandstifter frühzeitig bemerkt. Deshalb hatten sie nicht mehr Schaden anrichten können. Liana aber erschien das zu kurz gegriffen. Selbst wenn dieses ruchlose Pack früher als geplant entdeckt worden war, hätten sie vor ihrer Flucht noch einen Brandsatz auf die Scheune schleudern können. Sie hätten vielmehr sogar damit anfangen können; ein Ziel, das aufgrund seiner Bauweise und dem vielen Heu darin innerhalb kürzester Zeit lichterloh in Flammen gestanden hätte. Stattdessen hatten sie das Badehaus attackiert.

„Wir müssen uns nachher diese Tür ansehen", sagte Liana. „Die, in die dieser Name eingraviert ist. Du meintest, da stünde auch eine Jahreszahl dabei. Vielleicht gibt uns die irgendwie Aufschluss."

„Wohl kaum", erwiderte Teresa. „Die verweist wahrscheinlich nur auf die Grundsteinlegung des Hofes. Irgendwann im frühen neunzehnten Jahrhundert. Dass hier mal Juneskrogs gelebt haben, wissen wir bereits."

„Dann bleiben uns nur Orest und Walfa", sagte Liana.

Teresa äußerte sich nicht dazu, worüber Liana froh war. Die drängenden Fragen und die draußen lauernden Gefahren würden früh genug wieder auf sie einprasseln. Wenigstens hier wollte sie noch ein wenig davon verschont bleiben und lieber die intime Zweisamkeit genießen.

In Teresas Kopf aber gingen offensichtlich andere Dinge vor.

„Mit Luxandra und Florin im Schlafzimmer, Walfa auf Hofwache und den anderen draußen könnten wir uns ungestört im Haus umsehen", überlegte sie.

„Fremde Schlafzimmer durchstöbern?", erwiderte Liana. „Wir schließen hier gerade Freundschaften. Deren Vertrauen werden wir nicht missbrauchen. Außerdem sind die Kinder auch noch da."

„Ist ja schon gut", sah Teresa ein.

Liana seufzte. Auch ihr wollte es nicht recht gelingen, all die Unwägbarkeiten wenigstens für ein paar traute Minuten auszublenden. Ihre rechte Kopfseite schmerzte, und sie dachte an Toma. Wahrscheinlich war er längst darüber im Bilde, was hier geschehen war, und hatte jetzt ein wachsames Auge auf die Umgebung des Gestüts. Oder hatte er das nächstbeste Pferd gesattelt und sich prompt auf den Weg hierher gemacht?

„Du machst dir keine Sorgen um Toma?“, horchte sie bei Teresa nach.

„Der kann auf sich aufpassen“, erwiderte sie. „Meistens jedenfalls“, fügte sie hinzu, wahrscheinlich in Gedanken an seine gescheiterte Beziehung mit dieser Sharona.

Teresa war nicht dafür bekannt, Witze zu machen, insofern hatte sie es wohl auch ernst gemeint, dass sie sie, Liana, und Toma gern zusammensähe. Liana konnte nicht umhin, darüber nachzudenken – über ein Leben hier in dieser eigentümlichen Welt. Sie bezweifelte, dass sie dafür geschaffen wäre.

Liana wusste nicht, woher, aber erneut überkam sie ein Frösteln, dieses Mal gepaart mit einem Gefühl schrecklicher Einsamkeit. Sie schloss die Arme fester um Teresa, der die Veränderung nicht entging. Sie drehte Liana ihr Gesicht zu, dann glitt sie vollständig herum.

„Was ist los?“, fragte sie.

Liana sagte nichts, erneuerte nur die Umarmung, so als wäre Teresa ihr Halt, um nicht von dieser Gefühlswoge davongespült zu werden. Teresa leistete keine Gegenwehr. Zum Glück. Liana hätte es gerade nicht ertragen, zurückgewiesen zu werden. Sie brauchte jetzt jemanden, da eine ganze Palette an Emotionen durch sie hindurch galoppierte: die Furcht vor dem Unbekannten dort draußen, die Zweifel, ob Teresa je wieder in Bukarest sein würde, Irritation über ihre Gefühle für sie, unbändige Wut auf die Brandstifter und eine anhaltend tiefe Sehnsucht nach Nähe. Möglicherweise war der Cocktail aus Adrenalin und Alkohol der Grund für dieses Chaos. Egal, Liana brauchte Halt. Halt, den ihr Teresa dankbarerweise gab.

„Hilf mir", wisperte Liana und rang mit den Tränen.

„Immer", antwortete Teresa und ließ ihrerseits die Arme um Liana gleiten. Den bandagierten Fuß hatte sie auf dem Wannenrand abgelegt, womit ihr Körper nun fast vollumfänglich auf Liana auflag. Keine Last hätte Liana gerade lieber getragen. Der oft so Unnahbaren nun doch wieder einmal so nah. Es war prickelnd, geradezu elektrisierend, eine Wonne, Teresa überall zu spüren. Liana ergab sich ihr, genoss das Geschenk ihrer Nähe, strich über Teresas warme Haut und wusste gleichwohl, dass nicht mehr passieren würde. Sie hatten keine Berührungsängste, aber es gab eine Grenze, die sie hier gewiss nicht überschreiten würden.

Irgendwo im Haus fiel eine Tür ins Schloss, wahrscheinlich war es die Haustür. Liana vernahm gedämpftes Gemurmel. Eine Stimme polterte lauter als die anderen. Unzweifelhaft Orest. Offensichtlich waren er und die anderen von der Jagd zurück. Für Liana kein Anlass, von Teresa abzulassen.

„Sie haben sie nicht erwischt", bemerkte Teresa nüchtern.

Auch sie schien es nicht eilig zu haben, die intime Szene aufzugeben. Auf Liana ruhend wirkte sie vollkommen entspannt.

„Woher weißt du das?", fragte Liana.

„Orest in Siegerlaune wäre lauter", erklärte Teresa.

Liana lächelte und wünschte sich, sie wären wieder bei den Silberhains. Dort könnte diese Nähe noch ewig andauern. Hier aber war sie nun so gut wie gezählt und somit jeder noch verbleibende Moment kostbar.

„Wir sollten uns allmählich fertigmachen“, sagte Teresa und zog bereits ihre Arme zurück.

Liana hob amüsiert die Augenbrauen. „Uns fertig machen? Die Näschen pudern, Lidschatten auftragen und die Wimpern tuschieren?“

Teresa fand auf Hand und Ellenbogen Halt und nahm damit das meiste Gewicht von ihr. „Tand, den niemand braucht“, erklärte sie kurz angebunden und taxierte Liana aus nächster Distanz.

„Tand, den auch du in deinem Badezimmerschrank hast“, wies Liana sie salbungsvoll hin. „Und nicht nur in Bukarest.“

„Du kannst gern alles haben“, sagte Teresa.

Liana war gewillt, das so stehen zu lassen. Übermäßig geschminkt hatte sich ihre Freundin auch in Bukarest nicht, allenfalls bei ihren Live-Auftritten fürs Publikum.

„Warum starrst du mich so an?“, fragte Teresa nach ein paar stillen Augenblicken.

Eine angemessene Antwort fiel Liana nicht ein. „Einfach, weil ich es kann“, sagte sie. „Also, womit sollen wir uns fertig machen?“, fuhr sie fort. „Unsere Sachen sind wahrscheinlich alle verbrannt. Wir haben nichts mehr. Außer uns.“

Wenngleich sie sich damit abgefunden hatte, diese Wanne wohl bald verlassen zu müssen, Lianas Verlangen nach Zärtlichkeit war noch nicht gestillt. Sie strich Teresas Seite entlang.

„Haare auswaschen und abtrocknen wäre ein Anfang“, sagte Teresa. „Und uns überlegen, wie wir Orest
angehen.“

Liana seufzte und ließ einsichtig von ihr ab. Auch ihr
schien Orest die vielversprechendere Informations-
quelle. Orest war exponiert und prahlerisch. Fände er
einen Goldschatz, er würde noch am selben Tag im
Wirtshaus davon erzählen und ein paar Runden
schmeißen. Walfa hingegen war abwägend und vorsichtig und würde außerhalb der Familie wahrscheinlich nie auch nur ein Wort darüber verlieren. So jedenfalls war Lianas Einschätzung.

„Wir entwerfen also einen Schlachtplan“, meinte sie
neckisch.

Teresa gab keine Antwort, denn aus dem Flur waren
nun leise Schritte zu vernehmen. Nur Momente später
sah Liana Cosmina in die Waschküche hereinspazie-
ren. Anstelle eines vormaligen Gewehrs trug sie nun einen Stapel gefalteter Klamotten auf den Armen.

Sie begrüßte die beiden, wenngleich zögerlich, als sie
sie in der Wanne erblickte.

Liana war froh, dass sie einander sich nicht mehr in
den Armen lagen, aber auch so mochte die Szenerie
Cosmina zu denken geben. Dennoch war die Situation
weit davon entfernt, peinlich zu sein, und Teresa
beging zum Glück nicht den Fehler, nun hektisch ihre
Pose zu verändern, so als hätten sie gerade etwas getan,
wobei sie nicht erwischt werden wollten.

„Der Vorraum ist ausgebrannt“, sagte Cosmina. „Teilweise jedenfalls. Die meisten eurer Klamotten hat es er-

wischt. Die noch übrigen riechen wie aus der Räucher-kammer." Sie präsentierte den Kleiderstapel. „Sucht euch was aus."

Liana bedankte sich, Cosmina legte die Sachen auf dem Waschtisch ab.

„Habt ihr sie erwischt?", fragte Teresa und drehte den Kopf zu ihr um.

Cosmina verneinte tief atmend. „Wir waren zu lange mit Löschen beschäftigt."

„Wen hat Orest gesehen?"

„Es waren zwei, sagt er. In Tarnfleckkleidung und schwarzen Kapuzen."

Camouflage und Sturmhauben, dachte Liana. Damit dürften letzte Zweifel daran ausgeräumt sein, dass die Angreifer von außerhalb waren.

Teresa nahm ihr Bein mit dem bandagierten Fuß vor-sichtig vom Wannenrand und setzte das Knie auf den Holzrost. Kaum hatte sie darauf einen sicheren Stand, holte sie das zweite Bein nach. Das war's dann also, sah Liana ein und richtete sich gerade. Cosmina reichte ihnen den Schlauch, sorgte für Wasser, dann wuschen sich die beiden Badenden über Rost und Wanne das Shampoo aus den Haaren. Noch vor Teresa stand Liana auf, um ihr eine Stütze anzubieten. Teresa nahm sie wahr.

„Orest konnte sie also verjagen", fasste Teresa zusam-men.

„Sie sind weggelaufen, als sie ihn aus der Scheune kommen sahen", antwortete Cosmina.

Ein zornig auffahrender Orest war sicher eine ein-drucksvolle Erscheinung, überlegte Liana. „Hatten sie da ihre Brandsätze schon verschleudert?", fragte sie.

Cosmina nickte.

Also hatten sie alle Munition gezielt auf das Badehaus abgegeben. Daraus war nur zu schlussfolgern, dass sie es speziell darauf abgesehen hatten. Oder auf jemanden darin.

Cosmina reichte ihnen Handtücher und rückte einen Stuhl für Teresa heran.

„Wahrscheinlich wollt ihr jetzt schnellstmöglich nach Hause", sagte sie. „Nachdem das passiert ist. Wir möchten euch bitten, noch ein wenig zu bleiben. Zum Reden. Über diese drei Besucher bei euch."

Teresa nickte. Nicht zuletzt wohl, weil das auch ihren Absichten entgegenkam. Liana sah Cosmina in die Augen. Cosmina wirkte weit weniger stolz und erhaben als noch im Badehaus. Da waren vielmehr Verunsicherung und Betroffenheit. Kein Wunder. Für die Totans musste dieses Ereignis noch traumatischer sein als für Teresa und Liana. Jemand hatte es auf sie abgesehen und dabei keine Rücksicht auf Leib und Leben genommen.

Liana tat einen Schritt auf sie zu. „Wie geht es euch damit?"

Cosminas Blick wurde hart. „Wir werden uns zu schützen wissen. Und wir werden das nicht auf uns sitzen lassen."

Nein, wohl nicht, sah Liana mit einer Spur Besorgnis ein. Walfas Wesensart erschien ihr bei dieser Angelegenheit angebrachter als Orests. Hoffentlich würde sie sich durchsetzen.

„Zählt auf uns", sagte Teresa von ihrem Stuhl aus, auf dem sie sich abtrocknete.

Die Unversöhnlichkeit in Cosminas Ausdruck entwich. Betroffenheit kehrte zurück. „Ihr wart unsere
Gäste. Und dann passiert sowas." Ihre Stimme schien
zu versagen.

Liana fand es bemerkenswert, dass ihr in der gegenwärtigen Lage vor allem zusetzte, dass Besucher ihres
Hauses beinahe etwas zugestoßen wäre. Auch Gastfreundschaft hatte hier eine tiefere und weitreichendere Bedeutung als in der Stadt.

„Niemand ist ernsthaft verletzt worden", sagte Teresa
gewohnt lakonisch.

Cosmina sah zu Liana, als erhoffte sie sich Bestätigung.

Liana gab sie ihr. „Das wird wieder. Alles gut."

Cosmina wirkte nur mäßig zufrieden, nickte aber
und verwies auf den Klamottenstapel. „Ihr werdet
schon was finden, was euch passt. Was von euren Sachen noch zu gebrauchen ist, habe ich in einen Beutel
gesteckt. Eure Stiefel sind leider dahin. Ihr bekommt
von uns Schuhe." Sie rieb sich gehetzt die Hände. „Nun
gut. Kommt nachher bitte in die Stube, dann reden
wir."

Damit verzog sie sich aus der Waschküche, und Liana
besah sich die zur Verfügung gestellte Garderobe. Es
waren Hemden, Blusen, Westen, Hosen und Unterwäsche, das meiste in dunklen Grau-, Braun- und Grüntönen. Eine beachtliche Auswahl, die wahrscheinlich
nicht nur aus Cosminas Kleiderschrank zusammengetragen wurde. Die Totans fühlten sich in ihrer Schuld.
Das mochte sich noch von Vorteil erweisen.

***

Teresa humpelte, aber sie konnte gehen und bestand
darauf, nicht von Liana gestützt zu werden, wenn sie
sich gleich zu den Totans in die Wohnstube begaben.
Auf dem Weg dorthin passierten sie die Küche, und Teresa zeigte auf die eingravierte Inschrift über der altehrwürdigen Holztür. „Juneskrog 1833" stand dort geschrieben. Das Symbol daneben war wohl ein Familienwappen, linksseitig und dominierend ein Wolfskopf,
rechts oben ein Schlüssel, rechts unten ein simpler
Schrägbalken.

Die Stube wirkte, wie alles, was Liana bislang vom
Wohnhaus der Totans gesehen hatte, ziemlich altbacken und war garantiert seit Jahrzehnten nicht mehr
renoviert worden. Vergleichbar beschaffene Zimmer
gab es auch bei den Silberhains, vornehmlich unter den
selten gebrauchten Räumen im Mittelhaus. Der Boden
bestand aus dunklen Holzdielen, die Wände kleideten
vergilbte Tapeten, blasse Vorhänge flankierten die
zwei Fenster und mittig baumelte ein gelittener Lampenschirm von der Decke. Die dunkelgrüne Couch war
von drei Totans besetzt, dennoch war zu erkennen,
dass sie schon bessere Zeiten gesehen hatte. Ebenso die
beiden Sessel, deren Bezüge an mehreren Stellen geflickt waren. In einem saß Orest, der andere war frei.

„Bitte setzt euch", lud Achile ein, der hinter seinem
Vater stand.

Auch ein leerer Stuhl stand bereit. Teresa nahm ihn
ein, Liana bekam den Sessel. Er quietschte beim Hinsetzen. Sie zählte durch. Florin, Luxandra und Walfa saßen auf der Couch, Cosmina und die Kinder fehlten. Liana scheute sich zu fragen, ob Cosmina wohl draußen

bewaffnet Wache hielt. Sie saßen hier unter Freunden, trotzdem kam sich Liana ein wenig wie in einem Gerichtssaal vor.

„Dem Himmel sei Dank, dass niemandem etwas passiert ist“, brummte Orest von seinem Sessel aus und musterte vor allem Teresa. „Erzählt uns mehr von diesen drei Besuchern heute Morgen.“

Er kam direkt zur Sache, ein Wesenszug, den vor allem seine Tochter kultiviert hatte.

„Sie haben sich als Juneskrogs vorgestellt“, antwortete Teresa der Schar der Ankläger. „Geschwister. Zwei von ihnen. Der dritte war angeheiratet. Oder liiert. Befreundet. Mit der Schwester.“

„Wie viele Angreifer habt ihr gesehen?“, fragte Liana in den Raum.

Achile schüttelte sacht den Kopf. „Ich gar keinen. Sie waren schon weg, als ich draußen ankam.“

„Es waren zwei“, raunte Orest unheilvoll. „In Tarnklamotten und mit vermummten Gesichtern.“

Zwei, nicht drei, resümierte Liana. Trotzdem lag auf der Hand, dass jene unwirschen Typen von heute Morgen damit zu tun hatten. Sie wollten etwas von den Silberhains. Ihr einstiger Familiensitz befand sich aber unzweifelhaft hier. Weshalb also stellten sie ihre Ansprüche nicht bei den Totans? Und wozu das Badehaus attackieren? Liana erschloss sich kein Sinn dahinter.

Achile meldete sich zu Wort. „Teresa, du sagtest, die haben selbst nicht genau gewusst, was sie da eigentlich von euch verlangten.“

Teresa bestätigte. „Die schienen zu glauben, wir wüssten es.“

Orest taxierte sie finster. „Und ist dem so?“

„Nein", sagte Teresa unbeeindruckt. „Toma wollte sich unsere Bücher ansehen. Vielleicht hat er inzwischen etwas gefunden."

„Wie lange sind die Juneskrogs schon von hier fort?", warf Liana ein und wandte sich direkt an Orest. „Hat deine Familie den Hof von Juneskrogs übernommen?"

Nun wiederum taxierte Orest sie finster. Doch immerhin antwortete er. „Wir haben den Hof nicht von irgendwelchen Juneskrogs übernommen, sondern von meinem Onkel", stellte er klar. „Dem älteren Bruder meines Vaters. Der ist sehr jung und kinderlos gestorben. Ein Steinschlag. Hab ihn nie gekannt. Ich war kaum geboren, als meine Eltern aus Arad hierhergezogen sind und den Hof übernommen haben. Die Witwe meines Onkels, Tante Evelina, hat noch bis zu ihrem Tod bei uns gelebt. Ist an Fieber gestorben, als ich zehn war."

„Und was ist aus den Juneskrogs geworden?", legte Liana nach.

Sie blickte in die Gesichter reihum und blieb schließlich bei Walfas haften. Wenn hier jemand Antworten hatte, dann sie, war Liana klar. Orest war als Kind mit seinen Eltern hergezogen. Sie hingegen stammte aus einer alteingesessenen Familie im Dorf oben.

Walfa studierte die beiden Gäste mit sanften Augen, doch Liana wusste, dass diese Frau gerade sehr genau überlegte und abwog, inwieweit es klug war, ein womöglich sehr düsteres Kapitel hiesiger Geschichte aufzuschlagen.

„Es hat hier einst Juneskrogs gegeben", sagte sie unvermittelt. „Vor meiner Zeit. Es müssen geachtete Leute gewesen sein. Und sie haben dieses Gehöft bewirtschaftet."

Orest schwieg dazu. Ihm war das offensichtlich nicht neu. Liana entging allerdings nicht, dass Achile, Luxandra und Florin aufmerksam zuhörten.

„Bald nach dem Krieg", fuhr Walfa fort, „begann die Enteignung deutschstämmiger Familien. Anders als in vielen anderen Gegenden fanden die Kommunisten wenig Zustimmung in unserem Dorf. Die Menschen hier haben hart für ihr Hab und Gut geschuftet. So auch die Juneskrogs. Und sie waren Teil der Gemeinschaft. Seit Generationen. Ihnen einfach alles wegzunehmen, war grausam. Deshalb hatten es die Totans nicht leicht, die das Gehöft und die einstige Juneskrog-Mine damals übernommen haben. Sie waren geächtet. Niemand wollte mit ihnen zu tun haben." Ihre Lippen formten ein vages Lächeln, als sie zu ihrem weiterhin finster vor sich hin stierenden Gatten schaute. „Das hat sich mit den Jahren zum Glück geändert. Irgendwann hat mein Vater sogar in Betracht gezogen, mich den bärigen Wüstling aus dem Tal heiraten zu lassen, der sonntags immer mit seinen Brüdern ins Wirtshaus heraufkam und nicht selten eine Schlägerei anzettelte."

„Wir haben nur manchmal angefangen", brummte Orest.

Walfa rollte die Augen, beäugte ihn aber weiterhin nachsichtig. „Mag sein, dass meinem Vater die erträgliche Goldmine die Entscheidung etwas leichter gemacht hat." Ihr Blick fiel wieder auf Liana, nun mit einer bemerkenswerten Strenge. „Wie dem auch sei, die Juneskrogs sind schon lange fort. Ich kenne sie nur aus Geschichten der Älteren."

„Wie sehen diese drei von heute Morgen aus?", fragte Orest brüsk.

Teresa beschrieb ihm die Besucher in groben Zügen. Liana verlor sich indessen in Gedanken. Von hier waren die Juneskrogs vertrieben worden, aber ihre Forderungen stellten sie an die Silberhains. Wie passte das zusammen? Noch vor Orests Lebzeiten war dieser Hof mitsamt seiner Mine an die Totans übergegangen. Wo kamen jetzt plötzlich Nachfahren dieser Juneskrogs her? Seit damals waren Jahrzehnte vergangen. Warum jetzt? Und was in aller Welt hatten sie gegen das Badehaus?

„Die wollten also wiederkommen?", horchte Achile nach.

„So klang es für mich", antwortete Teresa.

Auch das wollte nicht recht zusammenpassen, überlegte Liana. Diesen Leuten musste doch klar sein, dass sie mit Brandterror eine denkbar schlechte Ausgangslage schufen, wollten sie nachher noch Forderungen stellen.

Es stand die Frage im Raum, wie Orests Onkel zu dem Gehöft gekommen war. Doch Liana stellte sie nicht. Musste sie nicht. Weil die Antwort auf der Hand lag. Er war ein Günstling des Regimes gewesen.

„Was werdet ihr tun, wenn sie wiederkommen?", raunte Orest.

Eine Frage, die sich auch Liana ergab. Wie ging man hierzulande mit unhöflichen Bittstellern um, die aller Vermutung nach für einen Brandanschlag verantwortlich waren?

„Wir erschießen sie aus dem Hinterhalt", antwortete Teresa.

Ein paar beunruhigende Augenblicke lang war es totenstill im Raum, dann lachte Orest aus voller Kehle und sprang aus seinem Sessel auf. „Hahaha, es wird wirklich höchste Zeit, dass wir uns wieder zusammentun, Totans und Silberhains! Grüßt mir Toma, wenn ihr wieder zu Hause seid!"

Damit stampfte er aus der Stube davon. Liana verstand das als Aufruf zum Ausbruch. Wohl auch Teresa, denn sie erhob sich, und Achile war prompt zur Stelle, um sie zu stützen. Sie lehnte nicht ab. Liana stand ebenfalls auf.

„Ich sattle euer Pferd", stellte Luxandra in Aussicht und rauschte ihrem Vater hinterher.

„Wie geht es jetzt weiter?", wollte Liana wissen.

Die Frage war vornehmlich an Walfa gerichtet, doch es war Achile, der antwortete: „Heute wird nicht mehr viel passieren. Es wird bald dunkel. Wir werden auf der Hut sein müssen über Nacht, falls sie wiederkommen. Morgen werden wir nach Spuren suchen."

„Bei der alten Kohlestraße?"

Offenbar erstaunt und erfreut gleichermaßen, dass Liana so gut mit den örtlichen Gegebenheiten vertraut war, nickte Achile. „Dorthin sind sie geflohen, sagt Vater. Wahrscheinlich sind sie auch von dort gekommen. Wir durchkämmen erst mal den Wald. Aus dem Dorf werden uns sicher einige helfen. Vater und ich reiten nachher hinauf."

***

Draußen besah sich Liana das arg gebeutelte Badehaus. Das vorderste Fenster war eingeworfen. Die Tür

128

in den Vorraum stand offen und zeigte ihr einen rußschwarzen Boden. Die Wände wiederum schienen den
Brand einigermaßen gut überstanden zu haben. Es
wäre ein Jammer, wenn sich das Gebäude nicht reparieren ließe. Den Totans bedeutete es unübersehbar
viel, gewissermaßen schienen sie sich darüber sogar zu
definieren. Sie waren nicht gerade wohlhabend, aber
mit diesem Badehaus besaßen sie etwas, das sonst niemand hier hatte. Nicht einmal die Silberhains.

Vielleicht lag darin die Motivation der Brandstifter,
überlegte sich Liana. Wollte man die Totans empfindlich in ihrem Selbstverständnis treffen, wäre das Badehaus ein sich anbietendes Ziel.

Achile und Florin hatten Liana und Teresa mit nach
draußen begleitet. Aus der Scheune führte Luxandra
die gesattelte Stute, und im Vorraum des Badehauses
erschien unverhofft Cosmina. Sie hatte tatsächlich Wache gehalten, schloss Liana. Brandwache.

„Wir könnten dir ein Gewehr anbieten", sagte Achile
zu Teresa. „Aber ich weiß, dass du es nicht annehmen
würdest." Sein Blick wanderte weiter zu Liana. „Kannst
du mit einem Gewehr umgehen, Liana?"

Mit einem vagen Anflug von Besorgnis verneinte sie.
„Warum denkst du, dass wir eins dabeihaben sollten?"

„Du hast recht, ihr werdet keins brauchen", merkte
Achile an und schaute sich über den Familienhof hinaus um.

Das Tal lag bereits tief im Schatten. Die Sonne war
schon lange hinter dem westwärts gelegenen Bergzug
versunken, doch auch im Dorf oben müsste nun allmählich Abendstimmung einkehren. Richtig finster

würde es erst in ein paar Stunden werden. Das Silberhain-Gestüt lag bei gemächlichem Galopp zum Glück nur etwa dreißig Minuten vom Totan-Hof entfernt.

Luxandra übergab die Stute, und Liana sah einen Stoffbeutel am Sattel hängen, der vermutlich ihre noch brauchbaren Klamotten enthielt. Die geliehenen Sachen der Totans würden sie bei nächster Gelegenheit zurückbringen. Das war ein vorzüglicher Grund, schon bald wieder hier vorbeizuschauen. Liana freute sich darauf. Sie mochte die Sippe.

„Ich komme euch bald besuchen", stellte Florin in Aussicht. „Will mir diesen Backofen mal ansehen."

„Du bist jederzeit willkommen", entgegnete Teresa. „Ihr alle seid das."

Dann schwang sie sich in den Sattel und nahm von Luxandra die Zügel entgegen. Das vage Lächeln, das sich die beiden Halbtagskratzbürsten dabei schenkten, rührte Liana so unvermittelt, dass sie sich zusammennehmen musste, nicht loszujubeln. Möglicherweise war auch das noch eine Nachwirkung von Alkohol und Adrenalin, doch das machte nicht weniger schön und bedeutsam, dass hier heute Menschen wieder zusammengefunden hatten.

Während Liana noch nach geeigneten Abschiedsworten suchte, um auszudrücken, was sie gerade empfand, ging Achile ihr galant unaufdringlich beim Aufsitzen zur Hand.

„Es war mir eine Riesenfreude", sprudelte es aus Liana heraus, als sie saß. Danach erst ging ihr auf, dass ein Brandanschlag nicht unbedingt etwas war, was man mit einer *Riesenfreude* verbinden sollte.

Die Reaktionen der Totans waren verhalten. Luxandra schaute sogar geradezu angriffslustig zu ihr auf. „Wie war das? Es war dir eine Freude?", raunte sie und verwies auf das geschundene Badehaus.

„Sie hat was auf den Kopf bekommen", meinte Teresa lapidar und ergänzte ein erschrockenes „Au!", als Liana ihr wüst in die Schenkel kniff.

„Nicht das!", unternahm Liana einen Versuch, die Situation noch zu retten. „Ich meinte, euch kennenzulernen! Das war mir eine Freude! Bei euch zu sein! Und –"

Da bemerkte sie, dass nicht nur Achile und Florin, sondern auch Luxandra grinsten. Sie seufzte erleichtert. „Teresa, lass uns jetzt ganz schnell davonreiten."

Teresa und das Tier taten ihr den Gefallen und ließen den Totan-Hof zügig hinter sich. Dem Bachlauf folgend hielten sie auf bekanntes Terrain zu. Liana wandte den Kopf und besah sich den finsteren Wald, in den die Dorfstraße unweit des Gehöfts einbog.

Als das Gelände unsteter wurde, verlangsamte Teresa zu einem Trab, kaum schneller mehr als Schritttempo.

„Werden sie das Badehaus wiederaufbauen?", warf Liana ein.

„Verlass dich darauf", sagte Teresa. „Es ist Orests ganzer Stolz. Neben seiner Mine."

Dann hatte Liana mit ihrer Einschätzung richtig gelegen.

„Aus gutem Grund, finde ich", erwiderte sie. „Du hattest recht, es war toll. Wenn Toma und ich eines Tages fünf Kinder haben, will ich auch so einen großen Zuber, in dem wir alle Platz haben. Tante Teresa kommt dann selbstverständlich auch mit rein."

Teresa schwieg dazu.

Als das Gelände unübersichtlicher wurde, dachte Liana an die Pfeife, die wahrscheinlich dem Feuer zum Opfer gefallen war. Ein wenig Unbehagen machte sich in ihr breit, ihrer guten Laune aber tat es wenig Abbruch. Die Gesellschaft des Bachbettes hatten sie bereits verlassen. Das war vermutlich ganz gut so. Wasserstellen waren schließlich auch für Tiere interessant, große wie kleine.

„Wohin fließt der Bach eigentlich?", fragte sie. „Bei eurem Gestüt ist er mir bislang nicht aufgefallen."

„Er stürzt lange vorher in eine Klamm", antwortete Teresa. „Du denkst also dasselbe wie ich."

Liana stutzte. „Ich weiß nicht recht. Was denkst du denn?"

„Dass – falls sich hier irgendwo jemand heimlich festgesetzt hat – er das wahrscheinlich in der Nähe einer Trinkwasserquelle gemacht hat."

Mit einem Mal wurde Liana doch etwas flau im Magen. „Glaubst du, dass es sich so verhält?"

Teresa schüttelte sacht den Kopf. „Nein, ich glaube, sie sind über die Überreste der alten Kohlestraße vom Berg runter."

„Und was ist da unten?", fragte Liana.

„Wald, Stein, Felder, Dörfer ... und ein Güterbahnhof", antwortete Teresa.

Ein Bahnhof, natürlich. Wo einst Kohle und andere Bodenschätze geschürft wurden, war ein Eisenbahnanschluss nicht weit.

„Also sind sie womöglich schon über alle Berge", folgerte Liana.

„Könnte sein", meinte Teresa.

Kapitel 8: Der Brief des Baumeisters

Sie erreichten das Gestüt, ohne von Bären oder Wegelagerern belästigt worden zu sein. Dafür überfiel Toma sie, kaum dass sie an der Koppel abgesessen waren.

„Walfa hat angerufen!", erläuterte er gehetzt. „Sagt schon, wie schlimm ist es?"

„Der Brand war schnell gelöscht", antwortete Teresa. „Aber das Dach ist zum Teil eingestürzt."

„Himmel, ich meine doch nicht das blöde Badehaus!", fuhr Toma sie an. „Ich rede von euch! Wie geht es euch beiden? Walfa meinte, alle hätten großes Glück gehabt, aber –"

„Und Walfa hat völlig recht", unterbrach ihn Teresa und nahm ihren Bruder in die Arme. Den so aufgelösten Toma fand Liana geradezu entzückend.

„Uns ist nichts Schlimmeres passiert", fügte sie hinzu. „Teresa wird ein paar Tage nicht richtig auftreten können, und ich brauche vielleicht noch ein Aspirin heute Abend. Ansonsten fehlt uns nichts."

Das schien Toma erstmal zu besänftigen. In groben Zügen schilderten ihm Liana und Teresa die Ereignisse am Totan-Hof. Zum Teil wusste er es bereits von Walfa.

„Okay, geht rein", sagte er. „Im Salon wartet eine Kanne Tee. Ich komme nach."

Teresa reagierte genervt, aber Toma ließ es sich nicht nehmen, an ihrer Stelle die Stute in den Stall zu bringen, damit sie ihren Fuß schonen konnte. Liana wiederum stellte sicher, dass Teresa es sich im Salon auch tatsächlich bequem machte. Fünfzehn Minuten später stieß Toma zu ihnen.

„Du bist dran", forderte Teresa. „Hast du was gefunden?"

„O ja, und nicht zu knapp", sagte Toma und ließ sich neben Liana auf der Couch nieder. „Juneskrogs tauchen sowohl in unseren älteren Geschäftsbüchern als auch im Stammbuch auf. 1850 hat ein Hermann Silberhain eine Maria Juneskrog geheiratet. 1888 dann ein Juneskrog eine Silberhain. Sie sind anscheinend ins Banat weitergezogen. 1903 dasselbe noch einmal. Melvin Juneskrog und Margarethe Silberhain. Haben sich in Steierdorf niedergelassen, ist da zu lesen. Auch in den Geschäftsbüchern sind Juneskrogs aufgeführt. Unsere Familien haben über Generationen hinweg Handel getrieben. Es endet in den Tagen von Großvater Rudolf. Danach tauchen erstmals Totans auf."

„Das passt zusammen", merkte Teresa an.

„Damals sind sie laut Walfa enteignet und vertrieben worden", bestätigte Liana. „Aber jetzt sind sie wieder da. Und sie wollen etwas von euch."

„Ich weiß auch, was", sagte Toma und deutete auf einen weißen Umschlag auf dem Tisch.

Teresa musterte ihren Bruder skeptisch und langte nach dem Kuvert.

„Was ist das?", fragte Liana Toma. „Ein Brief?"

„Ich habe nicht reingesehen", antwortete Toma. „Den Umschlag fand ich in der Dokumentenmappe. Da muss er seit Großvaters Zeiten liegen. Deswegen sind sie hier."

Teresa reichte das Fundstück an Liana weiter.

An Juneskrogs

stand in großen Lettern darauf geschrieben. Er war mit einem Wachsklecks versiegelt, in den das Juneskrogsche Familienwappen mit Wolf und Schlüssel eingedruckt worden war. Ein Datum war leider nicht zu finden.

„Warum versteckt euer Großvater einen Brief, der für die Juneskrogs bestimmt war?", fragte Liana. „Vor allem, wie kommt er dazu? Hat sich der Postbote vertan?"

Toma schmunzelte milde. „Wohl kaum. Der Brief ist an Juneskrogs adressiert, ja, aber das Siegel sagt uns, dass er auch von einem Juneskrog aufgegeben worden ist."

„Und das bedeutet?"

„Dass Großvater den Brief verwahrt hat. Wahrscheinlich sollte er ihn zu gegebener Zeit weiterreichen. Was aber offensichtlich nie geschehen ist."

Liana legte den Umschlag auf den Tisch zurück. Ihn zu öffnen, wäre einfach und würde sicher ein paar Fragen beantworten, aber sie sah voraus, dass Toma das nicht tun würde.

„Mich irritiert die Aufschrift *an Juneskrogs*", sagte Toma. „Warum kein voller Name? Daraus lässt sich nur schließen, dass sich der Absender im Unklaren war, welcher Juneskrog den Brief eines Tages bekommen sollte. Das bedeutet, er hat in Kauf genommen, vielleicht sogar vorausgesehen, dass Generationen kommen und gehen könnten, bevor der Umschlag in dessen Hände gelangt."

„Was vermutest du?", fragte Teresa. „Worum geht es hier?"

„Ich denke schon die ganze Zeit darüber nach, was das alles bedeuten könnte", sagte Toma versonnen. „Und wie wir da mit drinhängen. Wahrscheinlich stecken in diesem Umschlag die letzten Zeilen der Juneskrogs, bevor sie von hier vertrieben worden sind. Eine Art Vermächtnis vielleicht. Sie haben das unserem Großvater anvertraut, damit der es aufbewahrt."

„Aufbewahrt für Juneskrogs, die eines Tages anklopfen würden", ergänzte Liana nachdenklich. „Und die jetzt offensichtlich hier sind."

Toma nickte.

Liana hatte schon bei zahlreichen Gelegenheiten über die Zeiten des Regimes recherchiert und über die brutale Unterdrückung von Kunst und Kultur geschrieben. Viele, vor allem die Enteigneten und Entrechteten, hatten die Hoffnung gehabt, der Spuk des Sozialismus wäre bald wieder vorbei. Vielleicht hatten auch die Juneskrogs gehofft, eines Tages heimkehren zu können.

„Ich bezweifle, dass sie nach der Sache heute Nachmittag noch einmal bei uns klingeln werden", sagte Teresa. „Wir werden ihnen den Brief also nicht übergeben können."

„Du schlägst vor, ihn zu öffnen?", entgegnete Toma, und es war eine Feststellung, keine Frage.

Teresa nickte sacht. „Diese Leute sind gefährlich. Und womöglich sind sie noch nicht fertig. Der Brief könnte uns helfen, sie zu verstehen. Vielleicht auch, sie zu finden.“

„Schon möglich“, stimmte Toma nachdenklich zu. „Es könnte aber auch alles verkomplizieren. Dieser Brief ist unserer Familie anvertraut worden. Ich möchte dieses Vertrauen ungern enttäuschen.“

„Wozu noch daran festhalten?“, erwiderte Teresa hitzig. „Die haben gerade Brandsätze nach uns geworfen.“

„Höchstwahrscheinlich haben sie damit zu tun“, lenkte Toma ein. „Das darf uns trotzdem kein Grund sein, eine Vereinbarung zu unterlaufen, die unsere Familien miteinander geschlossen haben. Die damals vertriebenen Juneskrogs haben auf unsere Familienehre gesetzt. Ich will diesem Vertrauen gerecht werden. Auf das Wort eines Silberhains hat man sich immer verlassen können. Daran möchte ich festhalten. Manchmal ist das alles, was einem noch bleibt.“

Teresa rollte die Augen. „So eine Antwort habe ich erwartet.“

Aus ihr sprach wie so oft der Pragmatismus, aber Liana kannte sie gut genug, um zu wissen, dass sie von diesem Schritt abgehalten werden wollte. Auch sie würde sich nicht gut dabei fühlen, diesen fremden Brief zu öffnen.

Griselda kam herein, wie gestern in Schwarz und mit strenger Miene. „Ich würde das Abendessen auftragen“, verkündete sie.

„Fabelhaft“, erwiderte Toma mit einem Lächeln und sprang von der Couch auf. „Danke, Griselda, ich decke sofort den Tisch.“

Ausstehende könnten in Frage stellen, wer in diesem Haus das Sagen hatte, dachte sich Liana schmunzelnd.

„Also warten wir einfach nur ab?“, fragte Teresa ihren Bruder.

„Ich werde mich morgen an der Suchaktion der Totans beteiligen“, sagte Toma. „Du hingegen solltest hierbleiben. Für den Fall, dass die Juneskrogs nochmal auftauchen.“

„Und dann soll ich ihnen brav und ehrenvoll den Brief überreichen? Nachdem sie uns fast abgefackelt hätten?“

„Wenn du sie erschießt, erfahren wir leider nichts mehr von ihnen.“

Toma spazierte in den Speisesaal hinüber. Lianas Blick folgte ihm. Morgen würde also die Suche beginnen. Erst war der Wald bei den Totans dran, dann wahrscheinlich die Gebiete weiter unten, in die diese alte Kohlestraße führte. Dort könnten Orest und seine Jäger theoretisch auch auf harmlose Bergwanderer stoßen. Es konnte nur gut sein, wenn sich auch besonnene Zeitgenossen, wie offensichtlich Toma einer war, daran beteiligten. Die Frage war, wie sie, Liana, sich nützlich machen wollte. Toma und die Leute aus dem Dorf bei der Suche begleiten, erschien ihr wenig reizvoll. Mit Teresa das Gestüt hüten, ließ sie auch nicht unbedingt frohlocken. Sie sah noch eine dritte Option.

„Wie wäre es, wenn ich morgen mit dir komme?“, rief sie Toma hinterher. „Es werden sich ja sicher nicht alle Totans an der Suche beteiligen. Ich könnte den Zurückbleibenden beim Aufräumen helfen. Mit Walfa komme ich ganz gut zurecht. Vielleicht kann ich sie noch ein wenig aushorchen.“

„Wozu? Wir wissen doch schon alles“, meinte Teresa.

„Das halte ich für eine ausgezeichnete Idee“, erwiderte Toma. „Eine wunderbare Geste, die sie sicher zu schätzen wissen. Uns würdest du damit auch helfen.“

Liana war erfreut, dass er das ähnlich sah. „Freundschaftsbande pflegen ist wichtig“, bemerkte sie spitz in Teresas Richtung. „Außerdem wissen wir noch nicht, warum die Brandstifter es ausgerechnet auf das Badehaus abgesehen hatten. Ich versuche, mehr darüber herauszufinden.“

Teresas Miene blieb unwirsch. „Was meinst du denn, über das Badehaus herausfinden zu können?“

„Wer es gebaut hat und so weiter“, sagte Liana. „Vielleicht hat es für die Brandstifter eine besondere Bedeutung.“

Nach dem Abendessen verabschiedete sich Teresa und stellte in Aussicht, erst spät wiederzukommen. Liana eilte ihr nach.

„Du willst zu deinem alten Jugendfreund oben im Dorf, oder?“, raunte sie im Waschraum für die Stiefel und Sättel, der sich den Ställen im Wirtschaftshaus anschloss.

„Was dagegen?“, erwiderte Teresa schroff.

„Ja!“, blaffte Liana. „Davon habe ich nämlich nichts!“

Teresa schnitt eine Grimasse. „Du kannst ja Toma vögeln“, schlug sie vor und machte sich davon.

***

Die Morgensonne strahlte die aufstrebenden Berghänge herab und flutete das Gestüt, den zerfaserten Talwald und die nordwärts gelegenen Talkessel mit ihrem zauberhaften Licht. Schon gestern Morgen auf der

Terrasse hatte Liana das betört, und es funktionierte auch heute. Vor Toma saß sie einem schwarzen Hengst auf, einem Heißsporn, der allmählich in die Jahre kam, wie Toma meinte.

„Teresa hat ein unglaubliches Gespür dafür, bei den Tieren den richtigen Ton anzuschlagen", sagte er. „Dafür tut sie sich bei Menschen schwerer. Aber wem erzähle ich das."

„Das ist mir gelegentlich schon aufgefallen", bemerkte Liana schmunzelnd.

Ihr Blick fiel auf den Gewehrkolben, der aus einer langen, ledernen Satteltasche ragte. „Hast du schon mal auf Menschen geschossen?"

„War bislang nicht nötig", antwortete Toma.

Möglicherweise eine dumme Frage, aber Liana stellte sie trotzdem: „Könntest du es?"

„Um Leib und Leben zu schützen oder jemanden, der mir nahesteht, selbstverständlich", sagte Toma.

„Hat hier eigentlich jeder ein Gewehr parat liegen?" Liana erinnerte sich an die vier, die sie gestern bei den Totans gezählt hatte.

Toma schüttelte den Kopf. „Im Dorf oben nur wenige. Aber wenn man ein wenig abgelegen lebt, so wie wir oder die Totans, dann empfiehlt es sich schon. Vor allem im Winter, wenn sich Wölfe und Bären auch mal in die Vorgärten verirren, um Nahrung zu suchen. Dann ist man um ein Gewehr ziemlich dankbar."

„Um auf die Tiere zu schießen?"

„Bären lassen sich meistens durch den Lärm eines Schusses vertreiben. Wölfe können schon hartnäckiger sein. Vor allem wenn ein Rudelführer seiner Meute etwas beweisen will."

„Kommt das oft vor?“

Toma verneinte. „Bei uns ist es lange her. Ich war noch ein Kind, als ein Rudel mitten am Tag über unsere Koppel hergefallen ist und mehrere Ziegen und Schafe gerissen hat. Vater und unsere Knechte haben sie verjagt. Seitdem ist nichts dergleichen mehr vorgefallen. Einzelne Tiere sind hin und wieder geholt worden. Das ist normal und kaum zu verhindern – und auch ein Grund, warum wir heute keine Schafe und Ziegen mehr halten, sondern nur noch Pferde.“

„Wo kommen die Wölfe her?“, fragte Liana. „Ich meine, das Tal hier ist doch ziemlich abgeschottet. Die werden wohl kaum durchs Dorf kommen, oder? Leben die also permanent hier?“

„Nein, die ziehen durch“, antwortete Toma. „Die finden Zugänge, die für uns Menschen nicht denkbar sind. In klaren Nächten kann man sie von unserem Turm aus manchmal sehen. Meistens kommen sie aus dem Talarm der Totans, streifen unser Gestüt und ziehen nordwärts. Dort verlassen sie unser Plateau für gewöhnlich wieder.“

So faszinierend das klang, es jagte Liana auch einen Schauer den Rücken hinab.

Sie ritten denselben Pfad entlang, den Teresa gestern genommen hatte. Eine angenehme Weile lang badeten sie im frühen Sonnenlicht, das durch die Baumkronen blinzelte, aber schließlich tauchten sie in den Schatten des Bergmassivs ein, an dessen Füßen der Totan-Hof gelegen war. Liana wurde bewusst, dass die Totans noch weniger Sonnenlicht abbekamen als die Silberhains. Zwar hatten sie hier nachmittags ein wenig länger Sonne, doch es musste wahrscheinlich elf Uhr werden, bis sie das andere Massiv überwand.

Schon aus reger Entfernung war absehbar, dass sich beim Totan-Hof eine Menge Leute tummelten. Hundegebell erfüllte den Morgen und wurde von der Bergwand zurückgeworfen. Toma schien nichts anderes erwartet zu haben. Schon am Zaun wurde er von zwei bärbeißigen Männern begrüßt, an ihrer Seite drei schwarze Ungetüme von Hunden, denen Liana auf keinen Fall unangeleint begegnen wollte. Toma erwiderte die Grüße. Auch Liana schloss sich dem höflich an, erntete aber nur neugierige Blicke. Sie zuckelten an ihnen vorbei. Das aggressive Gebell der Hunde ging Liana unter die Haut, aber ihren Hengst schien es nicht weiter zu jucken. Unter einer Traube Männer neben der Scheune entdeckte sie Orest. Er schaute grimmig drein, aber als er Toma sah, lockerte seine Miene auf und er hob eine Hand zum Gruß. In der anderen hielt er ein Gewehr.

„Jetzt sind wir vollzählig“, dröhnte er lauthals. „Toma, Junge, schön, dich zu sehen. Ah, und die bezaubernde Liana ist auch dabei“, ergänzte er zufrieden. „Kannst du denn schießen, meine Liebe?“

„Vielleicht kann ich mich anderweitig nützlich machen“, erwiderte Liana. „Mit einer Steinschleuder vielleicht?“

Orest lachte. Toma zuckelte an der Traube vorbei zum Scheunentor, wo Achile, Florin und Luxandra aufwarteten. Luxandra übernahm das Tier, um es zu den familieneigenen Pferden in den Scheunenanbau zu bringen. Toma und Florin mussten einander zunächst bekanntgemacht werden, Toma und Achile hingegen pflegten einen Umgang wie zwei gute Freunde. Lianas Eröffnung, dass sie mitgekommen war, um beim Aus- und Aufräumen des Badehauses zu helfen, zeichnete Achile ein überwältigtes Lächeln ins Gesicht.

„Danke, Liana, das ist …“, wusste er nur zu kommentieren und beendete den Satz nicht.

„Wie geht es deinem Kopf?“, fragte Florin.

„Wenn ich die Stelle nicht berühre, ist alles in Ordnung“, antwortete Liana wahrheitsgemäß.

Florin schien nicht völlig überzeugt, nahm es aber hin. Liana schenkte ihm ein Lächeln. Sie fühlte sich hier angenommen.

Luxandra kam aus der Scheune zurück. „Hab ich richtig gehört? Du willst uns helfen?“

„Wenn ihr mich gebrauchen könnt“, erwiderte Liana und ging ihr ein paar Schritte entgegen.

Das entlockte nun auch Luxandra einen milderen Ausdruck.

„Und du? Bleibst du hier oder beteiligst du dich an der Treibjagd?“, fragte Liana.

Luxandras Blick verfinsterte sich wieder. „Würde ich gern, aber Vater will mich nicht dabeihaben. Lieber nimmt er Florin mit. Obwohl er nicht mal schießen kann.“

„Auf Gewehre scheint es nicht anzukommen“, sagte Liana. „Bei den Dorfleuten habe ich auch keine gesehen. Deinem Vater ist es wohl wichtig, dass der Hof in fähigen Händen bleibt.“

„Ach was, das ist einfach ein Männerding“, raunte Luxandra. „Na, was solls. Die werden sie ohnehin nicht finden. Jedenfalls nicht im Wald.“

Davon ging auch Liana aus. Es wäre schon vermessen, würden die Brandstifter nach begangener Tat gleich um die Ecke campieren. Dennoch musste der Wald nach Spuren durchsucht werden. Jeden Moment würde es losgehen. Lianas Blick wanderte über die Versammelten. Orest nahm gerade die Einteilung vor. Sorgen machte Liana sich nicht. Hier hatten sich gestandene Mannsbilder versammelt, die die Gegend gut kannten. Toma, Achile und Florin waren annährend im selben Alter, die anderen gehörten mehrheitlich Orests Generation an. Die würden schon wissen, was zu tun war, sollten sie tatsächlich auf die Gesuchten stoßen.

Als der Aufbruch bevorstand, verabschiedete sich Toma bei Liana und dankte ihr. Liana schaute dem Auszug hinterher, während sie noch nachgrübelte, wofür Toma ihr gedankt hatte, dann nahm Luxandra sie mit ins Haus.

***

Walfa gab sich hocherfreut, den Gast aus Bukarest schon so bald wiederzusehen, und Liana hatte keinen Grund, ihr ihre Freude nicht abzunehmen. Ungefragt wurde ihr eine Tasse Kaffee eingeschenkt, die sie gern annahm und sich dann mit Walfa und ihrer Tochter an den großen Tisch setzte. Ein sichtlich antikes Stück, ebenso die Stühle und die Sitzbank. Die Küchenzeile sah dagegen ziemlich neu aus. Der Raum wirkte wohnlicher als die Stube nebenan. Die Wände waren mit leicht vergilbten Tapeten ausgestattet, und die Fenster mit braunen Vorhängen verziert. Durch eins war der schattige Hof, durch das andere ein Teil des Badehauses zu sehen.

„Zuerst schaffen wir die großen Trümmer hinaus", sagte Walfa über ihrer Tasse. „Den gebrochenen Balken, die Bruchsteine, dann können wir die Scherben aufkehren."

„Wir müssen verdammt aufpassen", warnte Luxandra. „Es könnten noch mehr Steine vom Dach runterkommen."

„Florin hat doch erwähnt, der Balken sei vor allem wegen Schimmelbefalls gebrochen", erinnerte sich Liana. „Nicht wegen des Feuers. Was, wenn noch mehr Balken betroffen sind?"

Luxandra nickte beflissen. „Genau das befürchtet Florin. Bevor wir das Dach ausbessern, müssen wir das überprüfen. Aber dafür brauchen wir jemanden, der etwas von Statik versteht."

„Solche Leute kosten viel Geld, Schatz", meinte Walfa.

„Glaubst du, das weiß ich nicht?", fuhr Luxandra sie hitzig an.

Liana wollte sich nicht einmischen. Im Dorf gab es bestimmt fähige Handwerker, aber inwieweit die ein solches Steindach hinbekamen, konnte sie nicht abschätzen. Nicht ausgeschlossen, dass Orest ohnehin zu stolz wäre, um Hilfe zu bitten, ging es hierbei doch sozusagen um das Wahrzeichen seines Hofes. Aber ohne qualifizierte Hände ein neues Dach zusammenzuschustern, wäre definitiv keine gute Idee.

Cosmina hatte oben mit ihren Kindern zu tun gehabt. Nun stieß sie zu ihnen in die Küche und reagierte erstaunt und nicht unbedingt erbaut, als sie dort Liana antraf. „Hast du vor, eine tolle Geschichte über uns zu schreiben?"

„Mein Chefredakteur würde sie mir wahrscheinlich aus der Hand reißen", entgegnete Liana. „Aber nein, das werde ich nicht."

Cosmina nahm eine Tasse aus dem Schrank und schenkte sich ebenfalls Kaffee ein. „Wir würden es nicht mitbekommen", sagte sie wieder dem Tisch zugewandt. „Hier liest niemand euer Magazin."

„Tja, schade eigentlich", kommentierte Liana salopp.

„Liana ist hier, um uns im Badehaus zu helfen", erklärte Walfa.

Das hellte Cosminas Ausdruck ein wenig auf. Sie musterte Liana, wobei sich ihr innerer Knoten zu lösen schien. „Na dann, Liana aus Bukarest", sagte sie, ließ den Halbsatz so stehen und setzte sich dazu.

***

Bevor sie mit der Arbeit anfingen, war eine Bestandsaufnahme geboten. Das Badehaus sah furchtbar aus. Scherben und Splitter waren durch das Löschwasser im gesamten Raum verteilt worden. Das Regal mit dem Schürholz war von Ruß überzogen. So auch der untere Teil der Tür, die halbe Duschwanne daneben und der Holzboden im Vorraum. Unter dem bestimmt vier Quadratmeter großen Loch in der Decke nahe am Kamin war alles mit Bruchsteinen übersät. Mittendrin lag halb verschüttet der heruntergekommene Balken. Inwieweit Fliesen gebrochen waren, würde sich zeigen, wenn der Schutt abgetragen wäre. Wenigstens der Zuber schien heil geblieben zu sein.

„Wir sind nicht unbedingt darauf angewiesen“, sagte Luxandra beklommen. „Aber dieses Haus hat diesen Ort zu etwas Besonderem gemacht.“

Walfa legte einen Arm um sie. „Es sind die Menschen, die einen Ort zu etwas Besonderem machen, Schatz, nicht Holz und Stein.“

Luxandra erwiderte die Geste. „Du weißt, wie ich das meine.“

Walfa küsste ihre Stirn.

Liana hätte gern ebenfalls anteilgenommen, aber dies war ein vorzüglicher Moment, um eine möglicherweise wichtige Frage zu stellen. „Wann ist dieses Haus gebaut worden?“

„Vor meiner Zeit“, antwortete Walfa knapp.

„Juneskrogs müssen es also gebaut haben“, legte Liana nach.

„Was spielt das für eine Rolle?“, fragte Cosmina.

Sie war im Vorraum geblieben und warf wachsame Blicke nach draußen. Walfa hatte sicherheitshalber ein Gewehr mitgenommen.

„Es ist einzigartig“, sagte Liana. „Eine geniale Konstruktion. Ein einziges Feuer erhitzt sowohl den Raum, den Unterboden als auch das Wasser. Das ist beeindruckend. Kein Wunder, dass es euch viel bedeutet. Aber es scheint auch noch für jemand anderen eine Bedeutung zu haben.“

„Damit magst du wohl recht haben“, meinte Cosmina. „In einem aber irrst du. Einzigartig ist es nicht.“

Das ließ Liana aufhorchen. „Wie meinst du das?“

„Ich weiß von mindestens einem weiteren, das ganz ähnlich konstruiert ist“, sagte Cosmina. „Es ist moderner. Wahrscheinlich keine zwanzig Jahre alt. Aber es funktioniert wie dieses hier. Es steht in einem Dorf am Sagitat-Pass. Achile und ich sind vor ein paar Jahren zufällig darauf gestoßen, als wir dort Samen gekauft haben."

***

Die Arbeit machte wenig Freude, doch das gute Gefühl, den Totans zu helfen, war Liana alle Mühe wert. Sie hatte Teresa um möglichst alte Stiefel gebeten, bei denen eine Beschädigung wie etwa durch Scherben nicht allzu ärgerlich wäre. Arbeitshandschuhe hatte sie von den Totans bekommen. Sorgsam darauf bedacht, dass gegebenenfalls weitere Bruchsteine fallen könnten, klaubten sie und Cosmina jene am Boden nach und nach auf und verfrachteten sie in Eimern in den Obstgarten neben der Scheune. Walfa und Luxandra hatten bereits mit Kehren begonnen. Schaufel um Schaufel Stein, Staub, Scherben, angebranntes Holz, Ruß und feuchte Asche wanderte in eine Blechtonne neben der Außentür.

Das gebrochene Stück Balken lag inzwischen frei, und es zeigte sich, dass die herabfallenden Trümmer tatsächlich einige Bodenfliesen beschädigt hatten. Vier waren durchgebrochen, sechs weitere hatten Risse abbekommen. So bekam Liana einen Eindruck von dem Hohlraum darunter. Die allesamt quadratischen Fliesen lagen an ihren Ecken Steinsäulen von etwa vierzig Zentimetern Höhe auf. Die Luft wurde vom Kaminfeuer aufgeheizt und erwärmte die Fliesen von unten. Nie zuvor hatten hier drin Ausbesserungsarbeiten durchgeführt werden müssen, wie Walfa erklärte. Insoweit war es auch für sie, Luxandra und Cosmina, das erste Mal, dass sie da einen Blick reinwerfen konnten.

Liana und Cosmina fingen an, die durchgebrochenen Steine herauszuheben, während Luxandra und Walfa eine Diele schützend über ihre Köpfe hielten, für den Fall, dass weitere Brocken herunterkämen. Nach getaner Arbeit zog Liana einen ihrer Handschuhe aus und befühlte den staubigen Unterboden. Er war rauer als die Fliesen. Kalkstein, glaubte Liana. Der Baumeister hatte sehr sorgfältig und mit ausgesuchten Materialien gearbeitet.

Als Cosmina nach ihren Kindern sehen ging und Luxandra ihnen etwas zu trinken holen wollte, packte Liana die Gelegenheit beim Schopf und fragte Walfa nach dem letzten ihr bekannten Juneskrog auf diesem Hof. Walfa war das Thema unangenehm, das war schon gestern deutlich zu Tage getreten.

„Lothar", räumte sie nichtsdestotrotz ein. „Er hieß Lothar, soweit ich weiß."

Dunkel erinnerte sich Liana, dass dieser Name gestern Vormittag am Außentor der Silberhains gefallen war. Lothar Juneskrog.

„Er ist also vom Regime enteignet worden", brachte Liana das Offensichtliche zur Sprache. „Nach ihm hat Orests Onkel den Hof übernommen. Der, der einem Steinschlag zum Opfer gefallen ist, nicht?"

Walfa nickte streng vor sich hin, während sie einen weiteren Eimer voll Schutt nach draußen trug. Auch wenn das ein schwieriges Kapitel war, wollte Liana nicht lockerlassen. Vielleicht war Walfa ohne dem Beisein ihrer Familie gesprächiger. Liana ging ihr nach. „Weißt du, was aus Lothar Juneskrog geworden ist?"

Walfa leerte den Eimer in die Tonne und drehte sich ihr wieder zu, der Ausdruck unverwandt hart, aber der Blick nun seltsam verloren. „Mein Vater hat mir erzählt, er sei erschossen worden."

Liana schluckte betroffen. „Von der Securitate?"

„Oder ihren Handlangern", antwortete Walfa ruhig. „Das macht keinen Unterschied. Und darüber spricht hier heute auch niemand mehr. Ich weiß nicht mal, ob Orest je davon gehört hat. Muss er auch nicht. Es betrifft weder ihn noch uns heute."

Sie ging zurück ins Innere. Liana folgte und fragte nichts mehr. Allmählich ergab sich ein Bild. Lothar Juneskrog war enteignet und erschossen worden. Er war möglicherweise auch der Erbauer dieses Badehauses. Es musste ihm viel bedeutet haben. Vielleicht war das der Grund, warum seine Nachfahren es abfackeln wollten. Sie selbst konnten es nicht haben – wollten es wahrscheinlich nicht einmal –, aber sie ertrugen es auch nicht, es in Händen einer anderen Familie zu wissen. Noch dazu womöglich der Familie von Lothars Mördern.

Aber warum jetzt? Nach so vielen Jahren? Hatte es mit dem uralten Brief zu tun?

***

Es ging bereits auf die Mittagsstunde zu, als das Totan-Gehöft endlich im Sonnenlicht badete. Durch das Loch im Dach fiel es auch ins Badehaus. Walfa kümmerte sich um das Mittagessen, Cosmina um ihre zwei jüngsten Kinder, dafür ließ Cella es sich nicht nehmen, im Badehaus ihren Beitrag zu leisten, und war es nur, nach dem Rechten zu sehen und mit noch übrigen Ascheklümpchen zu spielen.

„Hey, geh da weg!", rief Luxandra streng, als Cella zum Unterboden hinabklettern wollte. „Unter dem Dachloch ist es gefährlich."

Cella gehorchte widerwillig und stampfte grummelig davon, wobei sie ein wenig wie ihr Großvater wirkte.

Luxandra wandte sich an Liana. „Die anderen nehmen das mit dem Dach nicht ernst genug. Florin meint, wir sollten es komplett abtragen und ein neues draufsetzen. Vater aber will einfach nur den Balken erneuern und dann alles wieder zumörteln."

Liana verstand zu wenig von der Materie, um sich klar zu positionieren, doch sie neigte dazu, Florins Einschätzung zu vertrauen. Aber ein neues Dach würde natürlich viel Geld kosten. Geld, das die Totans wahrscheinlich nicht hatten.

Luxandra nahm einen der Kehrbesen und stieß mit dem Stielende unsanft gegen einen mächtigen Stein am Rand des Deckenlochs. Nichts geschah. Sie tat es noch einmal fester. Der Stein löste sich nicht. Sie stellte einen weiteren auf die Probe. Auch der hielt.

„Wenigstens scheint der Rest stabil", raunte sie. „Für den Moment jedenfalls. Dennoch, das Dach hat nur deshalb so lange gehalten, weil die Steine so gesetzt waren, dass sie sich im Bogenlauf gegenseitig gestützt haben. Jetzt aber ist das System beschädigt. Ich bezweifle, dass wir das einfach so ausbessern können."

Liana verstand, was sie meinte. Es war nicht genug damit getan, das Loch einfach mit Mörtel und Bruchsteinen zu flicken. Die Steine mussten erneut so gesetzt werden, dass sich das Gewicht nach außen verlagerte und sie das Dach in Statik hielten.

„Habt ihr Verwandte im Dorf, die helfen könnten?", fragte sie.

„Eine verwitwete Tante und eine Cousine", antwortete Luxandra und seufzte niedergeschlagen. „Und Cosminas Familie. Wenn schon. Wir machen uns was vor. Ich sehe nicht, wie wir das reparieren könnten. Erst recht, wenn sich noch mehr Schimmel im Gebälk findet."

Angesichts der Tatsache, wie gut und schnell sie heute vorangekommen waren, war diese Erkenntnis besonders deprimierend. Trotzdem machten sie weiter, kehrten auch die Ecken aus, dann wurde feucht geschrubbt.

„Wie kommen die Kinder mit all dem klar?", fragte Liana.

„Wir versuchen, es von ihnen fernzuhalten", antwortete Luxandra. „Ich weiß nicht, ob das funktioniert, denn sie bekommen natürlich mit, dass alle gerade ziemlich nervös sind. Cella ist sehr aufgeweckt. Ich glaube, sie versteht sehr genau, dass hier etwas Schlimmes passiert ist und uns jemand Böses will. Cosmina nimmt die Kinder heute Abend mit ins Dorf zu ihrer Familie. Dort werden sie bleiben, bis sich alles wieder beruhigt hat."

Das klang nicht, als ob die Totans mit einer baldigen Rückkehr zur Normalität rechneten. Und natürlich durfte man nicht ausschließen, dass die Brandstifter noch einmal zuschlugen.

***

Kurz nach der Mittagsstunde kamen die Männer zurück. Liana und Luxandra traten in den Hof hinaus, als sie Stimmen hörten. Orest wirkte sogar für seine Verhältnisse erschreckend grimmig. Ein bemerkenswerter Kontrast zu ihm waren Toma und Achile, die ein paar Meter hinter ihm einherschritten und sichtlich besserer Laune waren. Achile lachte sogar. Liana runzelte die Stirn. Die beiden kannten sich seit ihrer Kindheit, kamen offensichtlich gut miteinander aus und hatten sich trotzdem viele Jahre lang kaum gesprochen. Das durfte nicht wieder einreißen, und Liana glaubte nicht, dass es das würde. Sie hoffte es inständig. Wenn Toma hier wieder stabile Kontakte hätte, könnte Teresa ohne Gewissenbisse nach Bukarest zurückkehren.

Florin bildete die Nachhut und zog das klapprige Außentor zu. Das würde keinen Eindringling aufhalten, aber das war wohl auch nicht der Zweck. Auch er schien die Missstimmung nicht zu teilen. Orest passierte Liana und seine Tochter grummelnd und stapfte über den Bachsteg Richtung Haustür. Die anderen kamen zu ihnen.

„Ihr habt sie nicht erwischt, was?", meinte Luxandra.

„Nein, aber wir haben Spuren", erwiderte Achile zuversichtlich. „Flawe und Călin kommen nachmittags nochmal mit ihren Hunden."

Die Männer hatten eine Stelle am Waldrand gefunden, an denen die Angreifer wahrscheinlich gelauert und die Lage am Hof sondiert hatten, berichtete er weiter. Am entlegenen Ende des Waldes, wo die Straße am Abgrund mündete, hatten sie außerdem ein paar frische Stiefelabdrücke entdeckt.

„Abgehauen, die Feiglinge", ergänzte Florin düster. „Wären sie noch im Wald, hätten wir sie gefunden."

„Also sind sie über die Reste dieser alten Kohlestraße geflohen", folgerte Liana.

„Dort werden wir ansetzen", bestätigte Achile.

Er, Florin und Luxandra bedankten sich herzlich für die geleistete Unterstützung, dann saßen Liana und Toma wieder auf ihren Hengst auf und ritten von dannen. Liana war schon neugierig, was Toma zu berichten hatte. Mit Lothar Juneskrog und seinem tragischen Ableben hatte Liana auf jeden Fall ein neues Puzzleteil beizutragen.

„Habe ich das richtig verstanden, dass du heute Nachmittag nicht dabei sein wirst, wenn die Suche weitergeht?", fragte Liana, kaum dass sie den Hof hinter sich gelassen hatten.

„Nein, werde ich nicht", antwortete Toma. „Nur Orest, Achile, Florin und die beiden Hundeführer, auf die sie nicht verzichten können, werden dabei sein. Orest ist zu stolz, um noch mehr Hilfe zu ersuchen. Er will in niemandes Schuld stehen."

„Aber das tut er doch eigentlich schon", warf Liana irritiert ein. „Oder was war das denn sonst heute Morgen mit zwanzig Leuten aus dem Dorf?"

„Da kann er sich darauf versteifen, dass es in jedermanns Interesse ist, dass sich hier keine Brandstifter herumtreiben", sagte Toma. „Wir haben den Wald durchkämmt und wissen jetzt, dass sie nicht mehr hier sind. Alles Weitere will Orest allein erledigen. Oder sagen wir, mit nur so viel fremder Hilfe, wie unbedingt notwendig ist."

„Das ist doch dämlich", kommentierte Liana.

Toma stimmte ihr zu. „Orest ist von dem Schlag, der es als unverzeihliche Schwäche empfindet, wenn man andere um Hilfe bitten muss", sagte er. „Achile ist anders. Eine Generationenfrage, schätze ich."

Orests Sturheit überschritt die Grenze zur Dummheit, sollte er für seine Prinzipien sogar die Sicherheit seiner Familie riskieren, wonach es im Badehaus ausgesehen hatte. Gleichwohl konnte sich Liana ein Stück weit in ihn hineinversetzen, nachdem sie seit gestern den prägenden Moment seiner Familiengeschichte kannte. Als Nachfolger der Juneskrogs und vermeintliche Büttel des Regimes hatten er und seine Eltern hier anfangs viel Ablehnung erfahren. Ablehnung, die Orest und seine Brüder kaum verstanden haben konnten, die sie in ihrer Kindheit aber permanent begleitet hatte. Ein solcher Mann war es gewohnt, die Dinge allein zu regeln. Oder nur im engsten Kreis.

„Ich bin froh, dass ihr nicht so seid", sagte Liana. „Du und Teresa."

Liana sah Toma lächeln. „Auch bei uns ist es eine Generationenfrage", sagte er. „Unser Großvater Rudolf war vom selben Schlag wie Orest. Bloß keine Schwäche zeigen. Nun ja, ich schätze, angesichts der Zeiten damals kann man das nachvollziehen. Unser Vater war schon anders. Er hat oft im Dorf um Hilfe gebeten und lieber die Handwerker beauftragt, anstatt die Dinge

selbst auszubessern. Allein schon, um freundschaftliche Bande zu schmieden. Ich glaube, das ist der bessere
Weg."

Auf ihrem Pferd tauchten sie in die dichter bewaldete
Region nahe der Steilwand ein. Toma verlangsamte das
Reittempo, als sich der wurzelreiche Boden weiter
neigte.

„Orest will das Badehausdach einfach nur abdichten",
sagte Liana. „Mit Stein und Mörtel. Luxandra hält das
für fatal. Florin auch. Er meint, das Dach sollte komplett abgetragen und erneuert werden. Aber Orest wird
sich wahrscheinlich durchsetzen."

Toma seufzte. „Auch da steht ihm wohl sein Stolz im
Weg. Die Handwerker im Dorf würden ihm sicher helfen. Es würde Geld kosten, natürlich, aber man würde
die Totans nicht ausnehmen."

Hier stehen die Menschen füreinander ein, erinnerte
sich Liana an Luxandras Worte. Es war wohl tatsächlich eine Generationenfrage, resümierte sie. Walfa war
diesbezüglich schwer einzuschätzen, aber Achile und
Luxandra würden Hilfe bestimmt annehmen.

Toma erzählte von der systematischen Walddurch-
kämmung, die nicht weiter spektakulär verlaufen war.
Lianas jüngste Erkenntnisse über Lothar Juneskrogs
wahrscheinliches Schicksal hatten es da deutlich mehr
in sich.

„Womöglich hat er es kommen sehen", meinte Toma.
„Deshalb der Brief."

Dahin waren auch Lianas Überlegungen schon gegangen. Lothar Juneskrog wusste, dass die Zeit seiner
Familie in diesem Karpatental zu Ende ging. Daher bat
er seinen Freund Rudolf von den Silberhains, ebenfalls

einer deutschstämmigen Familie, um einen letzten Gefallen: den Brief zu übergeben, sollten eines Tages Juneskrogs hierher zurückkehren.

„Für mich liegt außerdem nahe", ergänzte Liana, „dass Lothar das Badehaus gebaut hat."

Toma schien abzuwägen. „Gut möglich, aber warum wollen es seine Enkel nun zerstören?"

„Wenn die es nicht haben können, soll es keiner haben", war die einzige Erklärung, die Liana anbieten konnte. Dürftig, zugegeben, aber im Augenblick erschien ihr keine andere schlüssiger.

Sie erreichten die Talstraße, und Toma trieb ihren Hengst zu einem schnelleren Galopp an. Wenig später kam der Außenzaun des Gestüts in Sichtweite. Seltsamerweise stand das Außentor offen. Liana und Toma ritten ein und erlebten an der gepflasterten Auffahrt eine weitere Überraschung. Da stand ein Auto, das dort nicht hingehörte. Ein schwarzer Mittelklassewagen, den Liana sofort wiedererkannte. Derselbe hatte gestern Morgen vor dem Außentor seine Aufwartung gemacht.

„Sie sind hier!", entfuhr es Liana alarmiert.

Toma zügelte ihr Pferd und zog das Gewehr aus der Satteltasche.

KAPITEL 9: DIE KOHLESTRASSE

In den düsteren Stollen einer staatlichen Bergbaugesellschaft wuchs Martin Juneskrog zu einem Mann heran. Die Arbeit in der Mine war hart, doch er verstand etwas davon. Sprengungen hatte ihn sein Vater nie eigenmächtig durchführen lassen, aber Martin hatte das Prinzip verinnerlicht und scheute sich nicht, bei Vorarbeitern mit seinen Kenntnissen zu prahlen. Man ließ es ihn schließlich versuchen, und Martin bestand den Test.

Seine Mutter verdiente als Näherin ein paar Leu. Zusammen bewohnten sie eine Baracke auf dem Gesellschaftsgelände, in der noch drei weitere Familien untergebracht waren. Oft schaute Martin zu dem Berg auf, hinter dem sich einst sein Zuhause befunden hatte. Die Erinnerungen verblassten bereits, nicht aber die Gefühle. Seit einiger Zeit plagte ihn nun schon ein Gedanke. Eine Idee. Ein Vorhaben. An einem trüben Herbsttag endlich, nachdem es ihm gelungen war, heimlich zwei Stangen Dynamit für sich abzuzweigen, wollte er es in die Tat umsetzen.

Seinem Vorarbeiter log Martin vor, er müsse einen todkranken Onkel besuchen. Mit derselben Begründung lieh er sich ein Pferd aus. Nicht einmal seiner

Mutter gab er einen Hinweis, was er vorhatte. Wahrscheinlich ahnte sie es. Aber sie hielt ihn nicht auf. Sie hätte es sicher getan, hätte sie von den beiden Dynamitstangen gewusst, die er in seiner Tasche hatte.

Er ritt eine lange, kurvenreiche Straße hinauf, die ihn alsbald zu dem Güterbahnhof führte, wo sein Vater früher ganze Wagenladungen voll Kohle zur Waage gebracht hatte. Von dort an folgte er einer anderen Straße, die ihm dem mächtigen Berg, den er als Kind jeden Tag vor Augen gehabt hatte, zunächst näherbrachte und sich dann in sachter Steigung an ihn schmiegte, breit genug für zwei Pferdekarren. Sie führte Martin in schwindelerregende Höhen und schließlich in den Wald, in dem er früher oft getobt und gespielt hatte. Am anderen Ende erblickte er endlich den Ort seiner Kindheit. Alles war noch da: der Zaun, das Haus, die Scheune, der Wasserfall – und das Badehaus.

Martin hätte nicht sagen können, wie lange er dort auf seinem Pferd gesessen und einfach nur stumm und fasziniert gestarrt hatte. Dort lag es, sein Zuhause, von dem er in schönen Nächten träumte. Schöne Nächte, auf die stets ein furchtbares Erwachen folgte, mit einer Flut von Bildern in seinem Kopf, die er für den Rest seines Lebens mit sich herumtragen würde. Von den vier Männern draußen im Hof, dem Schuss und seinem Vater, der daraufhin einfach zusammenbrach. Wie eine Puppe, an deren Fäden niemand mehr zog.

Martins Blick fiel auf das Badehaus. Es war Papas ganzer Stolz gewesen. Jetzt erfreuten sich andere daran. Das war der Grund, warum Martin mit dem Ziel aufgebrochen war, es in die Luft zu sprengen. Er wollte die Dunkelheit abwarten, um sich ungesehen heranschleichen zu können, doch dann geschah etwas, was seine Pläne fundamental änderte. Er sah einen Mann ein Pferd aus der Scheune führen und aufsitzen. Martin erkannte ihn augenblicklich. Es war der Mann, der damals zunächst allein zum Hof gekommen war. Ein paar Tage, bevor er mit Verstärkung wiedergekehrt war und Papa ermordet hatte. Er hatte nicht den Abzug gedrückt, aber er war der Verursacher, der Anstifter, dessen war Martin sich sicher.

Er wohnte jetzt also hier. Lebte hier. Martin wollte schreien vor Hass und Wut. Stattdessen wendete er sein Pferd und preschte durch den Wald zurück auf die Bergstraße. Sie hatten seiner Familie alles genommen, nun würde Martin ihnen diese Straße nehmen. Eine Aushöhlung, wo die befahrbare Ebene in die Felswand überging, war schnell gefunden. Martin platzierte die beiden Dynamitstangen und legte die Lunte. Als alles bereit war, ritt er zurück in den Wald und wartete.

Und dann kam er. Nicht schnell, aber behände ritt er sein Pferd die Waldstraße entlang. Martin beobachtete ihn und schätzte sein Reittempo ein. Dann kehrte er auf die Bergstraße zurück, zählte leise bis fünfzehn und entzündete die Lunte. Da die Straße einen weichen Bogen zum Tal hinab beschrieb, würde Martin alles beobachten können.

Er befand sich in sicherer Entfernung, als er den Reiter aus dem Wald kommen sah. Der Mann übergab sich und sein Tier dem breiten Bergsims und ritt bedenkenlos weiter, wie er es wahrscheinlich schon viele, viele Male getan hatte, wenn er Gold aus der Mine ins Tal brachte. Dann geschah es. Die Explosion sprengte eine breite Kerbe in die Felswand und riss den einsamen Reiter zusammen mit mindestens zwanzig Metern Straße in die Tiefe.

Alles in Martin riet ihm, nun schnellstens zu verschwinden. Trotzdem ritt er die Straße noch einmal hinauf, um das Werk seiner Zerstörung näher zu begutachten. Er hielt geflissentlich Abstand, denn womöglich würden noch weitere Teile der Straße ins Bröckeln kommen und abstürzen. Nach dem großen Knall war es nun totenstill. Aus der einstigen Straße war eine zerklüftete Kante geworden. Nie wieder würde hier ein Pferdekarren seinen Weg finden. Selbst Pferde ohne Karren wären hier verloren. Martin blickte in die Tiefe. Achtzig, vielleicht neunzig Meter mochte es da runter gehen. Weder Reiter noch Pferd waren auszumachen. Sie mussten unter Tonnen von Stein begraben liegen. Sein Vater war gerächt. Doch seltsamerweise fühlte sich Martin dadurch nicht besser.

Zurück in seinem neuen Zuhause, dem trostlosen, weitläufigen Gesellschaftsgelände, wurde ihm schwindlig, kaum dass er von seinem Pferd gestiegen war. Er taumelte und verlor das Bewusstsein. Als er die Augen wieder öffnete, lag er in seinem Bett, und seine Mutter saß an der Bettkante.

„Oh, Martin, was ist denn nur los?", fragte sie besorgt.

Er habe einen Teufel töten wollen, antwortete er ihr mit rauer Stimme und kratzender Kehle, und sei dabei selbst zu einem geworden. Dann brach er in Tränen aus und weinte.

Kapitel 10:
Verwerfungen um einen geschundenen Gast

Mit einem sachten Klaps scheuchte Toma den Hengst von der Auffahrt weg und brachte sein Gewehr in Anschlag. Er sondierte zunächst das Haus, anschließend die Koppel, in der ein paar Pferde umhertollten, und zuletzt den wild gewachsenen Bereich an der anderen Hausseite abseits des Weges zur rückwärtigen Garage. Wind bewegte die Glieder der Laubbäume unmerklich, und ein paar der schlanken Tannen neigten sich leicht. Menschen aber waren keine auszumachen.

„Bleib hinter mir", sagte Toma bemerkenswert ruhig.

Lianas Herz hingegen schlug bis zum Anschlag. Wo war Teresa? Hatten diese Typen ihr was angetan? Würden gleich wieder Brandsätze fliegen? Ihr Blick wanderte von Fenster zu Fenster. Nirgendwo war ein Gesicht auszumachen.

Sie und Toma passierten den fremden Wagen. Im Fond saß niemand. Liana drehte sich um. Auch von hinten schien sich keiner heranzupirschen. Die Einfahrt, die Koppel, der Streifen wilder Wiese bis zum Begrenzungszaun, die Bäume darin, alles war ruhig. Nirgendwo feuerschleudernde Angreifer.

Liana vernahm das Öffnen der Haustür und fuhr herum. Toma zielte und senkte das Gewehr ein wenig, als leicht humpelnd Teresa im Türrahmen erschien. Sie trug Hemd und Jeans und wirkte wie immer.

„Wäre nett, wenn du mich nicht erschießen würdest", bemerkte sie.

„Wo sind sie?", erwiderte Toma.

„Es ist nur einer da", sagte Teresa. „Er ruht sich gerade im Krankenzimmer aus."

Toma nahm das Gewehr herunter und stieg ohne Hast die Stufen hoch. „Was ist hier geschehen?"

„Hier? Gar nichts", antwortete Teresa. „Aber oben im Dorf. Der Wagen ist wiedererkannt worden. Ein paar Jungs haben ihn angehalten, den Fahrer herausgezerrt und verprügelt. Dachten, damit hätten sie einen der Brandstifter erwischt. Er wollte zu uns. Radost hat alles beobachtet und mich angerufen."

Nun war Toma bei ihr und spähte an ihr vorbei in die Eingangshalle. „Und dann?"

„Ich bin auf Luca hinaufgeritten und hab die Jungs überredet, mir den Typen zu überlassen", sagte Teresa. „Erst wollten sie nicht. Wollten ihn lieber zu den Totans schleifen. Oder gleich aufhängen. Aber ich war sehr überzeugend. Also haben sie ihn auf die Rücksitzbank seines Wagens verfrachtet, und ich bin damit hergefahren. Luca findet allein zurück. Hätte ich den Wagen oben stehenlassen, hätten sie ihn wahrscheinlich demoliert."

Liana stieg ebenfalls die Stufen zum Eingangsbereich hinauf. „Die haben den Wagen wiedererkannt?"

Teresa nickte. „Beim letzten Mal haben die Juneskrogs wohl nach dem Weg zu uns gefragt."

Kurz darauf standen sie am Eintritt ins Krankenzimmer, in dem wahrscheinlich schon etliche Silberhains auf die Welt gekommen waren, vermutlich auch Toma und Teresa. Auf einer kargen grauen Matratze in einem alten Bettgestell lag ein Mann mit geschwollenem Gesicht und Stirnverband. An der rechten Hand waren deutliche Abschürfungen zu erkennen. Er steckte in einer eleganten schwarzen Hose und einem verschmutzten grauen Hemd. Die Flecken am Brustbereich waren wahrscheinlich Blut. Liana erkannte aller Entstellung zum Trotz mühelos den Mann, der sich gestern am Tor als Nicolai Juneskrog vorgestellt hatte. Er schien zu schlafen.

„Wo sind seine Schwester und ihr Mann?", fragte Toma Teresa.

„Das habe ich auch wissen wollen", entgegnete Teresa. „Er meinte, sie hätten sich getrennt. Was immer das bedeuten mag."

Griselda erschien geisterhaft im Gang. „Das Essen wird nicht besser, wenn ich es nochmal aufwärme", verkündete sie.

„Natürlich", erwiderte Toma mit einem aufgeräumten Lächeln. „Verzeih die Verspätung. Lasst uns essen. Der Kerl wird uns nicht davonlaufen."

„Davonfahren auch nicht", meinte Teresa und klimperte mit dem Autoschlüssel.

***

Es war durchaus beruhigend, zu wissen, wie wachsam man im Dorf oben war, wenn sich übles Gesindel in der Gegend herumtrieb. Ein Schlaglicht warf allerdings die rabiate Vorgehensweise der jungen Dörfler. Jemanden aus dem Auto zu zerren und zu verprügeln hatte etwas Überfallartiges, auch wenn Nicolai Juneskrog wahrscheinlich kein Unschuldslamm war. Beim Mittagessen diskutierten Liana, Toma und Teresa ihre jüngsten Erkenntnisse und Überlegungen.

„Warum kommt er allein?", sagte Toma. „Sicher nicht, um Brandsätze zu werfen. Er wollte nochmal mit uns reden. So wie er es gestern schon angekündigt hat. Aber warum allein?"

Das beschäftigte auch Liana am meisten. Von Nicolai Juneskrog ging derzeit keine Gefahr aus. Doch was war mit den anderen beiden? Wo trieben die sich rum? Waren sie ebenfalls in der Nähe?

„Vielleicht soll er uns nur beschäftigen", meinte Teresa. „Ablenken."

„Damit seine Schwester und ihr Mann nochmal bei den Totans oder woanders zuschlagen können?", entgegnete Toma. „Glaube ich nicht. Hier sind jetzt alle auf der Hut. Die würden nicht weit kommen."

„Orest hat nur zwei Angreifer gesehen, nicht drei", brachte sich Liana ein. „Vielleicht sind es wirklich nur zwei gewesen: seine Schwester und ihr Mann."

„Während er gemütlich beim Wandern gewesen ist?", erwiderte Teresa zweifelnd.

„Das wird er uns hoffentlich verraten", sagte Liana.

„Wird er", meinte Teresa grimmig. „Sonst bringe ich ihn zu den Jungs im Dorf zurück."

„Wie dem auch sein mag", brachte sich Toma deutlich aufgeräumter ein, „er hat zu uns gewollt. Da ist er jetzt. Wir werden hören, was er will. Und ihm dann den Umschlag überreichen."

„Willst du ihm den wirklich so einfach geben?", raunte Teresa. „Findest du nicht, dass wir eine Antwort darauf verdient hätten, was seit Großvaters Zeiten da in unserem Haus versteckt gelegen hat? Erst recht angesichts der Sache gestern?"

„Es geht nicht darum, wer was verdient hat oder nicht", erwiderte Toma. „Hat unser Gast diese Tracht Prügel verdient? Haben die Totans verdient, dass man ihr Badehaus zerstört? Haben die Juneskrogs verdient, dass man sie von ihrem Hof jagt? Hat Lothar Juneskrog verdient, erschossen zu werden?" Er zuckte die Schultern. „Großvater hat damals im Namen der Familie eine Ehrenpflicht übernommen. Ich habe keine Ahnung, wer was verdient hat, aber Großvater verdient es, dass wir als seine Nachkommen ihn nicht enttäuschen."

„Ist ja schon gut", sah Teresa grummelig ein.

Ihr Vorgehen klang verführerisch, weil zielorientiert, doch tief im Inneren wusste Liana, dass Tomas Weg der bessere war. Nicht der einfachere, aber der richtige. In der Erkenntnis, dass Toma wahrscheinlich immer so handeln und entscheiden würde, lag eine erstaunliche Kraft.

„Wenn Orest erfährt, dass er hier ist, wird er ihn haben wollen", überlegte Toma. „Wir sollten also baldmöglichst herausfinden, was geschehen ist. Und was unser Gast damit zu tun hat."

„Ist noch ein Teller übrig?", fragte unverhofft eine brüchige Stimme von der Tür zum Flur hinaus. Nicolai

Juneskrog stand am Eintritt in den Speisesaal. „Ich könnte ein paar Happen vertragen."

„Bitte, nehmen Sie Platz", lud Toma ihn ein und verwies auf die neun freien Stühle um den ungenutzten Teil der langen Tafel.

Nicolai Juneskrog kam näher und nahm schließlich den Platz an der anderen Stirnseite ein, womit er von den Silberhains weitmöglichst entfernt saß. Toma bewirtete ihn unverzüglich, holte einen weiteren Teller und Besteck aus dem Geschirrschrank und trug dem neuen Gast zu essen auf.

Das gemeinsame Mittagsmahl kam zunächst ohne jegliche Konversation aus. Es war Nicolai Juneskrog, der schließlich die Stille durchbrach.

„Gar nicht schlecht", kommentierte er. „Wer hat gekocht? Ich würze schärfer, aber es schmeckt gut. Beschäftigen Sie einen Koch in Ihrem Haus, Herr Silberhain?"

„Eine Haushälterin", berichtigte Toma.

Juneskrog nickte und aß weiter. Liana, Teresa und Toma waren vor ihm fertig und leisteten ihm stumm Gesellschaft, bis auch sein Teller leer war.

„Danke, sehr freundlich von Ihnen", sagte er und lehnte sich zurück. „Jetzt würde mir ein Drink guttun."

„Mir würde es guttun, jemanden aus dem Fenster zu werfen", meinte Teresa.

Juneskrog taxierte sie, weder erstaunt noch eingeschüchtert, einfach nur forschend.

Toma schmunzelte und erhob sich als Erster. „Wie wäre es, wenn wir nach nebenan in den Salon gehen? Da können wir uns besprechen. Und ein Drink wird sich auch finden."

„Fein!", erwiderte Juneskrog mit offenen Händen und bemühte sich, ein Lächeln auf sein gebeuteltes Gesicht zu zeichnen. „Zeigen Sie mir Ihren Salon, Herr Silberhain. Ich bin gespannt."

Die vier wechselten hinüber. Anstatt sich in den angebotenen Sessel zu setzen, spazierte Juneskrog erstmal die gesamte Länge des Raumes ab. An der gläsernen Terrassendoppeltür blieb er stehen und schaute hinaus. „Muss schön sein, die Einsamkeit hier", sagte er. „Meine Familie hat auch einst ein abgelegenes Gehöft besessen."

„Was Sie nicht sagen", meinte Teresa am Saloneintritt.

Juneskrog drehte sich ihnen zu. Seine Freundlichkeit wirkte aufgesetzt, doch das war angesichts der Umstände nicht weiter verwunderlich.

„Natürlich, das wissen Sie inzwischen", sagte er und rang sich ein Lächeln ab.

Toma öffnete eine Minibar im Bücherschrank und nahm zwei Flaschen heraus. „Ich kann Ihnen Rum oder einen Weinbrand anbieten."

„Den Brandy, bitte", entgegnete Juneskrog und kam zögerlich näher.

Toma füllte einen Schwenker und reichte ihn ihm. Mit einem Dank auf den Lippen nahm Juneskrog im Sessel Platz. Liana und Teresa hatten sich auf die Couch begeben.

„Wo ist Ihre Schwester?", fragte Liana.

„Das kann ich Ihnen nicht sagen", antwortete Juneskrog und nippte an seinem Glas. „Mmm, ein guter Tropfen. Französisch?"

Toma stellte die Flaschen zurück und schloss das Panel wieder. „Ich glaube, wir haben Wichtigeres zu diskutieren, Herr Juneskrog."

„Wo ist Ihre Schwester?", wiederholte Teresa deutlich angriffslustiger als Liana.

Juneskrog nahm noch einen Schluck. „Wo meine Schwester ist, tut nichts zur Sache. Ich bin hier, das sollte genügen. Also, werte Familie Silberhain, was haben Sie für mich?"

„Hat man Sie schon mal für dreist gehalten?", entgegnete Teresa.

Dieses Mal lächelte Juneskrog nicht. „Dreist", wiederholte er und ließ sich das Wort auf der Zunge zergehen. „Dreist. Hm. Dreist. Wissen Sie, was ich für dreist halten würde? Wenn ein gutgläubiger Mann einem anderen ein Vermögen anvertraut, und der es nicht wie abgesprochen verwahrt, sondern sich damit aus der Schlinge der Kommunisten zieht und sich darüber hinaus eine beeindruckende Existenz aufbaut." Er ließ den Blick durch den Raum schweifen.

Was für ein unverschämter Mistkerl, dachte Liana. „Glauben Sie, dass Sie so jemanden kennen?"

„Ich muss Sie enttäuschen, Herr Juneskrog", sagte Toma mit nicht mehr einer Spur von Geduld in seiner Stimme. „Auf Ihr Anraten hin habe ich tatsächlich in unseren Büchern gestöbert. Und ja, ich habe etwas gefunden. Doch es war kein Goldvermögen, das Ihr Großvater dem meinen überantwortet hat." Er tat die paar Schritte zum Büfett und nahm den Umschlag auf. „Sondern das hier."

Juneskrog setzte seinen Drink ab und musterte Toma misstrauisch.

„Bevor ich es Ihnen gebe, werden Sie uns verraten, wo Ihre Schwester und ihr Mann sind", forderte Toma.

Juneskrogs Blick wanderte zunächst zu Liana und Teresa, bevor er sich wieder an Toma wandte. „Dina und Ilia sind gestern noch abgereist. Mit dem Zug. Gleich, nachdem wir hier gewesen sind und Sie uns wieder fortgeschickt haben. Den beiden ist nicht meine Geduld zu eigen, fürchte ich." Er schob ein Grinsen hinterher, das mit seiner geschwollenen Oberlippe geradezu grotesk aussah.

„Abgereist", wiederholte Toma. „Sind Sie sich da ganz sicher?"

Juneskrog breitete die Arme aus. „Was soll das? Bin ich Ihnen nicht gut genug? Meine Schwester wird Sie nicht mehr behelligen, das versichere ich Ihnen. Also, geben Sie mir nun, was Sie da in der Hand halten, oder muss ich erst vor Ihnen auf dem Teppich kriechen und darum bitten?"

„Erzählen Sie mal, Herr Juneskrog", erwiderte Liana. „Was haben Dina und Ilia denn gewöhnlich so alles im Gepäck, wenn sie reisen? Sind da vielleicht Tarnfleckjacken dabei? Dazu schicke Sturmhauben und Materialien, um Brandsätze herzustellen?"

Der Rest Selbstzufriedenheit verschwand aus Juneskrogs Ausdruck. Er schluckte, obwohl sein Schwenker auf dem Tisch stand. „Wieso fragen Sie das? Was ist passiert?"

Liana studierte ihn genau. Er wirkte wie ein Politiker, den man mit unerwartetem Hintergrundwissen aus dem Konzept gebracht hatte.

„Das will ich Ihnen verraten", blaffte Toma unerwartet laut. „Meine Schwester und ihre Freundin hätten beinahe den Tod gefunden. Zusammen mit drei Familienmitgliedern der Totans. Die Totans, die jetzt das Gehöft bewirtschaften, das früher Ihrer Familie gehört hat. Sie wären beinahe verbrannt. Weil zwei maskierte Attentäter Brandsätze in das Gebäude geworfen haben, in dem sie sich aufgehalten haben."

Ein wenig dick aufgetragen, aber es verfehlte seine Wirkung nicht. Unter seinem Stirnverband und den Schwellungen erbleichte Juneskrog. Auch schien es ihm die Sprache verschlagen zu haben. Sein Blick lavierte fahrig zwischen Toma und den beiden Frauen hin und her, so als wartete er darauf, dass irgendjemand das Ganze als schlechten Scherz entlarvte.

Doch das tat niemand. Nach stillen Sekunden langte Juneskrog nach seinem Schwenker und kippte den noch übrigen Inhalt zittrig in seine Kehle.

„Ich weiß nicht, wo meine Schwester ist", schickte er hinterher.

„Wie kommt das?", fragte Liana. „Gestern schienen Sie drei noch einträchtig vereint."

„Wir haben uns gestritten", erwiderte Juneskrog. „Nachdem wir von hier weggefahren sind. Daraufhin sind wir getrennte Wege gegangen. Ich weiß nichts."

Liana ließ seine Worte im Raum stehen. Auch Toma und Teresa gaben keinen Kommentar ab. Er wusste nichts, behauptete er. Von wegen. Die anklagende Stille setzte ihm merklich zu. Er wusste sehr wohl etwas, wenngleich er mit dem Brandanschlag allem Anschein nach nichts zu tun hatte. Oder er war ein guter Schauspieler.

„Meine Schwester", setzt er schließlich wieder an, „hat es sehr schwer gehabt. Zwei Fehlgeburten. Ihre

Ehe ging daran zugrunde. Nun hat sie Ilia. Er … nun …"
Er schien abzuwägen, wie viel er sagen sollte.

„Er schleudert gern mal Brandsätze?", bohrte Liana
nach.

Juneskrogs Blick verfinsterte sich. „Er und ich sind
selten einer Meinung."

Weiteres Nachhaken, ob er seiner Schwester und seinem De-Facto-Schwager eine solche Tat zutraute, war
überflüssig. Wahrscheinlich würde er auch nicht darauf antworten. Eine neue Fragerichtung erschien Liana ratsam. So wie bei ihren Interviewpartnern, wenn
sich jemand klaren Antworten verweigerte. Einem
Rapper hatte sie damit einst entlockt, dass er regelmäßig Textzeilen klaute.

„Welche Bedeutung hat das Badehaus für Sie?", fragte
sie.

Juneskrogs Augen verengten sich. „Das … Badehaus?"

„Das Badehaus der Totans", sagte Liana. „Unserer Vermutung nach hat es Ihr Großvater Lothar gebaut." Das
war mehr oder weniger ein Schuss ins Blaue, aber nicht
selten entlockte ein solcher Vorstoß dem Gesprächspartner die Wahrheit.

Juneskrog atmete tief durch, dann nickte er zögerlich.
„Das stimmt. Unser Großvater hat es gebaut. Das
konnte er, nachdem er in der Mine Gold gefunden
hatte. Womit er leider auch das Regime auf sich aufmerksam gemacht hat."

Liana wurde sich der Tragweite dieser Tragödie bewusst. Nach dem Krieg hatten die Enteignungen und
Deportationen begonnen. Besonders schlimm hatte es
die deutschsprachigen Gebiete, wie das Banat, erwischt. Im südslawischen Teil wurden zwischen 1944

und 1948 etwa achtzigtausend Deutsche von den Partisanenhorden Titos ermordet, oder sie verhungerten in den Konzentrationslagern Jugoslawiens. Weitere mehrere Zehntausend – Männer, Frauen und Kinder – waren nach Russland zur Zwangsarbeit verschleppt worden. Zahlreiche starben in den sowjetischen Lagern. Ebenso viele Banater Schwaben waren in die Baragan-Steppe an der Donaumündung deportiert worden. Vor der Weltöffentlichkeit hatten die kommunistischen Machthaber das als eine humane Schutzmaßnahme deklariert. Tatsächlich hatte es sich um schwer bewachte Konzentrationslager gehandelt, in denen die Lagerhäftlinge in den kommenden Jahren ohne ausreichend Nahrung und medizinischer Versorgung zu Tausenden elend zugrunde gegangen waren.

In Einöden abseits der deutschsprachigen Gebiete, wie etwa hier, hatten die Deutschstämmigen mehr Gnade erfahren. Die Silberhains hatten überlebt. Nicht unbehelligt, aber sie hatten überlebt. Die Juneskrogs hätten es vielleicht auch, wären sie nicht durch den Goldfund zu Wohlstand gekommen.

„Ist Ihr Großvater ermordet worden?", fragte Liana.

Juneskrog starrte ins Nichts und nickte. „Unser Vater war noch ein junger Bursche. Er hat durch das Küchenfenster mitangesehen, wie sie ihn im Hof erschossen haben."

Durch dasselbe Küchenfenster, durch das auch Liana heute geschaut hatte, wurde ihr bewusst.

Toma ging auf den Sessel zu und legte den Umschlag vor Juneskrog auf dem Tisch ab. Liana hätte erwartet, dass er ihn sich augenblicklich aneignen würde, doch Juneskrog blieb unbewegt und betrachtete ihn nur.

„Sind Sie verheiratet, Herr Juneskrog?", fragte Toma.

„Nicht mehr", antwortete Juneskrog mit einem gelittenen Lächeln. „Meine Frau ist mit einem reichen Russen durchgebrannt. Unsere Tochter hat sie mitgenommen."

Liana lehnte sich in der Couch zurück und summierte ihre Erkenntnisse. Trotz seines schicken Anzuges, Nicolai Juneskrog war jemand vom Rande der Gesellschaft. Vermutlich hatte es das Leben mit keinem Juneskrog mehr gut gemeint, seit man sie von ihrem Hof vertrieben hatte. Das Badehaus stand sinnbildlich für den damals jungen Wohlstand der Familie – und zugleich für ihren Untergang. Nicolai würde es sicher nicht zugeben, aber er ahnte – wusste –, dass seine Schwester und ihr Begleiter für die Attacke verantwortlich waren.

Er langte zaghaft nach dem Umschlag auf dem Tisch und nahm ihn schließlich an sich. „Könnte ich ein paar Minuten für mich haben?"

Liana, Teresa und Toma ließen ihn zurück und schlossen die Salontür hinter sich. Im Speisesaal unterhielten sie sich gedämpft. Nicolai Juneskrog sollte nach Möglichkeit nicht lauschen können.

„Damit ist es offensichtlich", tat Liana ihre Schlussfolgerungen kund. „Dina und dieser Ilia haben die Brandsätze geworfen. Heraufgekommen und geflohen sind sie, wie ihr schon vermutet habt, über die Reste dieser alten Kohlestraße, die man nur noch zu Fuß begehen kann. Wie lange braucht man so vom Totan-Gehöft bis ins nächste Tal?"

„Zwei Stunden", antwortete Toma. „Anderthalb, wenn man gut zu Fuß ist."

„Ohne Auto sollten sich die beiden noch immer da unten aufhalten“, fuhr Liana fort. „Also werden ihnen die Totans bald mit den Hunden auf die Pelle rücken.“

„Sie könnten auch längst im Zug sitzen“, merkte Teresa an. „Was machen wir mit dem Kerl jetzt?“

„Wir lassen ihn gehen“, sagte Toma und presste verbissen die Lippen aufeinander. „Er hat bis gerade eben nichts von dem Badehausbrand gewusst, das habe ich ihm deutlich angesehen. Besser, er verschwindet schnell. Bevor er Orest in die Hände fällt.“

„Die Totans werden erfahren, dass er hier war“, gab Teresa zu bedenken. „Dann werden wir ihnen Rechenschaft ablegen müssen.“

Toma nickte nachdenklich. „Daran wird kein Weg vorbeiführen.“

„Und wir *glauben* nur, dass er unschuldig ist“, ergänzte Teresa. „Vielleicht lügt er uns was vor.“

„Ich will mich hierbei auf mein Gespür verlassen“, sagte Toma. „Lasst uns abwarten, wie er auf den Brief, oder was immer sich in dem Umschlag befindet, reagiert.“

Ein drohender Konflikt mit den Totans war eine äußerst beunruhigende Aussicht, doch Liana war geneigt, Toma zuzustimmen. Auch ihre Intuition sagte ihr, dass Nicolai Juneskrog unschuldig war. Zumindest was den Anschlag auf das Badehaus anbelangte. Bang malte sie sich aus, was die Totans wohl mit ihm machen würden, fiele er ihnen in die Hände. Achile erschien ihr sachlich und besonnen, Toma nicht unähnlich, aber Orest war vermutlich zu allem fähig. Erst recht, wenn er in Rage war. Abermals war Toma bereit, den schwierigeren

Weg zu gehen. In dieser wilden und für Liana unberechenbaren Welt war er eine bemerkenswerte Konstante von Integrität und Aufrichtigkeit.

Es vergingen noch etwa zwei Minuten, dann öffnete Nicolai Juneskrog die Salontür und begab sich zu ihnen in den Speisesaal, den wieder verschlossenen Umschlag in seiner Hand. „Ich wünschte mir, das hätten Sie uns gestern schon überreicht", sagte er, nicht anklagend, eher traurig.

„Da wussten wir noch nichts davon", entgegnete Teresa streng. „Kaum zu glauben, aber in den vergangen sechzig Jahren hatte unsere Familie noch ein paar andere Sorgen und Verpflichtungen, als für Sie den Postboten zu spielen."

Juneskrog rang sich ein Lächeln ab. „Natürlich. Nun, ich danke Ihnen", sagte er unvermittelt. „Teresa, nicht? Ich danke Ihnen, dass Sie mich vor diesen Schlägern im Dorf gerettet haben."

„Danken Sie mir nicht zu früh", sagte sie. „Wenn Sie abreisen, müssen Sie noch einmal durchs Dorf. Und ich komme nicht noch einmal, um Sie zu retten."

Juneskrog nickte und sah zu Toma. „Und Ihnen, Herr Silberhain, danke ich, dass wir das klären konnten." Er wedelte mit dem Umschlag. „Ich werde Sie nun verlassen, wenn Sie nichts dagegen haben."

„Was steht denn drin?", fragte Liana.

Juneskrog lächelte noch einmal. „Dinge, über die ich nachdenken muss. Sagen Sie, gibt es hier in der Gegend irgendwo eine tausend Jahre alte Eiche?"

Toma runzelte über diese Frage die Stirn, Teresa aber bestätigte es.

Juneskrog wandte sich ihr zu. „Wo steht sie denn?"

„In einem Wald", entgegnete Teresa frostig.

Juneskrog kapierte, dass er nicht mehr erfahren würde. Nicht ohne Gegenleistung. Die er aber offensichtlich nicht zu geben bereit war.

„Nun gut", sagte er. „Wenn ich dann bitte meine Autoschlüssel haben könnte? Ich will Ihnen nicht länger zur Last fallen."

Nachdem Nicolai Juneskrog weggefahren war und Toma hinter ihm das Außentor wieder verschlossen hatte, versammelten sie sich zu einem Tee auf der Terrasse, um die Lage zu besprechen. Noch immer schien die Sonne aufs Gestüt, doch sie näherte sich bereits dem Bergzug, der das Tal westwärts begrenzte. Bald schon würden sich die Nachmittagsschatten breitmachen. Die Terrasse hatten sie längst vereinnahmt. Liana schielte sehnsüchtig zur Rückseite des Anwesens und die breite Waldschneise in die nordwärts abfallenden Täler, die die Sonne bestimmt noch zwei Stunden länger mit ihrem warmen Licht bedenken würde.

„Irgendetwas sagt mir, dass das noch nicht vorbei ist", meinte Teresa und sprach damit aus, was auch Liana schwante. Etwas lag in der Luft. Dinge waren in Bewegung geraten, und womöglich würde es sich noch als Fehler erweisen, dass sie Nicolai Juneskrog so einfach hatten abziehen lassen. Die Totans würden wahrscheinlich toben, sobald sie davon erfuhren – was unweigerlich passieren würde.

„Was hat es mit dieser tausendjährigen Eiche auf sich?", fragte Liana. „Wo steht die?"

„In dem Wald bei den Totans", antwortete Teresa. „Ob sie wirklich tausend Jahre alt ist, weiß ich nicht, aber sie ist zweifellos uralt. Mittig gebrochen, aber immer noch standhaft. Mit einem Stammdurchmesser von bestimmt sieben Metern. Ein eindrucksvoller Anblick. Achile und ich haben da früher gern Zeit verbracht. Ganz in der Nähe befindet sich auch der Felsvorsprung, auf den Luxandra und ich mal vor einem Bären geflohen sind. Du hast die Geschichte gestern gehört."

„In Lothar Juneskrogs Brief muss irgendetwas darüber geschrieben stehen", sagte Toma. „Vielleicht hat Lothar dort etwas versteckt. Etwas, von dem er keinesfalls wollte, dass es seinem Hofnachfolger oder dem Regime in die Hände fällt."

„Was könnte das sein?", fragte Liana, und noch während sie die Worte aussprach, dämmerte es ihr. Lothar Juneskrog hatte eine damals noch ertragreiche Goldmine besessen.

„Gold", sprach sie ihren Gedanken aus. „Er hat Gold versteckt."

„Gar nicht unwahrscheinlich", meinte Toma und nahm einen tiefen Atemzug. „Alles, was er noch abbauen konnte, bevor man seine Familie enteignet hat."

Liana lief es heiß und kalt den Rücken hinab. Ein Goldschatz. In diesem Wald lag wahrscheinlich irgendwo ein Goldschatz. In ihrer Kindheit war sie oft mit ihrem Bruder auf Schatzsuche gegangen. Die Donau schwemmte viele seltsame Dinge an ihre seichten Ufer. Das meiste war Müll, für Liana und ihren Bruder aber waren es Schätze gewesen, und jeder hatte ihnen etwas bedeutet. Im Wald bei den Totans jedoch lag irgendwo ein echter Schatz. Ein Goldschatz.

„In dem Brief hat Lothar Juneskrog aufgezeichnet, wo es zu finden ist", folgerte sie. „Wahrscheinlich hatte er gehofft, das Gehöft würde eines Tages wieder an seine

Familie zurückfallen. An seine Nachkommen. Dann sollten sie den Brief erhalten. Und das Gold heben."

Toma nickte zögerlich. „Möglich."

„Möglich?", erwiderte Liana aufgeregt. „Ich finde, das liegt auf der Hand."

„Eines stört mich daran", entgegnete Toma. „Lothar Juneskrog hat nicht wissen können, ob die Silberhains in diesem Tal bleiben würden. Wir hätten ebenso enteignet und vertrieben werden können. Oder einfach ermordet. Dann wäre der Brief dem Regime in die Hände gefallen. Und damit auch das Versteck. Außerdem bestand die Gefahr, dass wir den Umschlag eines Tages öffnen könnten."

„Die ehrenhaften Silberhains?", erwiderte Liana spitz. „Niemals."

Toma grinste. „Ich denke, du bist schon auf der richtigen Spur", sagte er. „Irgendwo bei dieser alten Eiche hat Lothar Juneskrog etwas für seine Nachkommen hinterlassen. Nicolai wird jetzt danach suchen."

„Nur weiß er nicht, wo sich diese Eiche befindet", wandte Teresa ein. „Und falls er es herausfindet, sollte er sich gut überlegen, ob er in die Nähe der Totans kommen will."

„Nehmen wir mal an, die Totans würden ihn erwischen", sagte Liana. „Was würde geschehen? Die würden ihn doch sicher nicht einfach umbringen, oder?"

Dass weder Toma noch Teresa augenblicklich verneinten, beunruhigte Liana.

„Ich meine, wir waren uns doch einig, dass er wahrscheinlich gar nichts mit dem Anschlag zu tun hat", ergänzte sie hoffnungsvoll.

„Du musst verstehen", sagte Toma zögernd, „dass diese Sache die Totans bis ins Mark getroffen hat. Es geht nicht nur um den materiellen Schaden. Die Unversehrtheit ihres Hofes ist nicht mehr intakt. Das können sie nicht auf sich sitzen lassen. Orest fürchtet, dass sie sonst allen Respekt verlieren würden, den sie hier genießen – und wahrscheinlich hätte er sogar recht damit. Deshalb wird er nichts unversucht lassen, auf diese Schmach zu antworten."

Liana schluckte. „Also könnte er Nicolai etwas antun?"

Toma seufzte. „Das weiß nur Orest. Er ist stolz, wie du weißt. Es wäre ihm unerträglich, würden er und seine Familie schwach aussehen. Er wird alles tun, was in seinen Augen nötig ist, um Stärke hervorzukehren."

Cosminas grimmige wie entschlossene Worte in der Waschküche kamen Liana wieder in den Sinn. Nun erst begriff sie, wie ernst sie gemeint gewesen waren. Die Totans wollten nicht nur Genugtuung, sie brauchten sie. Und sie würden alles tun, um sie zu bekommen. Liana schauderte. Teresa hatte den Totans ihre Hilfe zugesichert. Dass sie Nicolai Juneskrog jetzt gehen lassen hatten, könnte man ihnen gegenteilig anrechnen.

„Wir müssen mit Walfa reden", brachte Liana ihre Überlegungen auf den Punkt. „Oder mit Achile. Aber der ist ja leider bei der Hatz dabei. Also müssen wir mit Walfa reden. So schnell wie möglich."

„Was willst du ihr denn sagen?", fragte Teresa.

„Wir müssen uns erklären", erwiderte Liana. „Ihr klarmachen, dass wir Nicolai für unschuldig halten und ihn deshalb laufen lassen haben. Wenn es die

Totans von irgendwelchen Dörflern erfahren, könnten sie das in den falschen Hals bekommen.“

„Ich gehe fest davon aus, dass sie von dem kleinen Tumult auf der Dorfstraße schon gehört haben“, sagte Toma. „Und auch von Teresas Einmischung.“

„Und somit, dass wir ihn bei uns gehabt haben“, ergänzte Teresa.

„Dann ist es umso wichtiger, dass wir uns erklären“, beharrte Liana. „Wer weiß, wie Orest reagiert, wenn er davon hört.“

Sie war mehr verwirrt als erstaunt, wie schnell sich innerhalb kürzester Zeit die Welt einmal komplett drehen konnte. Es war erst zwei Stunden her, dass sie sich in aller Freundschaft von den Totans verabschiedet hatte. Nun plötzlich kam es ihr vor, als würde von eben dort ein schrecklicher Sturm aufziehen, der auf direktem Weg hierher war.

„Liana hat recht“, sagte Toma und stellte seine Teetasse ab. „Bevor es kompliziert wird, sollten wir uns erklären. Ich reite zu Walfa.“

„Das kann ich auch übernehmen“, bot Teresa an.

Toma lächelte milde. „Nein, das mache ich selbst. Hier ist Diplomatie gefragt, und die ist eins der wenigen Dinge, die ich besser kann als du. Außerdem war es meine Entscheidung, Nicolai gehen zu lassen. Ich stehe zu ihr und werde sie Walfa erklären.“ Sein Blick fiel auf Liana. „Mit unserer Familiengeschichte im Rücken übersehen wir zuweilen die unschlagbare Methodik eines einfachen, offenen Gesprächs. Ich werde in Zukunft noch oft auf deinen Rat hören.“

Liana fühlte sich geschmeichelt. Bedeutsamer als das Kompliment aber war, dass er *in Zukunft* gesagt hatte, so als rechnete er damit, sie nun öfter hier zu haben. Als er sich nach dem Tee vom Tisch erhob, um noch einmal zu den Totans zu reiten, wünschte Liana ihm viel Glück. Er entschwand mit einem dankbaren Lächeln, und ihr ging auf, wie sehr sie ihn mochte.

„Ich hätte den Kerl den Dörflern überlassen sollen", raunte die andere Silberhain am Tisch, die Liana nicht weniger gernhatte.

***

In den verblieben Nachmittagsstunden ging Liana Teresa im Stall zur Hand. Die Boxen auszumisten, erforderte keine Fachkenntnisse. Diese Arbeit machte nicht unbedingt Freude, doch wenn sie damit einen Beitrag zum Funktionieren des Gestüts leistete, war es ihr recht. Zwei Wochen lang freie Kost und Logis musste schließlich verdient werden, und Teresa sollte sich mit ihrem verletzten Fuß ohnehin schonen. Wenngleich ihr das wie erwartet schwer begreiflich zu machen war.

Das Tal lag bereits tief im Schatten des Bergzuges, als Toma wiederkehrte. Seiner Miene nach zu urteilen, hätte das Gespräch mit den Totans besser verlaufen können. Noch im Stall erstattete er Bericht.

„Wie vermutet haben sie längst Bescheid gewusst. Walfa war darüber nicht sehr erfreut, kann ich euch sagen." Er bedachte Liana mit einem vagen Lächeln. „Es war gut und wichtig, dass wir darüber geredet haben. Trotzdem steht das nun zwischen uns."

„Ich verstehe das nicht", entgegnete Liana aufgebracht. „Es hat doch niemand was davon, einen Unschuldigen ans Messer zu liefern."

„Wir wissen nicht, ob Nicolai so unschuldig ist“, gab
Toma zu bedenken. „Walfa hat argumentiert, dass man
über ihn seine Schwester und deren Mann hätte auf-
spüren können. Unrecht hat sie damit wahrscheinlich
nicht.“

„Aber es gibt noch keine echten Beweise, dass die Juneskrogs überhaupt dahinterstecken“, erwiderte Liana
und wunderte sich, dass sie sich gerade als Anwältin
dieser drei Unsympathen aufspielte – noch dazu gegen
die Totans, die sie überaus mochte.

„Mach dir nichts vor“, sagte Teresa grimmig. „Natürlich waren sie es. Nicolai war vielleicht nicht beteiligt,
aber allzu überrascht hat er auf mich nicht gewirkt, als
er davon gehört hat.“

Es war zum Verzweifeln. Auch Liana war davon überzeugt, dass Nicolais Schwester und dieser Ilia für die
Attacke verantwortlich waren. Nichtsdestotrotz hatte
es sich heute Mittag falsch angefühlt, Nicolai den
Totans auszuliefern. Es fühlte sich auch jetzt noch
falsch an. Ungeachtet der Verwerfungen mit den
Totans, die diese Entscheidung nun offenbar nach sich
zog.

„Es gibt begründete Indizien“, machte Liana mit ihrem juristischen Laienlatein weiter. „Also wäre das
doch jetzt die Zeit, die Justiz einzuschalten. Anzeige zu
erstatten. Die Juneskrogs müssen doch irgendwo ge-
meldet sein. Man wird sie finden.“

„Du hast es vorhin selbst gesagt“, entgegnete Toma.
„Handfeste Beweise gibt es nicht. Außerdem haben die
Menschen hier wenig Vertrauen in die Staatsmacht.
Wenn die Totans die Staatsmacht einschalten –“

„... zeigen sie damit Schwäche“, schnitt Liana ihn frustriert ab.

Toma nickte. „Solange es sich vermeiden lässt, werden sie das nicht tun.“

„Dann sollten wir es tun“, schlug Liana vor. „Ja, ich mache es. Ich lebe hier nicht und habe somit nichts zu verlieren, weder Stärke noch Ehre noch sonst was. Fahrt mich zur nächsten Polizeiwache, dann erstatte ich Anzeige. Immerhin war ich persönlich betroffen, als die Brandsätze geflogen sind. Ich erstatte Anzeige und erkläre denen auch gleich, wer dahintersteckt. Wie lange dauert die Fahrt? Wenn wir gleich losfahren –“

„Damit verbesserst du unsere Situation nicht“, sagte Toma. „Im Gegenteil. Damit würdest du den Totans die Dinge aus der Hand nehmen.“

„Und erspare ihnen, dass sie Selbstjustiz üben müssen“, erwiderte Liana. „Es ist doch im Sinne aller, wenn das hier ... wie soll ich sagen, geordnet abläuft.“

Liana wusste, dass der rumänische Rechtsstaat seine Macken hatte, dennoch glaubte sie an ihn.

„Nein, ist es nicht“, widersprach Toma. „Im besten Fall wird die Polizei jemanden schicken, der sich das beschädigte Badehaus ansieht, und das frühestens in ein paar Tagen. Sie legen dann wahrscheinlich eine Akte an. Mehr aber wird nicht passieren. Die Ermittlungsbehörden sind weit weg, und ich bezweifle, dass die sich wegen einer Brandstiftung ohne Personenschaden überhaupt so weit hier rauf begeben. Die haben Wichtigeres zu tun, als sich mit den kleinen Fehden von uns Hinterwäldlern zu beschäftigen.“

„Also bleibt euch hier nur Selbstjustiz?“

Toma mühte sich ein Lächeln ab. „Früher schon. Da hat man mit Dieben oder Brandschatzern in der Tat kurzen Prozess gemacht. Aber das ist lange her. Die letzten gefassten Diebe sind der Polizei übergeben worden. Das war vor ein paar Jahren. Dasselbe wird mit den Brandstiftern geschehen, falls man sie erwischt. Ich glaube nicht, dass Orest – oder ein anderer Totan – vorhat, sie umzubringen. Die Totans wollen klarstellen, dass sie wehrhaft sind, und niemand damit durchkommt, sich an ihrem Eigentum zu vergreifen."

Befremdliche Gepflogenheiten, aber Liana war bereit, sie hinzunehmen. Wenigstens ging es nicht um blutige Vergeltung.

„Wie stehen Luxandra und Cosmina dazu?", fragte sie. „Sind sie uns auch böse, weil wir Nicolai laufen lassen haben?"

„Cosmina ist nicht dagewesen", antwortete Toma. „Sie ist mit den Kindern fürs Erste zu ihren Eltern ins Dorf gezogen. Luxandra sieht es wie ihre Mutter. Nun ja, ich habe die Wogen glätten können, denke ich. Nun warten wir ab. Wie Orest darauf reagiert, wird vor allem davon abhängen, wie die Jagd verläuft."

Dass Walfa als Familienpatriarchin eine harte Haltung einnahm, war nachvollziehbar, aber von Luxandra hätte sich Liana Verständnis erhofft.

„Könnte man es nicht auch als Schwäche auslegen, dass Cosmina die Kinder vom Hof weggebracht hat?", fragte Liana.

„Könnte man", bestätigte Toma. „Du wirst allerdings niemanden im Dorf finden, der dafür kein Verständnis aufbringt."

Liana seufzte. „Ich hätte nicht gedacht, dass uns die Totans das derart krummnehmen könnten."

Toma schenkte ihr ein behutsames Lächeln. „Es war richtig, Nicolai gehen zu lassen. Er hat im Dorf genug Prügel bezogen. Niemand hätte etwas gewonnen, wenn auch Orest noch ein paar Mal auf ihn eingeschlagen hätte."

„Orest wird das anders sehen", bemerkte Teresa.

***

Ein ungewisser Sommerabend brach an. Liana, Teresa und Toma hatten gerade ihr Abendessen beendet, als das Telefon auf einem Sideboard im Flur zum Mittelhaus klingelte. Toma stand auf und verließ den Speisesaal.

„Eine Ahnung, wer das sein könnte?", fragte Liana Teresa, während Griselda stoisch die Tafel abtrug.

„Vielleicht ist Orest nach Hause gekommen und will seinem Ärger Luft machen", meinte Teresa. „Besser so, als würde er hier aufkreuzen."

Liana schmunzelte. „Wie ist denn euer Vater bei solchen Gelegenheiten mit ihm umgegangen?"

„Hat ihn einfach toben lassen", sagte Teresa. „Wenn es ihm zu lange gedauert hat, hat er sich einen Brandy eingeschenkt. Nur für sich. Nicht für Orest. Das hat Orest dann meistens aus dem Konzept gebracht."

Das entlockte Liana ein Grinsen.

Griselda schob den Servierwagen aus dem Speisesaal, Toma kehrte zurück. Er wirkte nicht verdrossen, was Liana als gutes Zeichen wertete.

„Ich darf Chauffeur spielen", verkündete er. „Das war Walfa. Sie hat mich gebeten, Orest und die anderen in einem Dorf im Seceră-Tal abzuholen."

„Wie kommt das?", entgegnete Liana erstaunt.

„Nun ja, zu Fuß würden sie bis Mitternacht brauchen", sagte Toma. „Und die alte Kohlestraße sollte man besser nicht bei Nacht gehen. Außer, man ist lebensmüde. Fünf Männer und drei Hunde, dafür ist mein Unimog wie gemacht. Das weiß Orest natürlich."

„Aber er konnte dich natürlich nicht selbst darum bitten", bemerkte Teresa.

Toma grinste. „Das ist eine willkommene Gelegenheit, um mich zu rehabilitieren. Ich fahre gleich los."

„Die Jagd war dann wohl nicht erfolgreich", schloss Liana.

„Doch, wohl schon, wenn ich Walfa richtig verstanden habe", erwiderte Toma. „Sie meinte, sie hätten die Brandstifter bis ins Seceră-Tal verfolgt. Näheres werde ich nachher von Orest erfahren."

Das wären überraschend gute Nachrichten. Wenn die Brandstifter gefasst waren, gab es keinen Grund mehr für Missstimmungen zwischen Totans und Silberhains. Dann würde sich bald alles in Wohlgefallen auflösen. Nun ja, zumindest der gefährlichste Aspekt in dieser ominösen Angelegenheit.

Toma verabschiedete sich und rauschte davon.

Liana wandte sich an Teresa. „Wollen wir uns an ein Kartenspiel wagen?", regte sie hoffnungsvoll an.

Bei Teresa stieß der Vorschlag auf wenig Begeisterung, aber auch sie wollte wohl nicht allein auf Toma warten. Sie zogen sich Westen über und machten es sich auf der Terrasse mit Decken und einem Glas Wein gemütlich.

Liana sah in die Nacht hinaus. Vom Salonlicht nicht mehr bedacht ragte am Rande der Terrasse die dunkle

Silhouette des gemauerten Backofens auf, den Florin bald besichtigen wollte. Hoffentlich würde es dazu kommen. Dazu und noch zu vielen weiteren freundschaftlichen Begegnungen zwischen Silberhains und Totans.

„Hast du da draußen schon mal Wölfe vorbeiziehen sehen?", fragte Liana.

„Als Kinder haben Toma und ich uns oft nachts heimlich zum Turm hinaufgeschlichen, um nach ihnen Ausschau zu halten", sagte Teresa. „Manchmal haben wir welche gesehen."

„Sie sind an dieser Hausseite vorbeigezogen?"

Teresa nickte. „Und immer nordwärts."

„Woher sind sie gekommen?"

„Der Wald steigt ostwärts sehr steil an. Für Menschen kaum begehbar. Für Tiere schon. Von dort kommen sie herab."

„Wann hast du zuletzt welche gesehen?"

„Gestern."

Liana verschluckte sich beinahe an ihrem Wein. „Wie bitte? Nein, Quatsch. Oder doch nicht?"

„Es war Quatsch", lenkte Teresa ein. „Warum unterhalten wir uns über Wölfe?"

„Damit die Zeit schneller vergeht. Seit ich hier bin, hast du mich kaum etwas über Bukarest gefragt. Warum eigentlich nicht?"

„Weil mich Bukarest gerade nicht interessiert."

„Gar nicht?"

„Gar nicht."

„Aber wir haben da Freunde. Unsere Musik. Unser Leben."

„Ein Leben habe ich hier auch."

Liana atmete tief durch. „Aber ist es denn wirklich ein besseres?"

Teresa antwortete nicht, was in Liana Hoffnung schürte.

Eine stille Minute zog dahin, in der selbst der nahe Wald in Andacht zu schweigen schien, dann fragte Teresa: „Unsere Musik mal außen vorgelassen, was zieht dich nach Bukarest zurück?"

Erstaunlicherweise konnte Liana nicht sofort antworten. Lange überlegen brauchte sie jedoch auch nicht. „Restaurants, Konzerte, Kino, Theater, Museen, Sanitäter, Krankenhäuser, Apotheken, Supermärkte, Menschen aus ganz unterschiedlichen Ländern ..."

„Nichts davon vermisse ich bislang", sagte Teresa. „Spaziere durch einen Wald und du bist in einem Museum. Lausche den Vögeln, dem Wind – oder von mir aus auch den Wölfen – und du hast ein Konzert. Schau dir das Gras und seine kleinen Bewohner unter deinen Füßen an oder leg dich hinein und sieh zum Himmel auf, dann hast du ein Kino."

„Es ist schön, wie du die Dinge siehst", entgegnete Liana. „Was ist mit Grazian und unseren Freunden?"

„Die vermisse ich zugegebenermaßen", räumte Teresa ein. „Ein paar jedenfalls."

Kapitel 11: Rote Himmel werden blau

„Eines Tages wird der Kommunistenabschaum zugrunde gehen", hatte Papa damals hoffnungsvoll gesagt. „Und dann kommen wieder bessere Zeiten. Für uns alle."

Bislang sah es leider nicht danach aus. Das Regime saß fest im Sattel und regierte das Land mit Knüppel und Knute. Martin ging seiner Arbeit nach und zog den Kopf ein, wann immer sich Fremde auf dem Gesellschaftsgelände aufhielten. Jeder konnte ein Spitzel der Securitate sein, Denunzianten, die an jeder Tür lauschten, um vermeintliche Gegner des Regimes ausfindig zu machen und auszuheben. Für jeden, den sie an Messer lieferten – ob berechtigt oder nicht – strichen sie Belohnungen ein.

Die letzten eindringlichen Worte seines Vaters an ihn gingen ihm in letzter Zeit oft durch den Kopf. Er war zuversichtlich gewesen, dass Martin noch eine bessere Zeit erleben würde.

„Und dann", hatte er gesagt, „gehe zu Rudolf Silberhain. Gehe zu ihm. Er hat etwas für dich."

Rudolf Silberhain oder wer immer dann dort lebt. Was auch die Silberhains da für ihn haben mochten, es war mit besseren Zeiten verknüpft. Erst wenn die kämen, durfte Martin dort vorstellig werden. Doch fragte er sich zunehmend, ob er überhaupt noch ein Anrecht auf dieses Erbe hatte, nachdem er sich derart versündigt hatte. Papa zu rächen, hatte nichts besser gemacht. Im Gegenteil. Der Ruß aus der Kohlemine, den er sich tagtäglich abwaschen musste, war nichts im Vergleich zu dem Schmutz, den er sich innerlich aufgeladen hatte.

„Du darfst es auch keinem Priester sagen!", warnte Mama ihn unentwegt, wann immer er mit dem Gedanken spielte, sein Gewissen vor Gott zu erleichtern. „Niemals und niemandem! Auch die tun, was sie tun müssen, wenn es um ihr Überleben geht. Du darfst es nie erzählen, Martin. Niemandem!"

Nicht einmal Mama war darüber erfreut gewesen, dass der Dieb ihres Hofes und der Mörder ihres Gatten seiner Strafe zugeführt worden war. Das hatte es Martin noch schwerer gemacht.

Die Jahre zogen dahin, und so schleppte Martin diese Schuld weiterhin tagein, tagaus mit sich herum. Er schulterte sie, wenn er in die tiefsten Gruben hinabstieg, und stemmte sie mit hoch, wenn die Loren beluden wurden. Wenn er eine Felswand nach ihrer Beschaffenheit prüfte, saß sie auf seiner Schulter, und wenn er eine Lunte legte, floh sie mit ihm in sicherere Entfernung, bevor der Berg bebte.

Mama war an einem Sonntagvormittag im Januar an Fieber gestorben. Ihr letzter Rat an Martin war gewesen, sollte er einen Sohn haben, ihn *Nicolae* zu nennen, nach ihrem Staatschef. Jenem Mann, der seit vielen

Jahren die Geschicke des Landes lenkte. Der Mann, der an so vielem die Schuld trug.

„Damit zeigst du deine Treue zu ihm", hatte Mama zittrig auf ihrem Sterbebett geflüstert. „Schenke ihm einen Sohn. Ja, schenke ihm einen Sohn, Martin. Dann wird er gnädig sein. Dann werden sie gnädig sein."

Zuletzt hatte Mama Gott den Herrn und den Regimeführer in Bukarest oft verwechselt, vielleicht, weil sie beide gleichermaßen fürchtete. Martin wusste nichtsdestotrotz, was sie wollte. Er hatte vor ein paar Monaten geheiratet und seine Frau Anna erwartete ein Kind von ihm. Dass Mama ihren Enkel nicht mehr kennenlernen würde, brach ihm das Herz, doch es war nicht zu ändern.

Im Sommer brachte Anna einen gesunden Jungen zur Welt. Martin wollte Mamas letzten Rat ehren, doch ertrug er die Vorstellung nicht, seinen Sohn nach dem Mann zu benennen, dessen Schergen seinen Vater ermordet und ihnen alles genommen hatten. So ließ er seinen Erstgeborenen in der Werkskapelle auf den Namen *Nicolai* taufen. Damit entsprach er Mamas Wunsch und spottete doch auch dem Diktator, indem er ihm einen Buchstaben vorenthielt und durch einen gefälligeren ersetzte. Nicolai, ein stolzer Name für einen hoffentlich stolzen Juneskrog.

Zwei Jahre nach Nicolai brachte Anna noch eine Tochter zur Welt. Sie tauften sie auf den Namen *Dina*.

Fast schien es Martin, als würden die besseren Zeiten, die sein Vater vor so langer Zeit prophezeit hatte, nun endlich kommen. Martin fühlte sich noch immer schuldig und unrein, von einer Last befallen, die nicht weichen wollte, aber seine Frau und seine Kinder brachten

Glück in sein Leben. Ja, es war Glück. Die Zeiten wurden besser. Zumindest für ihn. Das Land war in Aufruhr, Menschen wurden gegen ihren Willen in agro-industrielle Zentren verfrachtet, ihre Dörfer sollten eingeebnet werden.

Doch dann schließlich dämmerte für das ganze Land ein neuer Morgen, als das Regime endlich zusammenbrach.

KAPITEL 12: EHRENVOLLE VERPFLICHTUNG UND VERPFLICHTENDE EHRE

Ein tiefes Brummen und Autoscheinwerfer im dunklen Gespinst des Waldhangs, durch den sich die Zufahrtstraße zum Gestüt herabschlängelte, kündigte Tomas Rückkehr an. Liana war erleichtert und langte nach ihrem Weinglas.

„Vielleicht ist jetzt alles ausgestanden", brachte sie ihre Hoffnungen zum Ausdruck. „Dann könnten wir uns morgen bei deiner Liebeseiche auf Schatzsuche begeben."

„Das ist nicht meine Liebeseiche", sagte Teresa.

„Verzeihung, deine und Achiles", ergänzte Liana süffisant.

„Falls es da irgendwo einen Schatz gibt, gehört er uns nicht", meinte Teresa und erhob sich.

„War ja auch nur ein Witz", erwiderte Liana.

Teresa machte sich auf den Weg, um das Außentor zu öffnen. Liana blieb auf der nun vereinsamten Terrasse zurück und nippte an ihrem Wein. An der Einfahrt hatte Teresa soeben Licht gemacht, ansonsten lag alles ringsum in Dunkelheit. Die Scheinwerfer gruben sich tiefer ins Tal herab, verschwanden dann der Straße folgend kurz außer Sicht und tauchten auf dem letzten Stück vor dem Zufahrtstor wieder auf.

Kurz darauf brummte Tomas Unimog in geringem Abstand an der Terrasse vorbei und umrundete das Gebäude zu der rückseitig gelegenen Garage. Liana wollte nicht abwarten, bis er auf die Terrasse kam, stellte ihr Glas ab und begab sich ins Haus. In der Eingangshalle trafen die drei aufeinander, Teresa, die durch die Pforte zurückkam, Toma aus dem Garagenanbau, Liana aus dem unteren Wohnbereich. Sie hatte auf einen freudestrahlenden Toma gehofft, doch den fand sie leider nicht vor. Er wirkte nicht verdrossen, aber nachdenklich.

„Wie ist es gelaufen?", fragte Liana.

„Wie beabsichtigt", erwiderte Toma. „Ich habe Orest und die anderen aufgelesen und zurückgebracht. Soweit alles in Ordnung."

„Aber?"

Er formte die Lippen zu einem angestrengten Lächeln. Es war nicht mehr als Theater für den zartbesaiteten Hausgast aus der Stadt, verstand Liana. „Reden wir in einer gemütlicheren Ecke darüber", schob Toma hinterher.

Wenig später saßen sie zu dritt auf der Terrasse. Liana füllte ihr Weinglas nochmal auf, Toma begnügte sich mit Wasser.

„Orest hat getobt, als ich ihm von unserem Gast berichtet habe", läutete er ein. „Walfa hat ihm am Telefon nichts davon erzählt, damit ich die Gelegenheit hatte, es selbst zu tun. Nun ja, das habe ich getan, als ich ihn und die anderen aufgelesen habe. Seine grimmig gute Laune habe ich ihm damit jedenfalls gründlich verdorben. Er hat mich niedergebrüllt."

„Seine grimmig gute Laune?", hinterfragte Liana. „Haben sie also jemanden erwischt?"

Toma hob die Augenbrauen an. „Tja, diese Frage lässt sich sowohl mit *Ja*, mit *Nein* und auch mit *Vielleicht* beantworten. Die Hunde haben da unten tatsächlich umgehend angeschlagen. Bald hatten sie das Lager der Brandstifter aufgespürt. Leider verlassen. Wahrscheinlich haben sie die Hunde gehört und sind abgehauen. Muss ziemlich überstürzt passiert sein. Sie haben eine Menge Zeug zurückgelassen."

„Sicher, dass es die Brandstifter waren?", entgegnete Liana. „Könnte es nicht auch das Lager von harmlosen Bergwanderern gewesen sein?"

„Ganz bestimmt waren es die Brandstifter", sagte Toma. „Im Zelt haben sie laut Florin Spiritus gefunden. Dazu auch noch Rauchgranaten."

„Rauchgranaten", wiederholte Liana erschüttert. Mit wem in aller Welt hatten sie es da zu tun? Material aus russischen Armeebeständen wurde in Bukarest auf dem Schwarzmarkt verkauft. Aber wer brachte sowas mit in die Berge?

„Jetzt hatten es die Hunde natürlich umso leichter, ihre Witterung aufzunehmen", fuhr Toma fort. „Sie haben sie verfolgt und beinahe eingeholt. Zuletzt sind die beiden Flüchtigen einen Steilhang hinuntergeglitten. Oder eher gestürzt. War wohl eine reine Verzweiflungstat, nachdem Flawe und Călin ihre Hunde auf sie losgelassen hatten."

Liana lauschte gebannt. „Und dann?"

„Nun ja, der Abend ist schon heraufgezogen, deshalb haben sie die Suche abgebrochen", sagte Toma. „Natürlich nicht, wenn es nach Orest gegangen wäre. Er wollte den Steilhang umgehen und notfalls auch ohne Taschenlampen und Seile in die Schlucht vorstoßen. Achile hat ihm das zum Glück ausreden können. Nun weiß allerdings niemand so genau, was aus den beiden Fliehenden geworden ist. Sie könnten tot sein. Sie könnten verletzt sein. Oder auch nicht. Orest jedenfalls hat von seinem Sieg gesprochen und war bester Laune. Zumindest, bis ich ihm von unserem Gast erzählt habe. Von da an war er außer sich. Hat sich dann sogar geweigert, sich zu mir in den Fond zu setzen und hat mit der Ladefläche vorliebgenommen. Stattdessen war Călin während der Fahrt bei mir im Fond. Wir haben uns unterhalten. Ich habe euch die Ereignisse geschildert, wie er sie mir erzählt hat. Bei Orest hat die Geschichte ein wenig heroischer geklungen. Es sei ihm vergönnt."

„Will er morgen nach den Abgestürzten suchen?", fragte Teresa.

„Will er, und ich habe ihm angeboten, sie wieder zu fahren", antwortete Toma mit einem Seufzen. „Er hat rundweg abgelehnt. Tja, so stehen die Dinge jetzt zwischen uns."

„Warum ist er denn deswegen sauer?", empörte sich Liana. „Er hat die Brandstifter doch erwischt! Sie in eine Schlucht gejagt! Was will er da noch von Nicolai, der doch gar nicht dabei gewesen ist?"

„Ich will eben das ganze Paket", sagte Toma und betrachtete ein wenig verloren das Wasserglas in seiner

Hand. „Orest ist der Geschädigte, darum, so denkt er, hat er allein das Recht, über solche Dinge zu entscheiden. Das habe ich ihm verwehrt. Ich habe mich darüber hinweggesetzt. Jetzt fühlt er sich von mir vorgeführt. Wenn nicht gar hintergangen."

„*Wir*", betonte Liana. „*Wir* haben es ihm verwehrt. Weil es richtig war. Und inzwischen steht dann wohl ja fest: Nicolai Juneskrog war nicht an der Badehausattacke beteiligt."

„Vielleicht nicht direkt", raunte Teresa. „Aber glaubst du wirklich, er hat nicht gewusst, wen er da bei sich im Auto hat? Oder was die alles in ihrem Reisegepäck dabeihaben?"

Toma stellte sein leer getrunkenes Wasserglas auf den Tisch zurück. „Ich glaube, ich will nun doch einen Brandy", sagte er und stand auf.

Liana hatte nichts als Verachtung für diese beiden Brandstifter übrig. Nichtsdestotrotz war es eine beklemmende Vorstellung, dass sie jetzt womöglich schwerverletzt in einer Schlucht verendeten. Andererseits, dies war nun mal eine raue Welt mit ihren eigenen Regeln, und niemand außer den beiden selbst hatte sich das eingebrockt.

Bedrückender als ihr ungewisses Schicksal empfand Liana die Verwerfungen mit den Totans, die offensichtlich nicht so bald aus der Welt geschafft wären.

„Ich hätte mir nicht träumen lassen, dass wir es uns derart mit den Totans verscherzen könnten", merkte sie an.

„Das kommt schon wieder in Ordnung", entgegnete Teresa. „Orest ist hart und unversöhnlich in seinem Zorn. Da macht man ihn sich schnell zum Feind. Aber seine Wut legt sich auch wieder. Dann kann er ebenso schnell vergeben. Zumindest, wenn er jemanden mag. Uns mag er. Meistens jedenfalls."

Liana rang sich ein Schmunzeln ab, aber sie verspürte vor allem Bitterkeit. Mit befreundeten Nachbarn war dieser Ort viel heimeliger gewesen.

Toma kam mit seinem Drink zurück und nahm wieder Platz. „Wenn ich nicht sehr genau wüsste, dass ich Orest damit noch mehr erzürne, würde ich morgen nochmal ins Secerä-Tal fahren und mir mit Flawe und Călin diese Schlucht ansehen."

„Bloß nicht", erwiderte Teresa nachdrücklich. „Wir halten uns jetzt am besten raus. Orest braucht seinen Triumph. Lassen wir ihn ihm."

Liana war geneigt, ihr zuzustimmen, und auch Toma sah es ein. Nicolai Juneskorg rückte ihr in den Sinn. Er war garantiert noch in der Gegend. Um diese alte Eiche zu finden und was immer sein Großvater dort möglicherweise versteckt hatte. Er würde gewiss reagieren, sobald er von den jüngsten Ereignissen erfuhr. Wahrscheinlich würde er nach seiner Schwester suchen. Und wenn er sie dann tot auffände, was dann? Würde er sie rächen wollen? Würde sich die Spirale der Gewalt weiterdrehen?

Liana lag noch lange wach in ihrem Bett und überdachte die Geschehnisse. Orest und die anderen hatten also jemanden aufgestöbert. Zwei Personen, die irgendwo in jenen Regionen, in die diese einstige Kohlestraße führte, zelteten. Die Hunde hatten sie aufgespürt, und im Zelt waren etliche verdächtige Materialien zu finden gewesen. Es konnte kaum ein Zweifel daran bestehen, dass es sich um die beiden Angreifer handelte. Sie hatten den Totan-Hof attackiert. Nun war der Spieß umgedreht worden. Orest und sein Jagdgefolge waren ihnen nachgehetzt. Zuletzt hätten sie sie anscheinend beinahe erwischt. Die beiden Hundeführer leinten ihre Ungeheuer los, um den Rest zu besorgen. Woraufhin sich die beiden Brandstifter in ihrer Ausweglosigkeit einen Abhang hinabgestürzt hatten. Um wen es sich bei den beiden handelte, lag auf der Hand.

Wenn Orest die beiden morgen fände, ob nun tot oder lebendig, wäre der Spuk endlich vorüber. Es sei denn, Nicolai Juneskrog würde Vergeltung wollen. Lianas Einschätzung nach hatte dieser Mann wenig zu verlieren. Das machte einen Menschen unberechenbar. Und gefährlich.

***

Zum Morgengrauen schmerzte Liana der Kopf an jener Stelle, an der sie ein Stein des Badehausdaches erwischt hatte. Einschlafen konnten sie nun nicht mehr, und so nutzte sie die Zeit, um die jüngsten Geschehnisse Revue passieren zu lassen.

In der Anrichte im Souterrain schenkte sie sich Kaffee ein und richtete sich ein Frühstück zusammen. Im Flur stolzierte Griselda vorbei, und Liana wünschte ihr einen Guten Morgen, was knarzig erwidert wurde. Liana hatte ihr Frühstück kaum begonnen, als in der Eingangshalle eine heitere Frühlingsmelodie jemanden am Außentor ankündigte. Sie erhob sich augenblicklich. Angesichts der gestrigen Ereignisse war abzusehen, dass es sich wahrscheinlich nicht um einen

Freundschaftsbesuch handelte. Das sah wohl auch Toma so, der das bereitstehende Gewehr an der Garderobe aufnahm, bevor er sich durch die Haustür nach draußen begab. Irgendetwas war geschehen, das die Aufmerksamkeit der Silberhains verlangte.

Liana begleitete ihn auf dem Weg zum Tor und hielt nach Teresa Ausschau. Auf der Koppel grasten die Pferde, aber sie war nirgendwo zu sehen. Wohl aber am Tor wartete jemand auf. Jemand, der Liana ganz und gar nicht behagte.

„O verdammt, was will der denn nochmal hier?“, ließ sie ihrem Unmut freien Lauf.

Nicolai Juneskrog stand am Tor, hinter ihm sein dunkler Wagen. Er winkte ihnen hektisch. Toma schritt deshalb nicht zügiger, eher bedächtiger, und Liana entging nicht, dass er sich mit wachsamen Blicken umschaute.

„Herr Juneskrog“, rief er, als sie nah genug waren. „Verzeihen Sie mir, aber ich hatte gehofft, Sie nie wiederzusehen.“

„Herr Silberhain“, erwiderte Juneskrog. „Ich belästige Sie nur ungern, aber ich sehe leider keine andere Möglichkeit.“

Liana sondierte die Büsche und Bäume entlang der Zufahrtsstraße. Nicolai Juneskrog schien allein gekommen zu sein, aber Verstecke gäbe es da draußen genug.

„Ist Ihnen eigentlich klar“, blaffte sie ihn an, „in was für Schwierigkeiten Sie uns bringen, allein dadurch, dass Sie hier nochmal aufkreuzen?“

Seine Ankunft war im Dorf sicher nicht unbemerkt geblieben. Inzwischen hatten wahrscheinlich auch die Totans davon erfahren.

„Das bedaure ich“, raunte Juneskrog. „Ich habe leider selbst Schwierigkeiten.“

„Das ist wohl kaum unser Problem“, erwiderte Liana.

Juneskrog musterte sie streng. Sein Gesicht sah schon etwas besser aus als gestern. Den Stirnverband trug er noch. Nach ein paar Augenblicken wandte er sich wieder an Toma. „Ich möchte Ihnen ein Geschäft vorschlagen.“

„Ich bin nicht interessiert“, entgegnete Toma.

„Bitte hören Sie mich an“, sagte Juneskrog. „Was ich Ihnen vorschlagen will, könnte uns allen zugutekommen. Ihnen, mir und der Familie, die jetzt auf unserem alten Hof lebt. Ich bräuchte Sie als Vermittler, Herr Silberhain. Zwischen mir und diesen Leuten dort.“

Toma schüttelte den Kopf. „Das wird nicht funktionieren. Es ist zu viel passiert. Sie sollten verschwinden, Herr Juneskrog. Und zwar schnell.“

Liana fluchte im Stillen. Der Typ brachte sie in eine unmögliche Lage. Ihn nochmal gehen zu lassen, würde Orest wahrscheinlich vor Wut überschäumen lassen. Aber ihn festzunehmen und zu den Totans zu schleifen, fühlte sich ebenfalls nicht richtig an.

Juneskrog zog den Umschlag aus seiner Jacke. „Es ist auch Ihre Schuld, Herr Silberhain“, rief er. „Die Dinge, die passiert sind. So weit wäre es nicht gekommen, hätten Sie mir diesen Brief schon am Tag unserer Ankunft übergeben.“

„Da wusste ich noch nichts davon, wie wir Ihnen bereits erklärt haben“, entgegnete Toma ruhig. „Und ich kann mir nicht vorstellen, dass irgendetwas in diesem Brief rechtfertigt, was Ihre Schwester und ihr Lebensgefährte angerichtet haben.“

„Nein, Sie haben recht, nichts könnte das rechtfertigen“, lenkte Juneskrog ein und trat einen Schritt beiseite. „Meine Schwester ist der zweite Grund, warum ich hier bin.“

Ein näherer Blick auf seinen Wagen offenbarte, dass Juneskrog doch nicht allein gekommen war. Auf dem Beifahrersitz saß die Frau, die auch vorgestern Morgen hier aufgewartet hatte. Sie schien zu schlafen.

„Sie ist verletzt“, sagte Juneskrog. „Ist gestern irgendwo abgestürzt und dann anscheinend die ganze Nacht umhergeirrt. Heute früh hat sie sich ins nächste Dorf geschleppt und mich in dem Wirtshaus angerufen, in dem ich übernachte.“

„Und wo ist ihr Freund?“, fragte Liana. „Im Kofferraum versteckt?“

Juneskrog verneinte finsteren Blickes. „Ilia ist nicht da. Ich weiß nicht, wo er ist. Dina meinte, er hätte sie zurückgelassen.“

„Er hat sie verletzt zurückgelassen?“, erwiderte Liana skeptisch.

Juneskrog wirkte enorm verbissen, als er antwortete. „Sie sind wohl ... verfolgt worden.“

Und nicht zu knapp, dachte Liana. Von Hunden und eben jener Familie, die heute das ehemalige Juneskrog-Gehöft bewohnte, wie Nicolai sicherlich wusste.

„Ich habe keine Ahnung, wo ich hier einen Arzt finde“, fuhr er fort. „Krankenhäuser gibt es auch nicht. Bitte lassen Sie mich bei Ihnen meine Schwester versorgen. Es scheint nicht so schlimm zu sein. Sie braucht vor allem Ruhe. Und ein paar Verbände.“

Liana sah voraus, was für Probleme ihnen das einhandeln würde. Dennoch öffnete Toma das Tor und gewährte den beiden Einlass. Verletzte konnte man schwerlich abweisen.

Dina steckte in einer mehrfach aufgerissenen Tarnfleckjacke. Ihr schulterlanges Haar war staubig und blutverklebt. Sie blieb besinnungslos, während Toma und Nicolai sie ins Krankenzimmer verfrachteten. Liana ging voraus und öffnete ihnen die Türen. Echtes Mitleid mit der Verletzten wollte sich nicht bei ihr einstellen. Diese Frau und ihr aggressiver Freund hatten das Badehaus in Brand gesetzt und in ihrer Zerstörungswut auch Tote und Verletzte in Kauf genommen.

„Das linke Knie ist ziemlich angeschwollen", sagte Nicolai. „Ich glaube aber nicht, dass was gebrochen ist. Wenn Sie mir kaltes Wasser, etwas zum Desinfizieren und Verbandszeug zur Verfügung stellen würden, komme ich zurecht."

Liana besorgte eine Schüssel Wasser, während Toma die gewünschten Materialien aus dem Medizinschrank zusammenstellte. Dann ließen sie Nicolai mit seiner Schwester allein. Im Flur kam ihnen eine grimmige Teresa entgegen. „Was will der Kerl denn schon wieder hier? Seinen Verband wechseln?"

Im nicht weit vom Krankenzimmer gelegenen Speisesaal hielten sie Rat.

„Jetzt haben wir also beide im Haus", raunte Teresa grimmig. „Wenn wir sie wieder gehen lassen, erklärt uns Orest diesmal den Krieg. Wahrscheinlich zusammen mit dem halben Dorf."

Toma nickte nachdenklich. „Das ist mir klar. Wir müssen äußerst sensibel vorgehen."

„Nein, ganz und gar nicht", widersprach Teresa. „Wir haben unsere Pflicht getan. Sobald die Frau aufgewacht ist, übergeben wir sie Orest. Und ihren Bruder gleich mit. Ganz einfach."

Liana sah Toma an, dass ihm das nicht behagte.

„Wir haben sie aufgenommen", sagte er. „Damit haben wir auch Verantwortung über ihr Wohl übernommen. Nicolai ist zu uns gekommen, weil er auf unsere Gastgeberpflichten vertraut."

„Ach was, Gastgeberpflichten!", blaffte Teresa. „Er ist gekommen, weil ihm nichts Dümmeres eingefallen ist. Wir schulden denen nichts. Ganz im Gegenteil."

Dieses Mal stimmte Liana Teresa zu, haderte aber damit, das zur Sprache zu bringen.

„Dina wird sich verantworten müssen, daran führt kein Weg vorbei", erwiderte Toma einsichtig. „Aber solange ihr Gesundheitszustand unklar ist, liefere ich sie nicht an Orest aus. Ich würde mich mitschuldig machen."

„Mitschuldig?", erwiderte Teresa hitzig. „Toma, die einzigen Schuldigen hier bluten gerade unser Krankenzimmer voll!"

„Toma", sagte Liana behutsam. „Ich finde, Teresa hat recht. Inzwischen kann kein Zweifel mehr daran bestehen, wer das Badehaus angegriffen hat. Wenn wir sie hierbehalten, gewähren wir Brandstiftern Unterschlupf. Das kommt im Dorf sicher nicht gut an. Geschweige denn bei den Totans."

„Wahrscheinlich nicht", stimmte Toma zu und musterte Liana und seine Schwester nachsichtig. „Aber das entbindet mich nicht von meiner Verantwortung. Den Juneskrogs ist in der Vergangenheit übel mitgespielt worden. Unserer Familie ist es besser ergangen. Wir haben damals in freundschaftlicher Verbundenheit eine Ehrenpflicht für sie übernommen. Eine Pflicht, die wir ... nun, sagen wir, nur halbherzig erfüllt haben. Vater hat diesen Brief nie erwähnt. Wer weiß, ob Großvater ihm überhaupt davon erzählt hat. Ich will darauf hinaus, dass wir es mit dieser Pflicht offensichtlich nicht allzu penibel genommen haben. Nicolai behauptet, hätten wir ihm den Brief schon vorgestern gegeben, wäre vieles anders gekommen. Ich fürchte, da ist eine Menge dran."

„Wie kommst du darauf?", fragte Liana.

„Er hat gesagt, er hätte sich mit Dina und Ilia gestritten, nachdem sie von uns weggefahren sind", erläuterte Toma. „Daraufhin seien sie getrennte Wege gegangen. Sie hatten wohl eine Meinungsverschiedenheit, was nun weiter zu tun wäre. Nicolai wollte es am nächsten Tag nochmal bei uns versuchen. Dina und Ilia aber hatten andere Pläne. Wenn hier schon nichts zu holen für sie war, wollten sie es wenigstens der Familie heimzahlen, die nun ihr altes Gehöft bewohnte. Also sind sie losgezogen, um das Badehaus abzufackeln. Das Badehaus, das ihr Großvater gebaut und das ihm viel bedeutet hat."

Teresa stand wütend auf. „Ich hasse es, wenn du das machst!"

„Was denn?", fragte Toma.

„Versuchen, uns ein schlechtes Gewissen einzureden. Um dann zu rechtfertigen, der Familienehre wegen irgendetwas Blödes zu tun."

„Das ist nicht meine Absicht", antwortete Toma matt. „Ich möchte schlichtweg unserem Namen und den Erwartungen daran gerecht werden."

„Oh, das ist leicht", erwiderte Teresa. „Lass uns diese Strauchdiebe ausliefern, dann haben wir alle Erwartungen erfüllt. Zumindest die Erwartungen all derer, die zählen. Was sonst wer von uns erwartet, der noch dazu seit Jahrzehnten tot ist, kümmert mich nicht."

„Vielleicht gibt es einen Mittelweg", sagte Toma.

Teresa rollte genervt die Augen. „Was denn für einen Mittelweg?"

„Nicolai hat ein Geschäft erwähnt", entgegnete Toma. „Eins, das allen, auch den Totans, zugutekäme. Gewiss hat es mit dem Brief zu tun. Ich will mir anhören, was er vorzuschlagen hat."

„Wahrscheinlich hat er eingesehen, dass er allein nicht mal die alte Eiche findet", erwiderte Teresa. „Deshalb versucht er es jetzt mit einem *Geschäft*. Willst du wirklich mit so jemanden Geschäfte machen?"

„Von wollen kann keine Rede sein", stellte Toma klar. „Aber daraus ergibt sich vielleicht eine Möglichkeit, allen Erwartungen gerecht zu werden."

Teresa war deutlich anzumerken, wie wenig sie davon hielt. Aber sie akzeptierte die Entscheidung ihres Bruders. Liana verstand beide Standpunkte, und auch wenn sie hierbei dem von Teresa den Vorzug gab, empfand sie doch nicht zum ersten Mal Respekt vor Tomas unbeirrbarer Ehrauffassung. Ehrenvoll zu sein, konnte sich leider jedoch auch extrem anstrengend erweisen.

***

Gegen elf sah Toma im Krankenzimmer nach dem Rechten und fragte, ob er etwas tun könnte. Nicolai Juneskrog verneinte und meinte, seine Schwester hätte wohl keine schwereren Verletzungen erlitten. Liana warf einen Blick hinein. Dina schien noch immer zu schlafen. Kein Wunder nach der Nacht, die hinter ihr lag. Toma zog sich wieder zurück und schloss die Tür.

„Du tust viel für die zwei", sagte Liana. „Obwohl es zu deinem Nachteil ist. Zu eurem Nachteil. Zu unserem Nachteil."

„Ich weiß nicht, ob das der Maßstab ist, den wir hier ansetzen sollten", entgegnete er nach kurzem Zögern. „Bislang hatten wir alle nur Nachteile. Die Totans haben ihr Badehaus verloren, du und Teresa seid verletzt worden, Nicolai wurde verprügelt, seine Schwester ist abgestürzt und ich habe Orest gegenüber empfindlich an Ansehen verloren. Damit muss nun Schluss sein. Ich hoffe, dies ist ein erster Schritt, die Dinge wieder in Ordnung zu bringen. Für uns alle."

Er ging weiter. Liana verharrte noch einen Augenblick und sah diesem faszinierenden Mann hinterher, der so manches in einem anderen Licht zu sehen schien als der Rest der Welt.

Im Speisesaal deckte Teresa den Mittagstisch.

„Stell noch einen zusätzlichen Teller hin", meinte Toma. „Nicolai hat bestimmt auch Hunger."

„Nichts da, es bleibt bei drei", erwiderte Teresa schroff. „Wenn er was will, soll er darum bitten."

Toma ließ ihr ihren Willen, was im Augenblick sicher besser war. Durch den Salon begab er sich auf die Terrasse, die herrlich im Sonnenschein badete. Liana folgte ihm.

„Irre ich mich oder liegt dir an Nicolai etwas?", fragte sie. „Du riskierst eine Menge für ihn."

„Nun, ich kann ihn verstehen, denke ich", sagte Toma. „Enteignet, entrechtet, vertrieben, der Großvater ermordet, seine Familie hat Schreckliches durchmachen müssen. Erinnere dich an den Morgen, als die drei an unserem Tor aufgewartet haben. Da erwähnte er, dass sein Vater, Martin Juneskrog, vor Kurzem verstorben sei. Vermutlich hat der seine Kinder auf dem Sterbebett darauf hingewiesen, dass hier bei uns Silberhains etwas für sie hinterlegt sei. Keine Ahnung, warum Martin nicht schon früher bei uns gewesen ist, um es zu beanspruchen. Jedenfalls haben seine Kinder daraufhin den Weg zu uns auf sich genommen. Und sind enttäuscht worden."

„Was nicht deine Schuld ist", warf Liana sicherheitshalber ein.

„Nein, wohl nicht", stimmte Toma zu. „Aber versetz dich in ihre Lage. Gerechtigkeit für die Ermordung ihres Großvaters haben sie auch nach dem Fall des Regimes nicht erfahren. Ihren einstigen Besitz haben sie auch nicht wiederbekommen. Wahrscheinlich auch keine Entschädigung. Nun sind sie zu uns gekommen, in der Hoffnung, wenigstens einen kleinen Ausgleich zu erhalten."

„Und sind enttäuscht worden", vervollständigte Liana.

Toma nickte.

Es war erschreckend und frustrierend zugleich, wie hier alle Seiten in nachvollziehbarer Weise ihren Part gespielt hatten und so die dramatischen Ereignisse der letzten Tage ins Rollen gekommen waren. Für die Brandattacke gab es keine Entschuldigung und schon gar keine Rechtfertigung, doch immerhin konnte Liana den Frust der Juneskrogs nachempfinden. Das machte es nicht leichter, nun mit der Situation umzugehen.

Wie in weiter Ferne erklang die Frühlingsmelodie aus der Eingangshalle, die jemanden am Außentor ankündigte. Liana und Toma sahen einander an. Lianas spontaner Befürchtung nach war nun ein wütender Mob aus dem Dorf angerückt, und Tomas Ausdruck nach schwante ihm Ähnliches.

Er nahm sein Gewehr auf, bevor er nach draußen ging. Am Steinkamin in der Eingangshalle lehnte noch ein zweites, aber Teresa verzichtete darauf. Zu dritt schritten sie die Einfahrt hinunter, wo Nicolai Juneskrogs dunkler Wagen parkte. Nur noch ein paar Meter und das Außentor kam in Sichtweite. Ein Mob war nicht aufmarschiert, aber zwei Reiter warteten draußen. Liana hatte keine Schwierigkeit, sie zu identifizieren. Orests massige Gestalt wusste auch aus der Ferne zu beeindrucken. An seiner Seite unverkennbar Achile, sein schulterlanges Haar zusammengebunden. Er trug ein auffällig gelbes Hemd. Orests Weste wiederum war dunkelgrau – was aller Vermutung nach auch seiner Stimmung entsprechen dürfte.

„Das hier sollte damit überflüssig sein", meinte Toma und schnallte sein Gewehr am Riemen über seine Schulter.

Bist du dir da so sicher, lag Liana auf der Zunge, schluckte es aber hinunter.

Je näher sie dem Tor kamen, desto anschaulicher wurde Orests grimmige Miene. Zu Lianas Beunruhigung schaute auch Achile trotz seines sonnigen Hemds nicht viel freundlicher drein. Hochaufragend auf ihren Pferden warteten sie die Ankunft der Silberhains ab. Beide hatten Gewehre umgeschnallt, wie Liana nun erkannte.

„Orest, Achile", rief Toma leutselig, als sie nur noch zehn Schritte von den beiden entfernt waren, und rang sich ein Lächeln ab. „Ich war mir nicht sicher, ob wir uns heute sehen würden. Habt ihr Bedarf nach einem Unimog?"

Der bemühte Smalltalk fruchtete kein bisschen. Weder Orest noch Achile stiegen darauf ein, geschweige denn hellte sich ihr Ausdruck auf.

„Toma", knurrte Orest und musterte sie nacheinander. „Teresa. Liana." Zuletzt fiel sein Blick wieder auf Toma. „Ihr habt Besuch", sagte er. Es war keine Frage, sondern Gewissheit.

„So könnte man sagen", entgegnete Toma. „Die Frau, Dina Juneskrog, ist verletzt. Ihr Bruder Nicolai pflegt sie gerade in unserem Krankenzimmer."

„Ihr beherbergt also unsere Brandstifter."

„So würde ich das nicht nennen. Sie haben um Hilfe ersucht. Ich konnte sie nicht an der Tür abweisen. Nicht angesichts der Verletzungen der Frau."

Orest nickte gemessen. Falls darin eine Spur Anerkennung mitschwingen sollte, entdeckte Liana sie nicht.

„Du hättest uns anrufen können", raunte er. „Wir wären beinahe umsonst ins Secerǎ-Tal zurückgekehrt."

„Wir waren uns noch nicht darüber einig, wie wir weiter verfahren sollten", entgegnete Toma nach wie vor freundlich.

In Orests Stimme war nichts davon. „Vielleicht hast du sogar beabsichtigt, uns sinnlos wieder ins Tal zu schicken, damit du hier ungestört mit diesen Feuerteufeln paktieren kannst."

„Wie kannst du es wagen!", fauchte Teresa ihn zornig an und wandte sich an Achile. „Achile, mäßige deinen Vater! Das kann doch nicht euer Ernst sein!"

„Ich weiß nicht so recht, Teresa", erwiderte Achile streng. „Vorgestern sind diese Fremden erstmals bei euch aufgetaucht. Seitdem sind sie an jedem Tag wiedergekommen. Warum zu euch? Was habt ihr mit denen zu schaffen?"

„Im Moment gewähren wir einer Verletzten medizinische Hilfe", blafft Teresa. „Das ist alles."

Den Brief ließ sie unerwähnt, was Liana klug schien. Es könnte die angespannte Situation weiter verschlechtern, sollten die Totans fälschlicherweise auf eine tiefere Verbrüderung von Silberhains und Juneskrogs schließen.

„Und was", knurrte Orest, „habt ihr sonst mit denen zu schaffen?"

„Während Teresa und Liana bei euch gewesen sind", setzte Toma an, „habe ich herausgefunden, was diese Leute von uns gewollt haben. Die Sache ist inzwischen erledigt."

„Welche Sache?"

„Orest, das hat rein gar nichts mit euch zu tun."

„Das werden wir noch sehen", schnaubte Orest. „Nun gut, dann bringt sie mal raus, eure Gäste."

„Die Frau schläft", erwiderte Teresa. „Ihr Bruder ist bei ihr. Sie werden nicht rauskommen. Aber ihr dürft gern eintreten."

Orest musterte sie misstrauisch, so als fürchtete er in ihrer Einladung eine gemeine Falle.

„Wir werden natürlich keinerlei Gewalt in unserem Haus dulden", ergänzte Toma. „Aber ihr könnt gern mit ihnen reden. Sofern sie dazu in der Lage sind."

Orests Gaul tat ein paar nervöse Schritte seitwärts und wieherte. Womöglich spürte das Tier die anwachsende Wut seines Reiters.

„Toma", raunte Orest bedrohlich, „du weißt, was mir diese Leute angetan haben. Ich will sie haben. Ich habe ein Anrecht darauf."

„Orest, ich verspreche dir", entgegnete Toma nach wie vor ruhig, aber mit fester Stimme, „ich werde sie nicht von hier fortgehen lassen. Sie werden sich für alles verantworten."

„Und ob sie das werden!", brüllte Orest zornig. „Holt sie raus und wir bringen es hinter uns!"

„Die Frau hat sich bei dem Sturz verletzt", erwiderte Toma standhaft. „Ich habe ihnen Hilfe und Obdach gewährt. Du weißt, was das bedeutet. Ich bin für sie verantwortlich. Und dazu stehe ich. Du wirst beide bekommen. Sobald die Frau nicht mehr auf Hilfe angewiesen ist."

Orest hob das Kinn, womit er noch ein wenig bedrohlicher aussah. „Das akzeptiere ich nicht. Ich warte nicht länger darauf, dieses Pack zur Rechenschaft zu ziehen."

„Er möchte, dass ich zwischen euch vermittle", sagte Toma. „Nicolai Juneskrog. Er sagt, er habe euch ein Geschäft vorzuschlagen."

„Mit Feuerteufeln verhandle ich nicht."

„Soweit ich das überblicke, hat sich Nicolai Juneskrog nicht falsch verhalten. Den Brand haben seine Schwester Dina und ihr Freund verursacht. Ich hatte noch keine Gelegenheit, Nicolai eingehender anzuhören. Aber das möchte ich nachholen. Gib mir diese Chance, Orest. Gib sie uns allen. Was er auch zu sagen hat, ich werde euch unterrichten. Dann kannst du immer noch abwägen."

Orests Gaul trat abermals aufgescheucht auf und ab.

„Diese Sache", raunte Orest finster, „werden wir noch heute bereinigen. Hast du verstanden, Toma? Noch heute! Ich lasse mich nicht noch länger hinhalten. Und ob diese Frau bei guter Gesundheit ist oder nicht, ist mir ebenfalls egal. Aber meinetwegen, du sollst deine Chance haben. Rede mit deinem ... *Gast*. Doch glaub nicht, dass ich es dir noch einmal nachsehen werde, wenn du mich hintergehst. Noch heute, Toma, klären wir das."

Toma nickte schließlich. „Ich werde mich bei euch melden."

Schon riss Orest seinen Gaul herum und preschte ohne einen Gruß davon. Achile schaute nochmal in alle drei Gesichter, dann folgte er seinem Vater. Ebenfalls ohne Abschiedsworte, und Liana konnte nicht begreifen, was hier passiert war. Gestern um diese Zeit waren er und Toma noch gute Freunde gewesen, und sie hatte den weiblichen Totans im Badehaus geholfen. Jetzt plötzlich war es, als würden sie auf verschiedenen Seiten stehen.

Kapitel 13: Ein Pakt zweiter Güte

Nicolai erschien nicht zum Mittagessen, was gut so war, denn so hatten Liana, Teresa und Toma Zeit, die unerfreuliche Begegnung mit den Totans zu verarbeiten. Toma brachte Nicolai später einen Teller ins Krankenzimmer.

„Dina ist gerade wach gewesen", sagte er zurück im Speisesaal. „Aber sie hat nicht mit mir reden wollen. Hab also nicht herausgefunden, ob sie ebenfalls Hunger hat."

„Wie erbärmlich arrogant und selbstgerecht muss man sein", sagte Liana wütend, „um nicht mit seinem Gastgeber zu reden? Unfassbar."

Toma setzte sich wieder. Sorgenfalten zeichneten seine Stirn unter den eingefallenen Haarsträhnen. „Es hätte nicht offensichtlicher sein können, dass sie von der Entscheidung ihres Bruders, sie zu uns zu bringen, nicht sonderlich viel hält."

„Tja, das tun wir alle nicht", sagte Liana.

Toma musterte sie, wobei sich seine Lippen leicht kräuselten.

„Was ist?", fragte Liana.

Er hob kurz die Augenbrauen. „Du bist hergekommen, um zwei ruhige Wochen in den Bergen zu verbringen. Stattdessen steckst du nun mitten in unserem Familienschlamassel."

Liana glückte ein Grinsen. „Tja, langweilig ist es bei euch jedenfalls nicht."

Zwanzig Minuten später stieß Nicolai hinzu. Sichtlich geschlaucht nahm er auf seinem Stuhl an der Stirnseite der Tafel Platz und stellte den leeren Teller ab.

„Sie ist wieder eingeschlafen", verkündete er. „Schwer zu sagen, was mit ihrem Knie ist, solange es so geschwollen ist. Aber sie will in kein Krankenhaus. Nun ja, hier gibt es ja sowieso keins."

„Selbst wenn es eins gäbe, sie bleibt hier", raunte Teresa. „Sie wird sich für den Anschlag verantworten."

Nicolai sah traurig auf die Tischfläche und nickte verbissen. „Wissen Sie, Dina war nicht immer so verbittert und hasserfüllt. Sie hat schlimme Zeiten hinter sich."

Teresa wirbelte auf die Füße, wobei ihr Stuhl umkippte. „Unterstehen Sie sich, irgendwie rechtfertigen zu wollen, was sie getan hat!"

„Teresa und ich sind dabei gewesen", ergänzte Liana nicht minder streng. „Wir waren im Badehaus, als ihre Schwester es abfackeln wollte."

Nicolai wagte kaum aufzusehen und schüttelte fassungslos den Kopf. „Es ist mir unbegreiflich, was sie da geritten hat. Das muss von Ilia ausgegangen sein. Entschuldigen Sie, das soll keine Ausrede sein. Aber ich kann mir nicht vorstellen, dass Dina von sich aus ..." Er schaffte es nicht, den Satz zu beenden.

„Wer ist dieser Ilia?", fragte Toma.

„Nun, er neigt zu Gewalt", sagte Nicolai. „Nicht Dina gegenüber. Hoffe ich jedenfalls. Nein, er sucht die Gewalt in Kneipen. Oder beim Fußball. Und auf der Straße. Nimmt an Demonstrationen teil, nur um den Kampf mit der Polizei oder anderen Demonstranten zu suchen. Ich habe nie verstanden, was Dina an ihm findet. Anscheinend gibt er ihr Kraft. Ich weiß es nicht."

„Sie müssen gewusst haben, dass er Brandsätze bei sich hatte", mutmaßte Toma.

Nicolai schüttelte vehement den Kopf, nichtsdestotrotz wirkte er ertappt. „Nein. Nein, so ist es nicht gewesen. Wir haben uns natürlich darauf vorbereitet, von Ihnen abgewiesen zu werden. Dina hat sogar von Anfang an damit gerechnet. In dem Fall wollten wir noch einmal wiederkommen. Unserem Ansinnen Nachdruck verleihen. Deshalb haben wir Vorräte und ein Zelt eingepackt, um auch in der Wildnis übernachten zu können. Dazu einige andere nützliche Dinge, um Holz schneiden und uns notfalls gegen Tiere behaupten zu können. Die hat Ilia besorgt. Es war die Rede von einem Überlebensset und Pfefferspray und solches Zeug. Ich wusste nicht, was er wirklich alles in seiner Tasche hat." Er seufzte. „Aber wahrscheinlich hätte ich es ahnen sollen. Es tut mir ... es tut mir entsetzlich leid. Bitte glauben Sie mir das."

Ein paar Momente lang war es still im Raum, dann fragte Toma: „Warum jetzt? Warum ist Ihr Vater nicht schon früher zu uns gekommen? Das Regime ist schon lange Geschichte."

„Ich weiß es nicht", antwortete Nicolai. „Nach der Öffnung nach Westen hat er jahrelang versucht, unseren alten Besitz einzuklagen oder wenigstens Schadensersatz zu erhalten. Alles vergeblich. Erst viel später, er war schon alt, hat er uns von Ihnen erzählt. Von den Silberhains. Die angeblich etwas für uns hätten. Was genau hat er uns nicht sagen können. Weil er es nicht wusste."

„Welche Bedeutung hat dieses Badehaus für Sie und Ihre Familie?", fragte Liana. Wenngleich sie den Sachverhalt unlängst ahnte, konnte es nicht schaden, dem nochmal nachzufühlen.

Nicolai sah wieder auf. „Nun ja", sagte er, „es war sowas wie ein Herzensprojekt unseres Großvaters Lothar. Der hat es von einem simplen Waschhaus für die Kohleminenarbeiter zu dem umgebaut, was es nun ist. Wann immer Vater von seiner Kindheit auf dem Minenhof erzählt hat, kam er irgendwann auf dieses Badehaus zu sprechen und wie genial Großvater das konstruiert und verwirklicht hatte. Unserem Vater hat es vielleicht sogar noch mehr bedeutet als ihm." Nicolai nahm einen tiefen Atemzug. „Jetzt gehört es einer anderen Familie. Unwiderruflich. Für Ilias Zerstörungswut ein sich anbietendes Ziel. Menschen mit Besitz verachtet er ohnehin. Aber Dina ... ich kann es nicht fassen, dass sie sich daran beteiligt hat."

Seine Reue nahm Liana ihm ab. Nicht aber, dass ihn die Entwicklungen völlig unvorbereitet getroffen hatten. Er hatte gewusst, wen er mit Ilia in seinem Wagen sitzen hatte. Hätten die Silberhains nichts herausgerückt, hätte er wahrscheinlich billigend hingenommen, dass Ilia hier am Gestüt *ihrem Ansinnen Nachdruck verliehen hätte.*

„Ironischerweise", fuhr Nicolai fort, „ist dieses Gebäude auch der Schlüssel zu dem, was uns unser Großvater vermacht hat. Wäre es niedergebrannt worden, wäre sein Vermächtnis für immer verloren."

„Deshalb also soll ich zwischen Ihnen und den Totans vermitteln", schloss Toma sachlich. „Sie brauchen das Badehaus."

Nicolai nickte. „Ich muss auf Sie zurückgreifen, Herr Silberhain. Ich habe längst eingesehen, dass ich allein außerstande bin, Großvaters Vermächtnis zu finden. Mir fehlt zum einen die Ortskenntnis. Und ich habe keinen Zugang zu diesem Badehaus. Nach allem, was geschehen ist, kann ich nicht einfach zu unserem alten Hof fahren und mit den Leuten dort reden. Ich brauche Sie, Herr Silberhain. Ich bin bereit, ein Viertel von dem, was wir finden werden, diesen Totans abzutreten. Und auch Sie, Herr Silberhain, sollen ein Vermittlungshonorar erhalten."

„Was glauben Sie denn zu finden?", fragte Liana.

„Gold", antwortete Nicolai ohne Umschweife. „So steht es in Großvaters Brief. Er hat die Enteignung kommen sehen. Kurz bevor es soweit war, hat er den Abbau mehrere Tage fortgeschafft und vergraben."

„Bei dieser alten Eiche, nehme ich an", sagte Liana.

„In ihrer Nähe", bestätigte Nicolai. „Wo genau, nun, der Hinweis befindet sich in diesem Badehaus. Großvater ist wohl davon ausgegangen, dass es eines Tages wieder an unsere Familie zurückfällt."

Angesichts der Umstände keine schlechte Informationsverteilung, befand Liana. Der Brief allein würde nicht ausreichen, das versteckte Gold zu finden. Für den Fall also, dass sich die Silberhains doch nicht als

Ehrenleute erweisen würden oder ebenfalls samt und sonders vom Regime enteignet wurden, war neben Ortskenntnis vor allem das Badehaus ausschlaggebend, um fündig zu werden.

„Überdenken Sie mein Angebot", bat Nicolai und erhob sich. „Ich bin bereit, einen Teil meines Erbes abzutreten. Um des Friedens wegen."

Er kehrte ins Krankenzimmer zu seiner Schwester zurück und gab Toma, Teresa und Liana damit Gelegenheit, sich ungestört zu beraten.

„Er hat den Totans etwas anzubieten", fasste Toma zusammen. „Das verbessert unsere Verhandlungsposition."

„Unsere Verhandlungsposition?", erwiderte Liana. „Meine Hemmschwelle, die beiden einfach Orest auszuliefern, ist gerade nochmal gesunken. Die sind hierhergekommen, um etwas einzufordern. Von euch. Und wenn sie es nicht bekommen hätten, tja! Siehe das Badehaus."

Toma lächelte milde. „Dann lass es mich anders formulieren. Wenn Orest Gold wittert, ist er wahrscheinlich leichter bereit, Vernunft walten zu lassen."

„Das könnte aber auch alles verkomplizieren", gab Teresa zu bedenken. „Orest könnte das ganze Gold für sich beanspruchen. Mit dem Argument, dass die Mine damals schon nicht mehr den Juneskrogs gehört hat. Sondern seiner Familie." Ihr Blick fiel auf Liana. „Genauer gesagt, diesem Onkel, der einem Steinschlag zum Opfer gefallen ist."

Toma nickte. „Mit einem Viertel als Anteil wird er sich nicht abspeisen lassen, wie ich ihn kenne", stimmte er zu. „Aber vielleicht mit der Hälfte. Zumindest gehen die Juneskrogs dann nicht besser raus als er.“

„Du willst also wirklich den Vermittler spielen?“, fragte Liana.

„Einen Versuch ist es wert, finde ich“, antwortete Toma. „Wenn Orest sich darauf einlässt, wären weitere Drohgebärden und Gewalt überflüssig. Ich wäre ihm gegenüber nicht wortbrüchig und würde zugleich meinen Gastgeberpflichten nachkommen. Weitestgehend.“

Er schützte Überzeugung vor. Liana täuschte er damit nur bedingt. „Diese beiden haben deine Gastgeberpflichten gar nicht verdient“, bemerkte sie.

Toma seufzte. „Damit wären wir wieder an dem Punkt, wer was verdient hat. Was haben die Juneskrogs verdient? Was die Totans? Was wir? Von solchen Überlegungen will ich mich nicht leiten lassen.“

„Nein, du tust, was du für richtig hältst“, stellte Liana fest und war nicht zum ersten Mal von Teresas Bruder beeindruckt. „Und was wahrscheinlich auch richtig ist. Nun gut. Ziehen wir es durch.“

Toma lächelte. „Wir?“

„Klar“, erwiderte Liana grinsend. „Wie du schon sagtest, auch ich stecke in diesem Schlamassel mit drin.“

Beider Blicke wanderten zu Teresa. Mit einem Nicken signalisierte auch sie ihre Zustimmung.

***

Nicolai Juneskrog fiel aus allen Wolken, als Toma ihm im Speisesaal klarmachte, dass er den Totans mindestens die Hälfte des Goldes anbieten müsste, um Orest zu überzeugen, von weiteren Vergeltungsmaßnahmen abzusehen.

„Meine Familie hat furchtbare Entbehrungen durchgemacht!", zeterte Nicolai. „All die Jahre! Unsere Großeltern, unsere Eltern, Dina und ich, wir alle haben verflucht schwere Zeiten hinter uns. Jetzt endlich ist ein wenig Licht für uns in Sichtweite. Eine kleine Entschädigung für so viel Schmach und Ungerechtigkeiten. Und Sie erwarten, dass ich die Hälfte davon diesen Leuten überlasse, die meine Schwester gestern fast umgebracht hätten?"

„Nachdem Ihre Schwester fast sie umgebracht hätte", raunte Teresa finster. „Und uns."

Zuletzt gab sich Nicolai geschlagen und willigte ein. Toma ging daraufhin zum Telefon, um die Totans zu unterrichten und ihnen Nicolais Angebot schmackhaft zu machen. Aus Lianas Warte war es ein sehr gutes. Was, wenn es die Totans trotzdem ablehnten? Aus falsch verstandenem Stolz oder simpler Vergeltungssucht? Orest würde seine Forderung erneuern und noch heute auf die Übergabe der beiden Juneskrogs bestehen. Ob Toma ihm eine verletzte Frau überlassen würde, war äußerst fraglich. Was dann? Würden sie es mit den Gewehren austragen?

„Sie lassen es sich durch den Kopf gehen", erklärte Toma, als er wiederkam.

„Durch den Kopf gehen?", blaffte Nicolai aufgebracht. „Ich biete denen die Hälfte meines Erbes an, und die lassen es sich durch den Kopf gehen?"

„Mancher Schaden ist zu groß, als dass man ihn mit Gold wiedergutmachen könnte“, entgegnete Toma kühl und setzte sich. „Und gekaufte Gerechtigkeit ist keine echte Gerechtigkeit. Lasst uns abwarten, wie sie sich entscheiden.“

„Mit wem hast du telefoniert?“, fragte Teresa.

„Mit Walfa“, antwortete Toma.

„Wie viel hast du ihr gesagt?“

„Nur das Nötigste. Ich habe weder die alte Eiche noch den Brief noch das Badehaus erwähnt. Nur, dass Nicolai Juneskrog Kenntnisse von einem Goldversteck hätte und bereit ist, das Gold für eine Gegenleistung mit ihnen zu teilen.“

„Die werden ihre Schlüsse ziehen“, sagte Teresa. „Werden sich fragen, warum Nicolai sich das Gold nicht längst geholt hat.“

Toma nickte zustimmend. „So ist es. Deshalb müssen wir bei unserem nächsten Gespräch auch den Rest auf den Tisch legen.“ Sein Blick fiel auf Nicolai. „Wir haben also nochmal zu reden, Herr Juneskrog.“

Nicolai hob beide Hände an. „Aber ja, natürlich. Ihr Honorar als Vermittler. Wieviel schwebt Ihnen denn vor? Fünf Prozent?“

Toma schüttelte den Kopf. „Gar nichts. Ich will nichts von Ihrem Gold. Ich muss wissen, wo im Badehaus sich die noch fehlende Information befindet.“

Nicolai musterte ihn mit einer Mischung aus Argwohn und Staunen. Eine Antwort gab er nicht. Vermutlich rätselte er, ob er gerade übers Ohr gehauen wurde.

„Wir wissen nicht, was in Ihrem Brief steht“, wies Liana ihn hin. „Also könnten wir mit dieser Information allein wahrscheinlich auch nichts anfangen.“

„Wenn Sie uns nicht vertrauen, Herr Juneskrog“, ergänzte Toma geduldig, „können wir nichts für Sie tun.
Dann werde ich Sie Orest Totan übergeben, sobald er
wieder an unsere Tür klopft. Sie können dann mit ihm
persönlich verhandeln. Falls er Sie zu Wort kommen
lässt.“

„Schon gut, schon gut“, erwiderte Nicolai beschwichtigend. „Ich sage es Ihnen. Unser Großvater hat die Information in die Unterseite einer Fliese eingeritzt.“

Liana lauschte verblüfft. Sie hätte auf ein geheimes
Fach im Kamin oder einen losen Stein im Sockel des
Zubers getippt.

„Gibt es da ein Podest?“, fragte Nicolai und blickte von
Liana zu Teresa. „Großvater schreibt in seinem Brief, es
sei eine der Fliesen auf dem Podest.“

Das Liegepodium, dachte Liana und sah ebenfalls zu
Teresa, die den Blick erwiderte.

„Er schreibt, auf diesem Podest sei die Wahrscheinlichkeit gering, dass jemand drauftritt und dann feststellt, dass die Fliese locker sitzt“, fuhr Nicolai fort.
„Deshalb hat er sie gewählt. Ich verstehe das nicht ganz.
Ist ein Podest nicht dazu da, dass man hinaufsteigt?“

„Ich denke, wir verstehen Ihren Großvater recht gut“,
meinte Liana und verkniff sich ein Schmunzeln.

„Dann wäre das geklärt“, sagte Toma und klang geschäftig. „Jetzt wäre es mir noch ein Anliegen, mit Ihrer
Schwester zu sprechen, Herr Juneskrog. Denken Sie, sie
ist dazu bereit?“

„Das wird sie sein“, entgegnete Nicolai. „Dafür sorge
ich schon.“

Nicolai war vorausgegangen, um seiner Schwester den Besuch anzukündigen. Vielleicht auch, um sie vorzubereiten. Liana schien es ein wenig, als würden die Juneskrogs das Krankenzimmer inzwischen als ihr hoheitliches Gebiet betrachten. Sollte das so sein, war es höchste Zeit, sie von diesem Ross herunterzuholen. Dass sie hier Obdach und Verpflegung genossen, war ein Akt der Gnade, für den jeder anständige Mensch Dankbarkeit empfinden würde. Dina Juneskrog aber begrüßte ihre Gastgeber mit einem Blick voller Verachtung. Aufrecht in ihrem Krankenbett sitzend hatte sie die Arme entspannt auf ihren Hüften abgelegt. Ihr Bruder hatte sie notdürftig verarztet, ihr unter anderem einen Kopfverband und Kniewickel angelegt. Das Hosenbein hatte er dazu entfernt. Es lag mitsamt der Camouflage-Jacke am Fußende des Bettes. Das graue T-Shirt, das Dina nun noch trug, war am Kragen mit Blut besudelt. Trotz ihrer misslichen Lage trug sie einen Ausdruck zur Schau, der auch einer Königin auf ihrem Thron gut zu Gesicht stehen würde.

„Wie geht es Ihnen?“, fragte Toma.

Sie hob die vielfach verpflasterten Hände und setzte ein falsches Grinsen auf. „Prächtig, was denken Sie denn?“

Nicolai hatte sich in die Ecke nahe beim geöffneten Fenster zurückgezogen und lehnte mit verschränkten Armen an der Wand.

Toma trat bis auf einen Meter auf das Krankenbett heran, Liana und Teresa flankierten ihn.

„Ich habe vernommen, Sie haben eine schlimme Nacht hinter sich“, sagte Toma.

Damit verblasste neben der Erhabenheit auch das falsche Lächeln in Dinas Gesicht. Zurück blieb ein Sauertopf. Eine Erwiderung gab sie nicht.

„Erzählen Sie, was ist geschehen?"

„Ich bin schwer gestürzt", antwortete Dina. „Und erst nachts wieder aufgewacht."

„Wo ist Ihr Begleiter?"

Sie zuckte vage mit einer Schulter. „Habe ihn nicht gesehen."

„Ist er mit Ihnen abgestürzt?"

Dinas Blick wanderte im Raum umher. „Wir … es war ein Abhang. Steiler als gedacht. Ich habe das Gleichgewicht verloren. Kein Halt mehr. Ilia ebenfalls."

„Warum wollten Sie da runter?"

Dina taxierte wieder Toma, finsterer denn je. „Wir sind gejagt worden. Von Verrückten. Mit riesigen Hunden."

„Das waren jene Verrückten", warf Liana ein, „deren Haus Sie in Brand gesteckt haben."

Dinas Blick senkte sich auf ihre malträtierten Hände. „Keine Ahnung, wovon Sie reden."

„Dina!", zischte Nicolai scharf aus seiner Ecke. „Das ist doch kindisch. Mach es nicht noch schlimmer."

„Niemand kann mir was beweisen!", herrschte sie ihren Bruder an, bevor sie sich mit ihrem wiedergekehrten falschen Grinsen an Liana wandte. „Niemand."

„Das bleibt noch abzuwarten", meinte Toma. „Ich nehme an, Ihr Bruder hat Ihnen von dem Brief und seinem Inhalt erzählt."

Dina nickte unmerklich. „Hat er."

„Dann haben Sie verstanden, dass Sie sich mit Ihrer Tat um Ihr halbes Erbe gebracht haben. Um ihr ganzes, wenn Sie Erfolg gehabt hätten und das Badehaus zerstört worden wäre."

Dina schwieg dazu, warf aber einen empörten Blick auf ihren Bruder. Anscheinend hatte er ihr noch nicht mitgeteilt, dass ein Viertel als Anteil für die Totans nicht ausreichen würde. Liana fand diese Frau einfach nur erbärmlich.

„Sorgen Sie sich um Ilia?", fragte sie, womit sie wieder Dinas Aufmerksamkeit gewann.

Nicolai hatte gemeint, Ilia hätte sie zurückgelassen. Womöglich aber lag er selbst verletzt in der Schlucht, und Dina hatte ihn in finsterer Nacht nur einfach nicht gesehen. Wie dem auch sein mochte, Lianas Mitleid hielt sich auch für ihn in Grenzen.

„Kann schon sein, dass ihn die Verrückten noch erwischt haben", raunte Dina.

Mehr hatte sie dazu nicht zu sagen. Liana kehrte sich angewidert ab und verließ den Raum. Die Begegnung mit ihr und Teresa, deren Tod sie billigend in Kauf genommen hatte, schien Dina Juneskrog kein bisschen aus der Fassung gebracht zu haben. Keine Spur von Bedauern. Keine Empathie für die Geschädigten. Nur auf den eigenen Vorteil bedacht. Das war wohl die häufig zitierte Banalität des Bösen.

***

Der Nachmittag schritt voran. Nicolai kümmerte sich weiterhin um seine Schwester, Toma und Teresa gingen ihren Arbeiten nach. In der Eingangshalle fiel Liana auf, dass dort nicht länger die beiden Gewehre lehnten. Eine kluge Maßnahme, sie zu verstecken.

Nicht, dass die Juneskrogs noch auf dumme Ideen kämen.

Liana begab sich auf die Terrasse, die wie das gesamte Gestüt inzwischen im Schatten der westlichen Talseite lag. Die Ungewissheit, wie es nun weiterging, zehrte an ihr. Würden die Totans sich auf den Vorschlag mit der Schatzsuche einlassen? Würde sich ihr belastetes Verhältnis dadurch wieder einrenken? Würde Orest dann, von Gold besänftigt, Gnade gegenüber den Juneskrogs walten lassen? Und hatte Dina nicht vielleicht sogar recht? Würde man vor einem ordentlichen Gericht je beweisen können, was sie getan hatte? Die Lage war verfahren.

Gegen halb vier machte sich wieder jemand am Außentor bemerkbar und rief Liana und die Silberhains in der Eingangshalle zusammen. Gemeinsam begaben sie sich auf den Zufahrtsweg. Auf ein Gewehr verzichtete Toma diesmal. Wahrscheinlich besser so. Mit Gewehren war hier nichts zu gewinnen. Ein wütender Mob, der das Gestüt stürmen wollte, hätte wahrscheinlich nicht erst die Klingel betätigt.

Am Tor wartete eine einzelne Reiterin. Offenes schwarzes Haar bis über die Schultern fallend und gekleidet in eine waldgrüne Weste und eine dunkelgraue Hose, erkannte Liana Luxandra auf einem schwarzen Ross.

„Es ist Luxandra", stellte auch Teresa fest. „Besser als Orest."

„Vielleicht schleicht der sich von der Nordseite an", merkte Liana an.

Das entlockte Toma ein Schmunzeln.

„Luxandra", rief er schon von Weitem und winkte unaufdringlich.

Luxandra hob eine Grußhand, und als sie ihr nah genug waren, sah Liana, dass ihr Ausdruck wenig mit dem gemein hatte, den Orest ihnen vor ein paar Stunden offeriert hatte. Sie lächelte sogar ein wenig. Ein Gewehr hatte sie auch nicht bei sich. Liana freute es ungemein. Sie wollte an den freundschaftlichen Gefühlen festhalten, die sie für diese Sippe entwickelt hatte.

„Seid ihr zu einer Entscheidung gelangt?", fragte Toma.

„Wir wollen mehr davon hören", entgegnete Luxandra. „Ich bin hier, um euch eine Einladung auszusprechen."

Toma brach nicht in Jubel aus, sondern nickte nur gemessen. „Orest ist also zu einem Gespräch bereit."

„Dazu hat es ein wenig Überzeugung gebraucht", sagte Luxandra. „Doch ja, lasst uns das nachbarschaftlich bereden. Damit können wir es hoffentlich aus der Welt räumen."

Das waren gute Neuigkeiten, die Liana zuversichtlich stimmten, dass die Freundschaft zwischen Silberhains und Totans noch zu retten war.

„Wer hat ihn überzeugt?", fragte Teresa. „Deine Mutter?"

Luxandra schüttelte den Kopf. „Achile", sagte sie und fügte mit einem Lächeln *und ich* hinzu.

Toma trat bis ans Tor vor sie hin. „Ich bin froh, dass wir das auf diese Weise angehen können", sagte er. „Wir alle sind das."

Luxandra nickte vage. „Erwartet nicht zu viel. Vater ist wütend. Und enttäuscht“, fügte sie mit Blick auf Liana und Teresa hinzu. „Aber er hat nachgegeben.“

„Was schwebt euch vor?“, fragte Toma.

„Wir besprechen uns“, antwortete Luxandra. „In aller Ruhe. Florin und Achile haben das Badehaus befeuert. Ihr seid eingeladen.“

„Aber das Badehaus“, wandte Liana irritiert ein, „nun, es ist nicht intakt.“

„Trotzdem funktioniert es“, entgegnete Luxandra. „Die Wasserleitungen sind nicht beschädigt worden. Und Florin hat das Dach überprüft. Den Winter wird es nicht überstehen, aber es ist nicht akut einsturzgefährdet.“

Das klang überzeugend. Bei den aktuell sommerlichen Temperaturen wären auch das Loch im Dach und das kaputte Fenster kein nennenswerter Makel. Dennoch las Liana Skepsis sowohl in Tomas als auch in Teresas Miene.

„Das scheint mir ein guter Vorschlag“, sagte Toma nichtsdestotrotz.

Auch Teresa brachte keine Einwände hervor. „Eine großzügige Geste von deinem Vater“, bemerkte sie stattdessen. „Wenn man bedenkt, dass er gerade nicht gut auf uns zu sprechen ist.“

„Es war Achiles Idee“, antwortete Luxandra. „Für Verhandlungen und Besprechungen seien Badehäuser früher mal gebaut worden, meint er.“

„Nun gut“, sagte Toma und hatte oberflächlich zu guter Laune zurückgefunden. „Gib uns ein paar Minuten, Luxandra. Wir sind dankbar für die Einladung und nehmen sie an.“

Auf dem Weg zum Haus war Teresa die Erste, die ihrem Argwohn Ausdruck verlieh.

„Mir gefällt das nicht", sagte sie. „Es passt nicht zu Orest."

„Was passt nicht zu ihm?", fragte Liana.

„Wenn Orest mit jemandem Streit hat", antwortete Teresa, „trägt er den mit ihm aus. Offen und direkt und wenn es sein muss mit Fäusten. Es ist nicht seine Art, jemanden einzuladen und alles in Ruhe zu bereden."

„Er mag euch Silberhains eben", meinte Liana. „Ihm ist an einer guten Nachbarschaft gelegen. Außerdem ist es ja doch Achiles Vorschlag. Er und Luxandra haben ihn offensichtlich überredet."

„Sich überreden lassen, ist ebenfalls nicht seine Art", raunte Teresa.

„Ich nehme die Einladung auf jeden Fall an", sagte Toma. „Alles andere wäre unhöflich. Und töricht obendrein. Es ist eine Chance, die Wogen zu glätten." Sie hatten den Treppenaufgang erreicht. Toma blieb stehen und wandte sich an Teresa. „Ich reite hin. Du bleibst hier und hast ein Auge auf die Juneskrogs."

„Nichts da! Liana kann auf sie aufpassen. Ich lasse dich da nicht allein hingehen."

Toma lehnte ab. „Mindestens ein Silberhain sollte hierbleiben. Liana kann mich begleiten, wenn sie nichts dagegen hat."

Liana schluckte überrascht, lenkte jedoch augenblicklich ein und freute sich sogar darauf. „Klar! Natürlich bin ich dabei."

„Aber ich kann besser zuhauen!“, hielt Teresa dagegen.

„Eben deshalb will ich dich hierhaben“, sagte Toma. „Wir kommen schon zurecht. Mit den Totans wird es sicherlich nicht zu Handgreiflichkeiten kommen.“

Teresa schien nicht überzeugt, was Liana ein wenig verunsicherte. Sie sah nicht, was es da zu befürchten gab. Sie folgten einer Einladung der Totans und nicht irgendeiner unbekannten Gruppierung mit zweifelhaften Interessen. Mochten derzeit auch unterschiedliche Deutungen zwischen ihnen stehen, es waren die Totans, Nachbarn – und Freunde, wie Liana weiterhin geneigt war, zu glauben.

Teresas Bedenken aber schienen nicht gemindert. „Die wollen dich bei sich haben, weil sie meinen, dann leichteres Spiel mit dir zu haben.“

Toma nickte vage. „Möglicherweise glauben sie das. Ich werde sie eines Besseren belehren.“

Liana verstand, was sie meinte. Auf Totan-Grund, von Totans umgeben, könnte sich Toma schnell in der Defensive wiederfinden. Oder sich zumindest so fühlen. Wären es nicht die Totans, von denen sie hier sprachen, würde Liana Teresas Unbehagen teilen. So aber war sie bester Hoffnung, dass sie dort im Badehaus ihre Differenzen in harmonischer Atmosphäre besprechen und am Ende beilegen würden.

„Wir werden zurechtkommen“, versicherte Toma noch einmal und schloss seine Schwester in eine kurze Umarmung.

Wenig später saßen Toma und Liana einem dunkelbraunen Hengst auf und ritten mit Luxandra die Zufahrtsstraße hinauf. Bald schon schwenkten sie in jenen unscheinbaren Pfad ein, der in den östlichen Talarm führte, in dem die Totans lebten. Hier war ein langsameres Reittempo angeraten, und Liana fühlte sich gemüßigt, die Stille zu durchbrechen.

„Wir haben versucht, das Richtige zu tun", rief sie Luxandra zu, die vorausritt. „Haben wir euch sehr verärgert?"

Dass Luxandra nicht gleich antwortete, war im Grunde schon Antwort genug.

„Wir waren … irritiert", erwiderte sie schließlich, schenkte ihr aber keinen Blick. „Anstatt uns diese Leute auszuliefern, pflegt und beherbergt ihr sie. Das fanden wir eigenartig."

Liana konnte ihr nachempfinden. Vor dem niederträchtigen Brandanschlag waren die Juneskrogs bei den Silberhains gewesen, danach wieder. Nicolai sogar zweimal. Und dennoch waren die Totans außen vor gelassen worden.

„Den Mann, Nicolai", fuhr Liana fort, „halten wir für unschuldig. Deshalb haben wir so gehandelt."

Luxandra wandte kurz den Kopf zu ihnen herum, sagte aber nichts.

Toma mischte sich ein: „Die beiden Angreifer, die dein Vater am Badehaus gesehen hat, hat er gestern mit Achile und Florin aufgespürt und in eine Schlucht gehetzt. Jener, der gestern Nachmittag zu uns gekommen ist, hat nichts damit zu tun gehabt."

Außer, dass er die anderen beiden hergebracht hat, dachte Liana bitter.

„Ihr habt sicher Gründe, das anzunehmen", entgegnete Luxandra, ohne sich erneut umzudrehen.

In der Tat, die hatten und haben wir. Liana seufzte innerlich. Das hier war wohl schon mal ein Vorgeschmack auf das, was auf dem Totan-Hof auf sie zukäme.

„Wir haben uns gefragt", fuhr Luxandra fort, „warum ihr euch überhaupt mit denen einlasst. Wir sind eure Nachbarn. Wir kennen uns lange. Was verbindet euch mit diesen Leuten?" Eine Antwort erwartend sah sie sich wieder zu Toma und Liana um.

Ein Brief, dachte Liana frustriert. Ein blöder Brief und eine Ehrenpflicht, der Toma viel Bedeutung beimaß. Das zu erklären, wäre Tomas Aufgabe, doch der schwieg.

„Haben sie euch Gold angeboten?", fragte Luxandra unvermittelt.

Allmählich war absehbar, was die Totans von ihnen dachten. Liana war enttäuscht.

„Ein Vermittlerhonorar", antwortete Toma. „Das ich abgelehnt habe."

„Aber uns wollen sie jetzt Gold anbieten", fuhr Luxandra fort. „Um sich freizukaufen."

Liana runzelte die Stirn. Hier bestätigte sich mal wieder, dass Halbwissen gefährlicher war als kein Wissen. Sie und Toma würden einiges richtigstellen müssen.

„Niemand wird sich freikaufen", sagte Liana. „Nicolai Juneskrog, jener, der nichts mit dem Brand zu tun hatte, will euch einen Vorschlag machen."

„Wir sind gespannt", kommentierte Luxandra verhalten.

Das letzte Stück Weg entlang des Bachbettes konnten sie nebeneinanderher reiten. Luxandra gab sich weiterhin distanziert, wenngleich nicht unfreundlich. Auch ihre Geste, die Einladung persönlich zu überbringen, war nicht zu unterschätzen. Die Weichen standen auf Versöhnung. So jedenfalls wollte Liana die Lage deuten. Gleichwohl gewann sie erst jetzt eine Vorstellung davon, wie sehr sie die Totans mit ihrem Verhalten verletzt hatten. Es war höchste Zeit für ein Gespräch. Für einen offenen Austausch über Betrachtungsweisen und Befindlichkeiten. Das Badehaus war der optimale Austragungsort dafür. Nacktheit war ein bildlicher Ausdruck von Offenheit und Unverstelltheit. Beides war nun angebracht. Fielen dazu dann auch die richtigen Worte, würde sich ihr Verhältnis zu den Totans sicher reparieren lassen. Liana war guter Dinge. Ein wenig bang, aber auch genüsslich, sah sie der Situation entgegen, sich bald an Tomas Seite zu entkleiden.

***

Das Felsmassiv reflektierte die Sonne, dennoch erspähte Liana das glitzernde Rinnsal des Wasserfalls. Auf das Obergeschoss des Haupthauses sowie das Dach der Scheune schienen gerade noch ein paar letzte Sonnenstrahlen, bevor der mächtige Schatten des westlichen Bergzuges auch das Totan-Gehöft in Gänze überziehen würde. Das Badehaus war bereits beschattet. Aus seinem Kamin stieg Rauch auf.

„Du bist bis gestern lange nicht mehr bei uns gewesen, oder?", meinte Luxandra zu Toma.

„Zuletzt mit meinem Vater. In eurem Badehaus war ich noch nie."

„Dann wird es höchste Zeit."

Sie ritten durch das offene Tor den steinigen Weg zwischen den Obstbäumen auf die drei Gebäude zu. Die Scheune mit dem Stallanbau gab den Blick aufs Haupthaus frei, und Liana entdeckte Orest in einem Schaukelstuhl neben der Haustür sitzen. Es war beruhigend, dass er kein Gewehr auf seinem Schoß liegen hatte. Wenige Meter vor ihm plätscherte der Bach vorbei. Das grasige Ufer reichte bis zum Haus, auf der anderen Seite bis weit in den Mittelplatz des Hofes hinein. Eine Idylle – wäre da nicht Orests griesgrämiger Gesichtsausdruck gewesen.

Toma und Luxandra brachten ihre Pferde zum Stehen.

„Orest", bemerkte Toma zurückhaltend, was auch Liana angebrachter erschien als übertriebene Leutseligkeit.

„Toma", entgegnete Orest gemessen in seinem Stuhl wippend und musterte die Neuankömmlinge. „Liana."

Die Reiter stiegen ab, als auch Walfa aus der Haustür trat und ihnen stoische Grußworte entrichtete. Liana und Toma erwiderten. Die Stimmung der beiden bewertete Liana alles andere als verheißungsvoll, aber sei's drum. Sie waren hier, um sich zu erklären. Dass man es ihnen einfach machen würde, hatten sie nicht erwarten dürfen. Luxandra nahm Toma die Zügel ab und führte die Tiere in die Scheune.

„Dein Besuch verdient Anerkennung", knurrte Orest an Toma gerichtet.

„Eure Einladung ebenfalls", sagte Toma. „Ich bin sicher, wir finden eine Lösung."

Weder Orest noch Walfa gaben eine Antwort, doch Walfa machte eine einladende Geste zum Badehaus hin. Liana wollte dieses merkwürdige Gehabe nicht hinnehmen.

„Hey, ihr Totans, wir sind es!", rief sie den beiden zu. „Toma Silberhain und ich! Vorgestern habe ich mit euch eine wunderschöne Zeit da drin verbracht, erinnert ihr euch? Und gestern habe ich mit euch saubergemacht. Während Toma euch bei der Suche nach den Angreifern geholfen hat. Es gibt überhaupt keinen Grund, uns so zu behandeln, als hätten wir euch die Hühner geklaut. Wir sind eure Freunde."

Walfa nickte verhalten und wirkte zumindest nicht mehr ganz so reserviert. „Ihr seid hier", sagte sie. „Das wissen wir zu würdigen."

Wie großzügig, lag Liana bissig auf der Zunge, aber sie hielt sich zurück. Sie glaubte, eine weitere Facette der hiesigen Gepflogenheiten verstanden zu haben. Vor ein paar Stunden hatten ihnen Orest und Achile ihre Aufwartung gemacht – und waren mit ihrem Gesuch abgewiesen worden. Dass nun Toma hierherkam, um sein Gegenangebot zu machen, war eine unabdingbare Geste. Eine Geste des Respekts, auf den vor allem Orest doch so viel Wert legte. Deshalb wusste sie es *zu würdigen*. Nun, immerhin, besser als nichts, das war ein Anfang. Jetzt mussten sie nur noch das nötige Verständnis aufbringen.

Luxandra kam aus der Scheune zurück.

„Na los, geht rein", brummte Orest und verwies auf das Badehaus. „Achile und Florin warten schon auf euch."

„Ihr kommt nicht mit?", fragte Liana verwundert.

Die Antwort gab Luxandra. „Nein, werden sie nicht. Wir regeln das unter uns. In unserer Generation", fügte sie mit kurzem Seitenblick auf ihre Eltern hinzu. „Wie gesagt, Achile und ich haben uns für dieses Treffen ausgesprochen. Darum ziehen wir es auch durch."

„Verstehe", sagte Liana und scheute sich gleichwohl nachzuhaken, was denn Orest und Walfa anstelle einer Aussprache im Sinn gehabt hätten.

Die Außentür des Badehauses war verschlossen. Nicht weit daneben befand sich das eingeworfene Fenster, durch das vorgestern die Brandsätze geflogen gekommen waren. Scharfkantige Überreste der Scheibe zierten den Fensterrahmen. Achile und Florin waren nicht zu sehen, auch nicht hinter den drei anderen Fenstern, doch Liana erhaschte einen vagen Eindruck von flackerndem Kaminfeuer.

Dass Orest nicht an der Besprechung teilnahm, kam überraschend, doch lag darin auch eine Chance. Orests Weg, ein Problem anzugehen, war die Konfrontation. Wenn er etwas durchsetzen wollte, ließ er die Muskeln spielen. Markige Worte, Drohgebärden, alles war besser, als möglicherweise schwach dazustehen und damit das Gesicht zu verlieren. Mit so jemandem zu verhandeln, war kompliziert.

Achile war anders, und hierbei hatten sich er und Luxandra offensichtlich gegen ihre Eltern durchgesetzt. Auch Florin hatte wahrscheinlich seinen Beitrag geleistet. Ihnen war dieses freundschaftliche Treffen zu verdanken, nicht Orest und Walfa. Lianas Einschätzung nach stiegen damit die Chancen auf eine gütliche Einigung. In der Sache zwar würde es nicht einfacher werden, denn ihre drei Gastgeber würden Orest und Walfa

nachher Rechenschaft ablegen müssen, aber der Um-
gangston fiel wahrscheinlich harmonischer aus, als
wenn Orest die Anklageschrift verlesen würde.

KAPITEL 14: DAS NICHT ERREICHBARE LAND

Das kommunistische Regime war zugrunde gegangen. So wie Papa es schon vor vielen Jahren vorausgesehen hatte. Martins Hoffnungen, dass nun endlich bessere Zeiten anbrächen, waren groß. Zunächst aber wurden sie enttäuscht. Die Folgen jahrzehntelanger Misswirtschaft und Diktatur ließen sich nicht innerhalb weniger Jahre beheben. Dennoch orientierte sich Rumänien fortan nach Westen, und obgleich sich die erste neue Regierung aus den Eliten des alten Regimes rekrutierte, verfolgte das Land nun einen demokratischen Kurs.

Auch Rechtsstaatlichkeit wollte es herstellen. Martin nahm das beim Wort und versuchte bei mehreren Gremien vorzusprechen und das begangene Unrecht an seiner Familie zu beklagen und Schadenersatz zu fordern. Nur bei wenigen fand er Einlass, geschweige denn Gehör. An einen finanziellen Ausgleich war nicht zu denken, und an eine Entschuldigung schon gar nicht. Martin ging bis zum Obersten Gerichts- und Kassationshof in Bukarest. Ohne Erfolg. Auf Anraten Annas gab er es schließlich auf und steckte nicht länger Energie und Geld in dieses, ihrer Meinung nach, sinnlose Unterfangen.

Aufzugeben nagte an seinem Stolz, doch nach einer Weile war Martin geneigt, seiner Frau zuzustimmen, dass dies der bessere Weg war. Nicolai und Dina wuchsen heran, und sie hatten alles, was sie zum Leben brauchten. Sie hatten ein Dach über dem Kopf, sie hatten Essen, Kleidung und eine Schule. Vielleicht waren das bereits die besseren Zeiten, die Martins Vater im Sinn hatte. Martin begann, sich damit abzufinden. Er war schon lange kein junger Mann mehr, und vielleicht war es an der Zeit, sich endlich von der Vergangenheit zu lösen. Die Hoffnungen, eines Tages nach Hause zurückzukehren, hatten ihn viele Jahre lang am Leben gehalten. Doch längst hatte er ein anderes Zuhause. Und eine Familie. Es war an der Zeit, sich mit den Gegebenheiten abzufinden und sie auch wertzuschätzen. Er würde nicht in sein einstiges Zuhause zurückkehren. Dorthin, wo er eine glückliche Kindheit verbracht hatte; wo ein Silberhain angeblich etwas für ihn hätte; und wo er einen Menschen getötet hatte.

***

Die neue *Marktordnung* erlaubte den Menschen bislang ungeahnte Möglichkeiten. So reifte auch in Martin zunehmend eine Idee zu voller Gestalt, die er im Grunde schon länger mit sich herumtrug. Längst ein Mann vorgerückten Alters, verließ Martin die Minengesellschaft und gründete eine Firma. So viele Jahre waren vergangen, doch Martin hatte sich das geniale System des Badehauses eingeprägt und traute sich zu, es auch fachlich umzusetzen. Er hatte nicht das Geld, sich ein eigenes zu bauen, doch er wollte sein Wissen zur Verfügung stellen, um es für andere zu tun.

Seine Firma bestand nicht einmal ein Jahr. Nur ein einziges Badehaus hatte er in dieser Zeit entwerfen und verwirklichen dürfen, und am Ende nur einen Teil des vereinbarten Lohns bekommen, weil die Wärmezirkulation im Unterboden nicht richtig funktioniert hatte. So kehrte er schließlich zur Minengesellschaft zurück und nahm für geringeres Geld als zuvor seine frühere Arbeit wieder auf.

Nicolai und Dina wurden erwachsen und gingen ihren Weg. Mehr schlecht als recht, wie Martin mit zunehmenden Jahren bitter bemerkte. Sie könnten es beide besser haben. Doch erst, als er spürte, dass seine Zeit zu Ende ging, sprach er mit den beiden über die Silberhains. Martin hatte sein Anrecht auf das Erbe seiner Familie durch eine unverzeihliche Tat verloren. Seine Kinder aber waren unschuldig. Was immer sein Vater den Silberhains anvertraut hatte, Nicolai und Dina sollten es bekommen. Auf dass sie fortan ein besseres Leben hätten als bisher.

Die besseren Zeiten, von denen Papa immer gesprochen hatte und auf die Martin so lange Zeit gehofft hatte, für Nicolai und Dina würden sie vielleicht doch noch Wirklichkeit werden. Von dieser Zuversicht beseelt schlief Martin eines sonnigen Morgens ein und wachte nicht mehr auf.

KAPITEL 15: EINE RAUCHIGE FINTE

Luxandra stieg die zwei Stufen hinauf und öffnete die Eingangstür. Unter Orests und Walfas wachsamen Blicken folgten Liana und Toma ihr in den Vorraum. Der schale Geruch nach Ruß und Asche war nicht mehr so penetrant wie gestern, wie Liana feststellte, und der Raum wurde bereits wieder als Garderobe benutzt. Toma besah sich den großflächig geschwärzten Fußboden.

„Da muss der Brandsatz aufgeschlagen sein", meinte Luxandra. „Vater war zum Glück nicht weit."

In der Tat, den Wänden und der Sitzbank hatte das Feuer dank Orests promptem Eingreifen erfreulich wenig anhaben können. Der Schaden wäre wahrscheinlich größer ausgefallen, hätten Dina und Ilia anstatt des Bodens eine Wand anvisiert.

Luxandra streifte ihre Stiefel ab und fing an, sich ihre Leinenbluse aufzuknöpfen. „Wir haben ein bisschen zu essen hergerichtet. Brot, Räucherfleisch, Gurken, Radieschen, Paprika. Für den Fall, dass es länger dauert." Sie fügte ein Lächeln hinzu. „Und auch wenn es nicht länger dauert, ihr seid eingeladen."

Toma sah ihr ein paar Augenblicke lang zu und lächelte schließlich erfreut. „Luxandra, es bedeutet mir sehr viel, dass wir das auf diese Weise klären können."

„Mir bedeutet es auch viel", warf Liana ein, um nicht übergangen zu werden.

In Luxandras Blick las sie Anerkennung.

Diese atmete durch und nickte. „Gut. Also lasst uns eine Lösung finden." Sie schlüpfte aus ihrer Bluse.

Auch Toma nickte. Dann tat er es ihr nach und stieg aus seinen Stiefeln. Liana schloss sich an. Die zu erwartende Atmosphäre war vielversprechend. Gemütliches Beisammensein, etwas zu essen, kein wütend aufstampfender Orest in der Nähe. Liana wüsste nicht, was in diesem Rahmen noch schiefgehen könnte.

Luxandra war die Erste, die sich bis auf die Haut ausgezogen hatte. „Ich gehe schon mal rein", merkte sie an und entschwand durch die vom Brand geschwärzte Tür in den Hauptraum. Kurz darauf vernahm Liana das Laufen von Duschwasser.

Toma zog die Brauen hoch. „Ich hoffe, ich werde da drin meine Sinne beisammenhalten können. Und mich ... nun, beherrschen." Er entledigte sich seiner Unterhose, und Liana war klar, worauf er anspielte.

„Falls doch nicht, macht nichts", erklärte sie ihm grinsend. „Ist Florin auch passiert."

Zur bildlichen Verdeutlichung richtete sie einen Zeigefinger steil nach oben.

Toma kräuselte die Lippen, wurde dann aber schnell ernst. „Für Achile ist das sowas wie eine Bewährungsprobe", sagte er. „Von ihm und Luxandra geht die Initiative aus. Orest billigt es bestenfalls. Das heißt, die beiden müssen sich ihm gegenüber beweisen. Das müssen wir im Hinterkopf behalten." Er nahm einen tiefen Atemzug und sah Liana in die Augen. „Ich bin froh, dass du dabei bist. Wirklich, es bedeutet mir viel, dass du für unsere Familie eintrittst. Teresa kann froh und dankbar sein, eine so gute Freundin gefunden zu haben."

Liana schluckte verlegen. „Danke, dass du das sagst."

Toma lächelte. „Ich meine es auch so."

Liana nickte vage. „Du meinst immer, was du sagst, nicht?"

Anstatt zu antworten, intensivierte Toma sein Lächeln.

Liana schloss sich an und zog zuletzt noch BH und Slip aus. „Bereit, wenn du es bist."

Dieses Mal wäre Liana auch vorangegangen, doch das übernahm Toma. Er drückte die Tür am Bügel nach innen auf und trat ein.

Luftfeuchtigkeit war durch die fortwährende Zirkulation durch das Loch im Gebälk und das kaputte Fenster kaum vorhanden. Trotzdem umfing Liana eine wohlige Wärme, wenngleich die Fliesen unter ihren Füßen sie vermissen ließen. Liana hatte im weitesten Sinne verstanden, wie das System dieses Hauses funktionierte. Die Unterbodenerwärmung war durch den beschädigten Boden wahrscheinlich gar nicht mehr möglich.

Luxandra stand unter der einzigen Dusche gleich am Eingang. Toma wollte daran vorbeigehen, aber Liana hielt ihn zurück.

„Erst duschen", klärte sie ihn flüsternd auf.

Er blieb stehen und schaute sich mit merklichem Staunen um. Das tat auch Liana und registrierte ein paar Veränderungen. Zum einen war das angebrannte Holzregal hinausgeschafft worden, das sich gestern noch der Dusche angeschlossen hatte. Schürholz zum Nachlegen fand sich nun am Boden neben dem Kamin aufgeschichtet. Zwischen Kamin und Zuber, wo das

Dach heruntergekommen war, lag ein Holzsteg den Bodenfliesen auf und verdeckte die schadhaften und eingebrochenen Stellen. Darüber befand sich das Loch in der Decke. Den noch übrigen Teil des gebrochenen Querbalkens stützte nun ein senkrecht gesetzter Holzpfeiler, der zwischen Unterboden und Dach hineingeklemmt worden war. Dahinter befand sich auf dem gemauerten Sockel der Zuber. Achile und Florin blickten ihnen daraus entgegen. Liana winkte, und Florin erwiderte die Geste.

Toma wiederum begutachtete das kaputte Fenster. Draußen lag der beschattete Hof.

„Zuerst kam ein Stein durchgeflogen“, sagte Liana. „Dann die Brandsätze.“

Toma äußerte sich nicht, aber sein verbissener Ausdruck sprach Bände. Vermutlich dachte er gerade an seine Hausgäste.

Hinter ihnen stellte Luxandra das Wasser ab und stieg aus dem angekokelten flachen Zuber, der als Duschwanne fungierte. „Die Dusche gehört euch“, lud sie freundlich ein.

„Danke“, sagte Liana und nahm ihren vormaligen Platz ein.

Toma rang sich ein Lächeln ab und stieß hinzu, während Luxandra sich tropfnass Richtung Zuber entfernte.

Das Wasser aus dem Hahn unter der Decke prasselte angenehm warm auf Liana herab. Seine Fallrichtung war unveränderbar. Damit auch Toma Wasser abbekam, musste sie beiseite rücken, was aufgrund der komfortablen Größe der Holzwanne kein Problem war. Ein aufgehängtes Leinentuch bot etwas Sichtschutz zu den Zuberinsassen, Lianas Ansicht nach durchaus ein Komfort. Sie seifte sich rasch ein und reichte das Stück an Toma weiter.

„Müssen wir uns noch über irgendeinen Punkt absprechen?", fragte sie leise.

Toma verneinte. „Wir haben nichts zu verbergen. Ich werde meine Entscheidungen darlegen und begründen. Dann sehen wir weiter."

Wahrscheinlich die beste Strategie, befand Liana. Nur mit unverstellter Offenheit konnte man verlorenes Vertrauen zurückgewinnen.

Toma stellte das Wasser ab, atmete durch und strich sich die feuchten Haare glatt nach hinten. Äußerlich wirkte er gefasst. Seine Bewegungen waren ruhig und unaufgeregt. Liana kannte ihn jedoch inzwischen gut genug, um hinter seiner Fassade eine gewisse Unrast zu bemerken.

„Was auch gerade alles zwischen Totans und Silberhains stehen mag", flüsterte sie, „wir sind hier unter Freunden. Wir müssen sie nur daran erinnern."

Er musterte sie und nickte schließlich. „Gehen wir zu ihnen."

Liana spürte einen Luftzug auf ihrer nassen Haut, kaum, dass sie sich in Bewegung gesetzt hatte. Damit musste man sich hier drin wohl erstmal arrangieren, bevor nicht wenigstens eine der Öffnungen wieder abgedichtet wäre. Sie und Toma hielten auf den Zuber und damit auch auf den Bretterteppich zu, der die kaputten Fliesen bedeckte.

„Fühlt euch wie zu Hause unter unserem *bescheidenen Dach*", bemerkte Florin genüsslich grinsend.

Liana schenkte ihm ein Schmunzeln und bestaunte durch das Loch über ihnen die Felswand und einen leicht bewölkten Himmel.

Toma ging nicht darauf ein und hielt zwei Schritte vor dem Zubersockel inne. „Ich grüße euch."

Natürlich, ein Silberhain würde da nicht, ohne eine ausdrückliche Aufforderung abzuwarten, hineinsteigen, das gebot die Höflichkeit.

Achile sprach die Einladung aus. „Bitte", sagte er mit einer weichen Geste zur Einstiegsleiter. „Kommt rein und macht es euch gemütlich." Freundliche Worte, freundlicher Tonfall, bewertete Liana. Auch schaute Achile zugänglicher drein als noch vor ein paar Stunden am Außentor der Silberhains.

„Ich bin beeindruckt", bekannte Toma seinen Gastgebern, als er die Leiter erklomm. „Ich hatte eine grobe Vorstellung davon, aber meine Erwartungen werden gerade übertroffen."

Toma war niemand, der so etwas nur der Gefälligkeit wegen sagte, und das wussten hoffentlich auch die anderen. Er zog den Kopf ein wenig ein, um sich nicht an der ziemlich niedrig hängenden Decke den Kopf zu stoßen, übertrat die Kante und stieg ins Wasser.

„Nach einem Sprung in den Schnee weiß man es noch mehr zu schätzen", meinte Luxandra.

Toma war im Zuber, nun stieg Liana die Leiter hinauf. „Das kann ich mir vorstellen", sagte sie und übergab sich ebenfalls dem angenehm temperierten Wasser. Fünf Personen hatten im Zuber keine Raumnot, und neben Achile hatten ihnen ihre Gastgeber ausreichend

Platz auf der Rundbank entlang der Zuberwand gelassen. Toma hatte sich bereits gesetzt, Liana rückte zu ihm auf.

„Dieses Haus hat viele Jahre auf dem Buckel", sagte Achile. „Wir werden es eingehend auf Schimmel untersuchen, bevor wir entscheiden, was daraus wird." Er warf einen Seitenblick auf seinen Schwager. „Möglicherweise stellt es sich noch als Segen heraus, dass wir durch diesen Vorfall dazu gezwungen sind."

Das war eine vielversprechende Einstellung, befand Liana und erinnerte sich, dass auch Florin von Glück im Unglück gesprochen hatte.

„Das entschuldigt aber natürlich nicht die Tat", fuhr Achile an Toma gewandt fort. „Und auch nicht, was seither vorgefallen ist."

Keine weitere Plauderei also. In den Augen der Totans hatten sich die Silberhains mitschuldig gemacht. Es war Zeit, das zu bereden und aus der Welt zu schaffen.

Da Toma schwieg, brachte sich Liana ein. „Glaubt nicht, dass wir es uns einfach gemacht hätten. Es galt … so vieles zu berücksichtigen. Und ich weiß bis heute nicht, ob unsere Entscheidungen richtig waren."

„Meine Entscheidungen", korrigierte Toma sie milde. „Es waren meine Entscheidungen." Damit drehte er den Kopf Achile zu. „Doch ja, es gab mehrere Aspekte zu berücksichtigen. Bis zu Zeiten unseres Großvaters Rudolf waren Silberhains und Juneskrogs geschäftlich und wohl auch freundschaftlich eng verbunden. Großvater Rudolf hat uns, seinen Nachkommen, eine Pflicht auferlegt, von der ich erst seit vorgestern weiß."

„Es kann wohl kaum eure Pflicht sein, Feuerteufeln Unterschlupf zu gewähren“, hielt Achile dagegen.

„Du hast recht“, entgegnete Toma. „Oder sagen wir, du hättest recht. Wenn es denn so einfach wäre. Unseren bisherigen Erkenntnissen nach waren Dina Juneskrog und ihr Lebensgefährte Ilia für die Brandattacke verantwortlich. Ihr habt sie gestern beide aufgespürt und in diese Schlucht gejagt. Dina hat sich dabei verletzt.“

„Ihre Verletzung bedauere ich nicht“, erwiderte Achile mit harter Miene. „Ich bedauere, dass ihr diesen Leuten Unterschlupf gewährt.“

„Da ist schon das erste Missverständnis“, warf Liana ein. „Nur Dina ist bei uns. Der andere Kerl nicht. Wir wissen nicht, was aus ihm geworden ist. Vielleicht liegt er noch immer in dieser Schlucht. Bei uns ist nur Dina. Ihr Bruder hat sie angeschleppt, weil er nicht wusste, wohin er sie sonst bringen sollte.“

Achile musterte sie, Florin und Luxandra tauschten einen Blick. Im Detail war ihnen das neu. Die Dörfler hatten ihnen nur berichten können, dass das fremde Auto schon wieder zu den Silberhains gefahren war.

„Wie dem auch sei, die beiden sind uns Rechenschaft schuldig“, sagte Achile. In seinem Blick lag etwas Unerbittliches, das Liana ein flaues Gefühl im Magen verursachte. „Und wenn ihr sie als Gäste aufnehmt, dann seid auch ihr das.“

Toma nickte einsichtig. „Das ist mir bewusst. Und deshalb bin ich hier. Ich habe Dina Juneskrog aufgenommen, weil ich niemanden an unserer Haustür abweisen kann, der medizinische Hilfe braucht. Ihr Bruder Nicolai ist schon gestern bei uns gewesen. Teresa hat

ihn mitgebracht, nachdem er im Dorf verprügelt worden ist.“

Die Gesichter ihrer Zuhörer verrieten, dass ihnen das
alles andere als neu war.

„Nicolai Juneskrog hat mit dem Brand nichts zu tun“,
beteuerte Liana und hoffte, sich damit nicht zu weit aus
dem Fenster zu lehnen. „Er hat nur reden wollen. Und
er hat schockiert gewirkt, als wir ihm vo-“

„Wisst ihr das oder glaubt ihr das?“, schnitt Achile sie
ab.

„Er gehört zu denen“, brachte sich Luxandra ein, als
wäre damit alles gesagt.

Florin, der zwischen den Totan-Geschwistern saß,
enthielt sich eines Kommentars, aber Achile pflichtete
seiner Schwester bei.

„Wieso setzt ihr euch für ihn ein?“, fragte er streng
und vornehmlich an Toma gerichtet. „Ich verstehe es
nicht. Wir alle verstehen es nicht.“

Toma setzte ein leidliches Lächeln auf. „Mich für ihn
einzusetzen, hat nie in meiner Absicht gelegen“, sagte
er matt. „Es ist frustrierend, aber ich muss wohl oder
übel einsehen, dass es sich nun dahin entwickelt hat.“

„Was ist das für eine Pflicht, die euch euer Großvater
auferlegt hat?“, fragte Luxandra nicht minder streng als
ihr Bruder. „Hat sie mit diesem Haus zu tun?“

„Nicht direkt“, antwortete Toma. „Aber gewissermaßen hat alles mit diesem Badehaus angefangen, lange
vor unser aller Geburt. Wir haben einiges herausgefunden, aber –“

„Sowas haben wir uns schon gedacht“, raunte
Luxandra. „Es hat eine besondere Bedeutung für eure
Gäste.“

Mehr eine Feststellung als eine Frage, und Toma bestätigte sie ihr. „Ihr Großvater hat es gebaut. In den Kindestagen ihres Vaters, nachdem die Familie durch Gold zu Wohlstand gekommen war. Für den einzigen Sohn, Martin Juneskrog, war dieses Haus wohl sowas wie ein Denkmal für die bewundernswerten Fertigkeiten seines Vaters. Und sein Vermächtnis."

„Um das er sich betrogen fühlte", vervollständigte Florin.

Toma nickte sacht. „So ist es. Die Juneskrogs sind damals enteignet und von hier vertrieben worden."

„Also eine Rachegeschichte?", folgerte Florin ungläubig. „Die wollen sich für die Enteignung von damals rächen?"

„Dazu hat Dina Juneskrog nichts gesagt", entgegnete Toma. „Aber es liegt nahe."

„Es liegt nahe?", erwiderte Achile verständnislos. „Nein, tut es nicht, es ist Unfug. Was können wir für die Geschehnisse von damals?"

„Nichts", sagte Liana traurig. „Ihr könnt nichts dafür. Und darum ging es denen wahrscheinlich auch gar nicht. Die wollten Dampf ablassen. Dieses Badehaus war wegen seiner Geschichte anscheinend ein verlockendes Ziel für sie."

Luxandra starrte angewidert aufs Wasser, Florin zog die Augenbrauen hoch. Achile wiederum wirkte nicht recht überzeugt. Wahrscheinlich ahnte er, dass noch mehr hinter der Geschichte steckte.

„Es ist wirklich bemerkenswert", sagte Toma und schaute sich nochmal aufmerksam im Raum um. Auf dem Liegepodium blieb sein Blick einen Moment länger haften. Zuletzt besah er sich den ausladenden Steinofen mit der offenen Feuerstelle. „Da oben drin ist der Wasserkessel, vermute ich."

Florin bestätigte seine Annahme. „Er ist durch den Zulauf vom Bach immer voll. Das Wasser für den Zuber wird ganz unten abgelassen, wo es am heißesten ist. Das für die Dusche weiter oben. In die Jahre gekommen, aber bis heute unverwüstlich. Der Boden ist ein Hypokaustum."

Diese Bezeichnung hörte Liana zum ersten Mal, aber Toma schien damit etwas anfangen zu können. „Die Bodenfliesen liegen Steintürmen auf", folgerte er.

Achile nickte. „Willst du es sehen?", bot er an.

„Sehr gern", entgegnete Toma nach kurzem Zögern, und Liana war dankbar, dass ihnen damit eine thematische Atempause winkte. Zum Gesamtbild, auf das sie und Toma setzen wollten, gehörte auch, dass Lothar Juneskrog erschossen worden war. Hier auf diesem Gehöft. Und womöglich gar unter Zutun eines Totans. Das ihren Gastgebern näherzubringen, würde sicher nicht einfach.

***

Achile stieg aus dem Zuber, Toma folgte. Der provisorische Holzsteg nahm gleich neben der Leiter und dem senkrecht gesetzten Balken seinen Anfang.

„Pack mit an", sagte Achile.

Die beiden Männer hoben die aneinander gezimmerten Dielen ein Stück an und hievten sie weit genug beiseite, um den schadhaften Bereich offenzulegen. Liana

war der Anblick nicht neu. Wo der Boden durchgebrochen war, offenbarte sich der Unterboden mit seinen
groben Steinsäulen. Auch drumherum wies eine Handvoll Fliesen deutliche Risse auf.

Toma warf prüfende Blicke in das Loch und zum
Feuer, dann sah er zu Achile. „Der Herd liegt zwar tiefer, aber erwärmte Luft steigt nach oben. Wie leitet ihr
sie in den Schnürkanal?"

„Indem wir die Feuerstelle deckeln", antwortete
Achile und wandte sich zum Steinofen.

Liana konnte nicht sehen, was er dort machte, doch
er löste einen quietschenden Mechanismus aus, und als
er den Blick auf die Feuerstelle wieder frei gab, sah sie
anstelle hochschlagender Flammen eine schwarze
Platte. Nur ganz hinten an der Kaminwand züngelten
noch ein paar daran vorbei. Liana glaubte, zu verstehen. So konnte die warme Luft nicht mehr nach oben
steigen und breitete sich stattdessen unter den Fliesen
aus.

Auch Toma wirkte beeindruckt. Er wechselte auf die
andere Seite des Loches, kniete sich an den Rand einer
heil gebliebenen Fliese und streckte eine Hand hinab.
Sein würdigender Ausdruck war Liana Information genug, was er dort nun spürte. „Erstaunlich effizient",
kommentierte er.

Achile betätigte den Mechanismus erneut und gab die
Feuerstelle wieder frei. „Auch Rauch zieht unter die
Fliesen", sagte er. „Deshalb müssen wir darauf verzichten, solange der Boden nicht ausgebessert ist." Er trat
zu Toma, der sich wieder aufrichtete.

„Und jetzt sag mir", verlangte Achile bestimmt, „ist die Freundschaft unserer Familien auch so unterhöhlt und löchrig wie dieser Boden?"

Damit hatte er Toma, wie zweifellos beabsichtigt, kalt erwischt. Toma wirkte überfahren. Doch er fasste sich schnell wieder.

„Nein, ist sie nicht, Achile", antwortete er ruhig. „Sie steht auf festem Grund, was mich und Teresa betrifft."

Achiles Augenlider zuckten nach oben. „Tatsächlich? Dafür verhaltet ihr euch sehr sonderbar."

Toma ließ sich nicht in die Defensive drängen. „Das kann ich nicht abstreiten", lenkte er ein. „Und ich verstehe, dass ihr irritiert seid."

„Enttäuscht trifft es eher", warf Luxandra ein.

„Das tut mir leid, Luxandra", sagte Toma und schenkte ihr einen verständnisvollen Blick, bevor er sich wieder an Achile wandte. „Sehr sogar. Denn was Teresa, Liana und mich angeht, steht nichts zwischen uns und euch."

Achile musterte ihn und nickte schließlich gemessen. „Das freut mich zu hören. Dann werdet ihr uns jetzt sicher erklären, was ihr diesen Juneskrogs schuldet, was euer Großvater euch für eine Pflicht auferlegt hat und warum ihr uns dafür übergeht." Er überwand die Holzdielen und fuhr herum. „Na los, pack nochmal mit an."

Die beiden Männer hoben den Steg auf seinen vorherigen Platz zurück. Die Strenge war aus Achiles Miene gewichen. Nichtsdestotrotz hatte er gerade ziemlich eindrucksvoll klargestellt, dass hier nach seinen Regeln gespielt wurde. Und Toma war taktvoll genug, daran nicht zu rütteln.

Toma und Achile stiegen in den Zuber zurück, und einmal mehr war Liana dankbar, dass Orest diesem Treffen nicht beiwohnte. Härte und Unnachgiebigkeit waren auch Achile und Luxandra zu eigen, aber anders als ihr Vater konnten sie auch zuhören.

„Ich begreife diese Leute nicht", sagte Florin. „Die wollten das Badehaus ihres Großvaters niederbrennen, na gut, meinetwegen. Aber die müssen doch bemerkt haben, dass da jemand drin war. Trotzdem haben sie weitergemacht. Weshalb? Wofür?"

„Vielleicht sollten wir bei dem Brief anfangen", schlug Liana Toma vor. „Den du gefunden hast, während Teresa und ich hier gewesen sind."

Toma war einverstanden und spannte den Bogen zu dem Tag, an dem die Juneskrogs erstmals bei den Silberhains vorstellig geworden waren. Er erzählte von den Einträgen in den alten Familiengeschäftsbüchern und schließlich von dem Brief, der viele Jahre lang vergessen unter einem Stapel von Dokumenten gelegen hatte.

„Lothar Juneskrog muss ihn meinem Großvater anvertraut haben. Mit der Bitte, ihn auszuhändigen, sobald ein Juneskrog danach fragt. Leider ist diese Pflicht mit den Jahren und Jahrzehnten in Vergessenheit geraten. Bald nach diesem Treffen unserer Großväter vor so vielen Jahren sind die Juneskrogs enteignet und Lothar Juneskrog ermordet worden. Nicolai Juneskrogs Darstellung nach hat Lothars einziger Sohn Martin durch das Küchenfenster zusehen müssen, wie sein Vater draußen im Hof erschossen wurde."

Liana hätte an dieser Stelle anmerken können, dass Walfa diese Ereignisse nicht unbekannt waren, aber das unterließ sie.

Ein paar Augenblicke lang war es still, dann meldete sich Florin zu Wort. „Von wem erschossen?"

„Schergen des Regimes wahrscheinlich", antwortete Toma.

„Tragisch und traurig", meinte Luxandra kühl. „Aber nichts davon erklärt, warum ihr Brandstiftern bei euch Unterschlupf gewährt."

Daraufhin beteuerte Toma wie vormals schon Liana, dass sie zumindest Nicolai Juneskrog für unbeteiligt an dem Anschlag hielten und sie Dina Juneskrog nur deshalb aufgenommen hatten, weil sie medizinische Hilfe benötigte.

„Sie werden sich ihrer Verantwortung nicht entziehen", versicherte Toma. „Wir werden Dina keinesfalls gehen lassen. Nicolai hat ohnehin nicht vor, zu verschwinden. Er hat mich gebeten, für ihn Kontakt zu euch herzustellen."

„Du hast Mutter am Telefon etwas von einem Goldversteck erzählt", sagte Luxandra. „Und dass dieser Nicolai uns einen Handel vorschlagen will. Warum sollten wir uns auf einen Handel mit einem Brandstifter einlassen?"

„Nicolai ist keiner", erinnerte Liana sie.

„Davon bin ich nicht überzeugt", sagte Achile. „Was wir in deren Zelt gefunden haben, spricht eine deutliche Sprache."

Das war der Punkt, der auch Liana und den Silberhains zu denken gab. Nicolai war offensichtlich blind dafür gewesen, was seine Mitfahrer alles bei sich hatten. Oder er hatte es sein wollen.

„Und selbst wenn er nichts damit zu tun hätte“, fuhr Luxandra fort, „weshalb sollten wir uns auf einen Handel einlassen? Wo dieses Gold doch aus unserer Mine stammt.“

„Als es geschürft worden ist, war es noch keine Totan-Mine“, entgegnete Toma. „Gefunden kann es außerdem nur werden, wenn ihr zusammenarbeitet.“

„Ist dieser Brief der Schlüssel dazu?“, fragte Florin.

„Das ist er“, bestätigte Toma. „Aber er ist nutzlos ohne eine weitere Information.“ Seine Lippen formten ein vorsichtiges Lächeln. „Eine Information, die sich in diesem Haus befindet.“

Dafür erntete er erstaunte Blicke.

„Wo soll hier denn eine Information sein?“, fragte Luxandra.

„Dazu komme ich, wenn ihr auf Nicolais Vorschlag eingeht“, sagte Toma. „Die Information allein ist nutzlos. Der Brief auch. Nur beides zusammen führt zu diesem Versteck.“

Florin grinste. „Eine Schatzsuche. Jedes Kind träumt davon.“

Luxandra wirkte weniger angetan.

„Du verhandelst jetzt also im Namen eures Gastes“, fasste Achile argwöhnisch zusammen. „Erwartet er dafür, ungeschoren gelassen zu werden?“

„Er will sich nicht freikaufen“, erwiderte Liana. „Wieso sollte er auch, wenn er doch an dem Anschlag gar nicht beteiligt war? Ihr könnt ihn nicht für das verantwortlich machen, was seine Schwester und ihr gewalttätiger Freund angerichtet haben.“

Liana fühlt sich alles andere als wohl dabei, Nicolai Juneskrog zu verteidigen, doch fand sie, dass das getan werden musste. Die Totans machten es sich zu leicht mit Schuldzuweisungen.

„Nun gut", sagte Achile gewogen. „Wie also lautet sein Vorschlag?" Da war kaum noch Strenge in seinem Blick, auch nicht in seiner Stimme, trotzdem strahlte er eine bemerkenswerte Autorität aus.

Die Antwort gab Toma. „Die Hälfte für euch, die andere Hälfte für ihn und Dina."

Achile hob kurz die Augenbrauen. „Aber nichts für euch?", fragte er.

Toma schüttelte sacht den Kopf.

„Der Angriff auf unseren Hof ist dadurch nicht vergessen", stellte Achile klar.

„Nein, ist er gewiss nicht", bestätigte Toma. „Liana hat es schon gesagt, niemand kauft sich frei. Ihr könnt bei diesem Handel also nur gewinnen."

„Von wie viel Gold sprechen wir?", fragte Luxandra.

Toma zuckte mit den Schultern. „Ich habe den Brief nicht gelesen."

„Uns die Hälfte davon anzubieten, ist durchaus großzügig", bemerkte Achile. „Wir können wohl davon ausgehen, dass da das schlechte Gewissen dieses Herrn Juneskrog mit einfließt."

„Das und Tomas gute Zurede", warf Liana schmunzelnd ein.

Toma kräuselte ebenfalls die Lippen. „Nach allem, was vorgefallen ist", sagte er, „bin ich davon ausgegangen, dass Orest alles weniger als die Hälfte als Beleidigung auffassen würde."

Das zauberte Achile sogar ein Lächeln auf die Lippen.

„Damit könntest du recht haben", bemerkte Florin und fiel dem ebenfalls anheim.

Nur Luxandra konnte sich der Erheiterung nicht recht anschließen. „Wir wollen die Täter", stellte sie klar. „Kein Gold der Welt wird daran etwas ändern. Die werden nicht einfach davonkommen. Und Vater wird es zuwider sein, mit denen ein Geschäft zu machen. Mir übrigens auch."

„Vielleicht solltet ihr es nicht als Handel oder Geschäft betrachten", schlug Liana vor. „Sondern als eine Form der Wiedergutmachung."

„Tja, nur macht es nichts wieder gut", erwiderte Luxandra und sah grimmig zur beschädigten Decke hoch. „Aber immerhin, das Gold könnte uns ein wenig entschädigen." Ihr Blick wanderte wieder zu Liana und Toma. „Ich würde mich auf diese *Wiedergutmachung* einlassen. Das letzte Wort dazu aber hat Vater."

***

Die Atmosphäre hatte sich in den vergangenen Minuten merklich entspannt, worüber Liana sehr glücklich war. Die Dinge entwickelten sich gut – und vor allem harmonisch. Achile pflichtete seiner Schwester bei, einen Teil des Goldes als Wiedergutmachung zu akzeptieren. Letztlich aber, das war den Geschwistern klar, würde es auf Orest und Walfa ankommen, ob sich die Totans auf Nicolais Angebot einließen oder nicht. Solange gewährleistet war, dass sich die Juneskrogs damit nicht aus ihrer Verantwortung zogen, sah Achile nicht, was dagegenspräche, wie er darlegte. Allenfalls die notorische Sturheit seines Vaters, die aber gewiss zu überwinden wäre.

Bedeutender als das aber empfand Liana, dass sich Totans und Silberhains wieder annäherten. Quälende Missverständnisse hatten ausgeräumt werden können, und beide Seiten brachten Einsicht und Akzeptanz für das Verhalten der anderen auf. Liana konnte nachvollziehen, dass sich die Totans von ihnen übergangen fühlten, Achile wiederum sah ein, dass Toma heute Morgen gar nicht anders konnte, als Nicolai und seine verletzte Schwester in sein Haus aufzunehmen. Die Zeichen standen auf Versöhnung, und das war Lianas Ansicht nach dem geschuldet, dass allen Anwesenden ihre Freundschaft wichtiger war, als die Reputationen ihrer Familiennamen zu verteidigen.

„Okay, liebe Leute, gehe ich also recht in der Annahme", fasste sie zusammen – denn sie wollte sich versichern, „dass wir uns jetzt wieder vertragen? Dass wir allen Unmut und Ärger besprochen und aus dem Weg geräumt haben und wieder Freunde sind?"

So schien es. Niemand widersprach, und sie schaute in wohlmeinende Mienen. Selbst die von Luxandra hatte sich aufgehellt.

Achile hob die rechte Hand aus dem Wasser. „Was mich anbelangt", sagte er und schwenkte sie zu Toma, „steht nichts mehr zwischen Totans und Silberhains."

Sichtlich erfreut nahm Toma die Hand an und drückte sie.

„Yeah!", jubelte Liana, und da es ihr etwas unangebracht erschien, über Achile, Florin oder Luxandra herzufallen, hob sie ihre Hand für ein High-Five mit Toma.

Toma aber schien nicht recht zu verstehen, was sie wollte. Sie zog ihre Hand wieder zurück.

Das wichtigste Ziel ihres Besuchs war erreicht. Besser hätte es kaum laufen können. Den Verdienst dafür trugen vornehmlich die jungen Totans. Achile und Luxandra hatten sich gegen ihre Eltern durchgesetzt und ihnen diesen beschaulichen Rahmen ermöglicht. *Lang lebe das Badehaus*, dachte Liana. Hoffentlich konnte es repariert werden.

„Wir besprechen uns nachher mit unseren Eltern", stellte Achile in Aussicht. „Wenn sie dem ebenfalls zustimmen, wovon ich ausgehe, kann Nicolai Juneskrog mit seinem Brief bei uns vorstellig werden."

„Wo ist denn nun diese Information versteckt?", fragte Florin. „Finden wir die? Oder brauchen wir dazu erst diesen Brief?"

Toma schüttelte den Kopf. „Nein, diesen Teil hat mir Nicolai verraten."

„Genauer gesagt", ergänzte Liana salbungsvoll, „hat Toma ihm dieses Puzzlestück unerbittlich abgerungen."

„Ich wollte etwas in der Hand haben, wenn ich schon den Laufburschen für ihn spiele", bestätigte Toma und wandte sich an Liana. „Möchtest du es verraten?"

Dem kam Liana mit Vergnügen nach. „Es ist eine Fliese auf dem Podium", verkündete sie den anderen. „Nicolai sagte, eine davon sei locker, und auf ihrer Unterseite wäre die Information zu finden."

Achile hob erstaunt die Augenbrauen. „Eine lockere Fliese ist mir nie aufgefallen. Aber die Dinger liegen ja auch schwer auf."

Luxandras Lippen formten ein Grinsen. „Wer hat Lust auf eine Schatzsuche vor dem Abendessen?"

Darüber brauchte nicht abgestimmt zu werden. Nacheinander stiegen sie aus dem Zuber und begaben sich zu dem Liegepodium an der hinteren Stirnseite. Mehrere Holzeimer und die Blechwanne standen darauf verteilt. Liana dachte an vorgestern, als sie hier umgeben von Verwüstung ihre Wunden geleckt hatten. Durch eins der intakten Fenster warf sie einen Blick zum Hof hinaus. Der gesamte Talarm lag inzwischen im Schatten, aber der Himmel war noch makellos blau und die Dämmerung fern. Orest oder Walfa waren nicht zu sehen.

„Welche mag es sein?", stellte Achile zur Diskussion. „Als Kinder sind wir darauf herumgetollt. Inzwischen tun es meine Kinder. Vielleicht die ganz in der Ecke?"

Die Decke hing zu niedrig, als dass Erwachsene auf der Fläche aufrecht stehen konnten, insofern kam Lianas Einschätzung nach jede Fliese in Frage. Vielleicht nicht gerade eine am vorderen Rand des Podiums.

„Klopfen wir sie ab", schlug Florin vor. „Vielleicht klingt eine hohler als die anderen."

So gingen sie vor, nachdem Wanne und Eimer beiseite geräumt waren, doch führte das vor allem zu schmerzenden Fingerknöcheln. Unterschiedliche Klangfarben stellte niemand fest. Liana überlegte sich, ob die fragliche Fliese nach so vielen Jahren auch nicht einfach wieder festgewachsen war.

Toma empfahl eine andere Herangehensweise. „Drückt an gegenteiligen Ecken und versucht, sie zu wippen."

Liana ging ihr Segment Fliese um Fliese noch einmal durch und versuchte es auf diese Weise, doch keine wollte sich bewegen lassen. Auch die Fugen schienen überall gleich beschaffen. Sie sah auf, als Achile meinte, fündig geworden zu sein. „Doch, tatsächlich", ergänzte er. „Die hier könnte es sein."

In der vorletzten Reihe vor der Stirnwand glaubte er, die fragliche Fliese gefunden zu haben. Toma und Luxandra begaben sich hinzu. Gemeinsam versuchten sie, die Platte mit ihren Fingerspitzen herauszuziehen. Doch das gestaltete sich nicht einfach.

Luxandra fuhr herum. „Florin, hol nebenan zwei Messer."

Die Tür in den hinteren Anbau befand sich gleich neben dem Liegepodium. Florin eilte hinaus und kam nur Sekunden später mit zwei Besteckmessern zurück. *Da drüben wartete also das Büfett auf,* dachte Liana vergnügt und freute sich schon darauf.

Mit Hilfe der beiden Messer gelang es, die Fliese weit genug hochzuhebeln, sodass Achile sie herausheben konnte. Er stellte sie auf die Kante und wischte an der Unterseite Ruß ab.

„Lass sehen", verlangte Luxandra ungeduldig. „Steht da was drauf? Sag schon."

„Mal sehen", murmelte Achile. „Ja, da steht etwas. Nicht viel, aber da ist was eingeritzt."

Damit auch Liana und Florin einen Blick darauf werfen konnten, legte er die Platte zentriert zwischen ihnen ab. Die fünf scharten sich drum herum.

„Von dieser Seite", meinte Toma und drehte die Fliese ein wenig. „So ist es leserlich. Es sind Buchstaben."

Liana sah zunächst nur, dass die untere Seite der Platte rauer war als die obere. Jene Stelle, kaum größer als ein oder zwei Zentimeter, wo jemand offenbar etwas mit einem feinen Beitel eingestanzt hatte, bemerkte sie erst, als Florin mit dem Finger darauf deutete.

„Fünf Buchstaben", sagte er und schaute ratlos in die Runde. „*I I W S N*. Was könnte das bedeuten?"

Die Fliese wurde reihum gedreht, damit jeder Gelegenheit hatte, die Zeichen zu entziffern. Auch Liana identifizierte zwei *I*, ein *W*, ein *S* und ein *N*. Zwischen dem *W* und dem *S* klaffte eine kleine Lücke. Sie konnte sich keinen Reim darauf machen.

„Wahrscheinlich braucht man den Brief, um das zu verstehen", vermutete Florin.

„Moment mal, nein, überhaupt nicht!", widersprach Luxandra aufgeregt und rückte sich neben Liana nochmal in Position. „Das sind keine *I*, das sind Einsen! Und das ist kein *S*, sondern eine Fünf! Da steht *11W 5N*."

Liana ging ein Licht auf. In dem Brief stand irgendetwas von dieser tausendjährigen Eiche. Die musste den Ausgangspunkt markieren. „Elf Schritte nach Westen, dann fünf Schritte nach Norden", tat sie ihre Überlegungen kund.

„Wohl eher Meter", sagte Achile. „Dieser Mann war ein Baumeister und hat exakt nach Maß gearbeitet." Er lächelte. „Gute Arbeit. Jetzt brauchen wir nur noch den Anfangspunkt."

„Den man wahrscheinlich dem Brief entnehmen kann", bemerkte Toma.

Vermutlich dachte er dasselbe wie Liana. Diese alte Eiche war der Ausgangspunkt. Doch das nun einzubringen, wäre nicht rechtens. Der Ausgangspunkt war nun alles, was Nicolai Juneskrog noch als Faustpfand blieb.

„Die hier brauchen wir dann ja nicht mehr", meinte Achile und nahm die Fliese auf, um sie wiedereinzusetzen. „Mehr kann ich ihr jedenfalls nicht entnehmen."

Liana nutzte die Gunst des Moments, um einen neugierigen Blick in das quadratische Loch zu werfen. Sie sah, was sie erwartet hatte. Das Prinzip war dasselbe, nur dass die Steinsäulen hier über einen Meter hoch waren und nicht nur vierzig Zentimeter wie sonst überall. Sie ragten vom vage zu erahnenden Unterboden herauf und boten an den vier Ecken die nötigen Auflageflächen für die Fliese. Dazwischen gähnte Leere.

Luxandra gesellte sich dazu und sah es sich ebenfalls an. „Diesen Platz hier zu haben, dieses Haus", sagte sie wie in Andacht, „ist für mich all die Jahre selbstverständlich gewesen. Inzwischen nicht mehr." Sie lächelte verhalten. „Lothar Juneskrog also. Das ist der Name des Mannes, der es gebaut hat. Ein kluger und findiger Mensch, offensichtlich. Ich bin ihm dankbar. Sich mit der Bauweise des Hauses vertraut zu machen, fühlt sich ein bisschen so an, als würde ich ihn kennenlernen. Klingt wahrscheinlich komisch."

„Nein, keineswegs", entgegnete Liana. „Tut es ganz und gar nicht."

„Wenn ihr dann gestatten würdet", bat Achile.

Liana machte ihm Platz, die Fliese wiedereinzusetzen,
und zog sich zum Podiumsrand zurück, wo Toma wartete. Sie schaute sich nach Florin um, der verschwunden war.

„Er holt etwas zum Anstoßen", erklärte Toma.

Dem war auch Liana nicht abgeneigt. Ihre wiederge-
wonnene Freundschaft und die erfolgreiche Suche
durften durchaus begossen werden.

Kapitel 16: Der Bergteufel

Die Fliese saß wieder, und auch Achile und Luxandra stiegen vom Podium. Ihr heiterer Austausch drehte sich um ihre Eltern – und, dass wohl auch ihr Vater diese Information noch begutachten würde.

Toma griff den Faden auf. „Walfa und Orest haben uns nicht gerade mit offenen Armen empfangen. Ich nehme an, wäre es nach ihnen gegangen, würden wir jetzt nicht hier stehen."

Der Blick, den Achile und Luxandra tauschten, war vielsagend.

„Würden wir nicht", stellte Luxandra klar.

„Ihrer Ansicht nach", sagte Achile, „ist es ein Fehler, auf euer Verhalten mit einer Einladung und Bewirtung zu reagieren. Vater versteht das als Untertänigkeit."

Das war leider abzusehen gewesen. „Habt ihr deswegen gestritten?", fragte Liana vorsichtig.

„Ein wenig", räumte Achile ein.

Luxandras Gesichtsausdruck ließ auf etwas mehr als *ein wenig* schließen.

Toma atmete vernehmlich durch. „Ich verstehe. Er wollte lieber auf Stärke und Unnachgiebigkeit setzen."

„Du kennst ihn", bestätigte Achile. „Es freut mich, dass wir ihn nachher eines Besseren belehren können."

Florin kam aus dem rückwärtigen Anbau zurück, eine Korbflasche und einen Stapel Birkenbecher in den Händen.

„Schnaps statt Gewehre", bemerkte Liana grinsend. „Finde ich gut. Ihr solltet auch künftig alle Probleme hier drin klären. Wo nicht einmal Kleider zwischen den Anwesenden stehen."

Achiles Reaktion blieb verhalten. „Kein schlechter Gedanke. Leider ist noch nicht abzusehen, ob dieses Haus einen weiteren Winter überstehen wird."

Mit dem Obstbrand wollten sie im Zuber anstoßen. Während die drei Männer vorausgingen, hielt Luxandra Liana zurück.

„Du erinnerst dich an unser Gespräch über die zwei Welten?", fragte Luxandra.

Liana bejahte.

„Ich glaube, du würdest auch in diese passen", erklärte Luxandra.

Dann lächelte sie und folgte den Männern in den Zuber. Liana verharrte und war ein wenig baff – und durchaus gerührt. Luxandra, vorgestern noch ein bemerkenswert unterkühltes Wesen, hatte ihr gerade das denkbar größte Kompliment gemacht.

„Hey, wo bleibst du?", rief Florin aus dem Zuber, in dem er bereits die Birkenholzbecher füllte.

Dieser Aufforderung kam Liana mit Vergnügen nach. Es war allzu angebracht, auf diese jüngsten und so erfreulichen Entwicklungen anzustoßen.

***

Wahrscheinlich war es derselbe Obstschnaps, den Liana schon bei ihrem ersten Badehausbesuch gekostet und genossen hatte, aber heute schmeckte er noch besser. Vielleicht, weil sich plötzlich alles so richtig anfühlte.

„Sollten wir nicht allmählich Orest und Walfa hinzuholen?", schlug Florin vor. „Damit sie wissen, wo wir jetzt stehen."

Dieser Idee gewann Liana herzlich wenig ab, da die Stimmung gerade so gut war und Orest sie sicher erstmal dämpfen würde. Doch sie sah ein, dass die beiden informiert werden mussten – und wahrscheinlich auch wollten.

„Du kannst ja nach ihnen suchen, wenn du meinst", merkte Luxandra an. „Oder wir würfeln es aus." An Liana und Toma gewandt fuhr sie fort: „Wenn draußen Schnee liegt, würfeln wir hier drin manchmal. Der Gewinner wirft dann einen Ball zur Tür hinaus, den der Verlierer zurückholen muss."

In dem Augenblick scharrte etwas an der Eingangstür. Es klang, als hätte jemand mit etwas Metallischem daran geschabt. Innerhalb weniger Sekunden wiederholte sich das Geräusch.

„Vater?", rief Achile.

Die Gespräche im Zuber verstummten. Alle fünf hatten die Gesichter der Tür zugewandt. Niemand trat herein, und eine Antwort erfolgte auch nicht. Achile hatte sich gerade von seinem Platz erhoben, um nachzusehen, als Liana beim Anblick des kaputten Fensters kaltes Grauen erfasste. Ein schwarz maskierter Kopf schaute zu ihnen herein. Achile hielt erschrocken inne.

„Alle bleiben, wo sie sind!", befahl eine quäkende Stimme. „Du auch, langhaariger Affe. Bleib schön in deinem Fass."

„Wer bist du?", erwiderte Achile aufgebracht. „Und was willst du?"

Liana sah, wie sich die von schwarzem Stoff und Bart umrandeten Lippen zu einem hässlichen Grinsen verzogen. „Ich will eine Entschädigung", rief der Mann unter der Sturmhaube und winkte mit etwas, das für Liana wie eine dunkelgraue Konservendose aussah. „Keine Dummheiten, sonst fällt das hier zu euch rein. Ihr habt geglaubt, ihr hättet mich besiegt, was? Aber ich lasse sowas nicht auf mir sitzen. Ich will eine Entschädigung. Wo ist das Gold?"

„Was für Gold?", raunte Achile.

„Ihr seid verdammte Goldschürfer!", blaffte der Maskierte. „Also, wo ist das Gold?"

„Einfach ruhig bleiben", sagte Luxandra kaum vernehmlich. „Jeden Moment wird Vater ihn erschießen."

„Wir haben kein Gold", antwortete Achile dem Mann am Fenster.

„Ihr kommt da nicht raus", erwiderte dieser. „Ich habe nämlich die Tür verriegelt." Noch einmal wedelte er mit der grauen Kartusche, die wahrscheinlich eine Gasgranate war. „Ich schmeiße die rein zu euch, wenn ihr mir nicht sofort verratet, wo ihr euer Gold versteckt."

Achile hob langsam die Arme. „Nun gut. Wir werden uns sicher einigen können", sagte er. „Wofür glaubst du denn, entschädigt werden zu müssen?"

Er versuchte Zeit zu schinden, war Liana klar. Damit seine Eltern eingreifen konnten. Wo blieben die beiden nur? Sie mussten doch etwas davon mitbekommen. Oder hatte der Kerl ihnen womöglich etwas angetan?

Auch er hatte Achile offensichtlich durchschaut. „Euch wird niemand helfen, Affe, falls du darauf wartest", raunte er mit diabolisch grinsenden Lippen zwischen schwarzem Stoff. „Ich beobachte euren Hof seit Stunden. Wir sind allein. Alle anderen sind ausgeflogen."

Achile sagte nichts dazu. Auch alle anderen schwiegen. Weshalb sollten Orest und Walfa den Hof verlassen haben?

„Also, wo ist das Gold?", raunzte der Maskierte zornig. „Das ist die letzte Warnung, ihr verfluchtes Bergproletenpack."

„Ich erkläre es dir noch einmal", entgegnete Achile geduldig. „Wir haben kein Gold."

Äußerlich war er ruhig, doch innerlich brodelte er, das sah Liana ihm an seinen fiebrigen Augen an.

„Dann habt ihr hier was zum Nachdenken", meinte der Mann am Fenster und ließ die Dose tatsächlich fallen, die, kaum losgelassen, schwarz zu qualmen anfing und mit einem leisen *Klonk* auf den Fliesen bei der Eingangstür aufschlug. Doch damit nicht genug. Eine grau rauchende Dose flog hinterher und rollte klappernd am Zuber vorbei zum Podium.

„Raus!", rief Achile.

Liana sprang auf, als Achile schon die Zuberwand überflog. Sie stieg auf ihren Sitzplatz und glitt hinterher. Auch sonst benutzte niemand die Leiter, um hinauszugelangen. Kaum draußen stürzte Toma zu der schwarz qualmenden Dose an der Duschwanne. Achile war zur Tür geeilt, konnte sie aber nicht öffnen. Der vorderste Teil des Raumes füllte sich mit schwarzem Rauch, noch bevor Toma die Dose durch das kaputte Fenster hinauswerfen konnte. Er hustete schwer, als Liana bei ihm war und ihn zu Boden zog, wo der Rauch noch nicht angekommen war.

Sie schaute sich um. Schwarzer und grauer Qualm vermischten sich im Luftraum über dem Zuber. Durch das Deckenloch zog er ab, aber es hatte sich schon zu viel davon entwickelt, um es aussitzen zu können. Das Podium war hinter einer Wand von Grau kaum noch zu erkennen. Immerhin schien es kein Giftgas zu sein. Nase und Augen sollten besser dennoch nichts davon abbekommen.

Beim Zuber kauerten Florin und Luxandra und blickten bang zur Eingangstür, wo Achile wie besessen am Bügel riss und wieder dagegen stieß. Schließlich gab er es auf.

„Wir müssen hinten raus", sagte er, als er bei Liana und Toma zu Boden glitt.

Luxandra gestikulierte ihnen dasselbe und machte sich mit Florin auf den Weg Richtung Podium.

„Ach ja, eure Flucht beim letzten Mal", meinte Toma hoffnungsvoll. „Eine Hintertür?"

„So ähnlich", antwortete Liana. „Mir nach."

Unter dem sich überall ausbreitenden Qualmteppich hindurch umrundeten sie den Zuber und passierten die Podiumfront, von wo die dicksten Rauchschwaden aufstiegen. Die Sitzgruppe an der Wand war kaum noch zu sehen. Florin war als Erster an der Tür, drückte sie auf und kroch hindurch. Luxandra und Liana folgten, Toma und Achile kamen hinterher. Kaum auf dem Steg im lichtlosen Rückanbau angelangt, sprang Achile auch schon ins Bachbett und turnte behände unter dem Bretterverschlag hindurch nach draußen. Florin und Luxandra stürzten hinterher.

„Oh, verstehe", kommentierte Toma und wirkte einen Moment lang verwirrt.

Liana seufzte. „Wie gern würde ich dieses Haus mal durch die Vordertür wieder verlassen." Sie warf noch einen Blick auf den im Halbdunkeln kaum erkennbaren Tisch, auf dem ihr Abendessen bereitstand, bevor auch sie und Toma sich dem kalten Bachwasser übergaben.

Draußen plätscherte der Wasserfall. Die Haustür stand offen, aber es war niemand zu sehen. Liana stieg ans nächstgelegene Ufer bei der Wand. Toma hingegen hastete das Bachbett entlang weiter, bis er Einblick auf den Hof hatte. Erst dort stieg er ans grasige Ufer. Liana eilte über den Steg vor der Tür zu ihm. Aus dem Badehaus qualmten graue Schwaden und zogen die Felswand hinauf, hinter den Fenstern war nichts anderes mehr zu sehen als Rauch. Die andere Dose, die Toma nach draußen befördert hatte, verströmte bei der Scheune den Rest ihres dichtschwarzen Qualms und versperrte die Sicht zum Obstgarten und zum Außentor. Mochten dorthin alle verschwunden sein?

Sie schauten sich vorsichtig um, als hinter ihnen im Haus etwas rumpelte und jemand schrie. Liana und Toma fuhren herum. Harsche Stimmen und Gepolter ertönten. Toma wollte sich schon auf den Weg machen, da stürzte der Maskierte zur Haustür heraus, Luxandra ihm dicht auf den Fersen. Beim Steg hatte sie ihn eingeholt und versuchte, ihn festzuhalten, doch er wehrte sie mühelos ab und wuchtete sie unsanft ins Bachbett.

Brüllend stürmte er auf Toma zu, der sich für den Zu-
sammenprall wappnete. Mit eingezogenem Kopf und
ausgefahrenem Ellenbogen duckte er sich unter der an-
fliegenden Faust des Angreifers hindurch und stieß
ihm aus einer Drehung heraus hart gegen die Rippen.
Der Maskierte aber steckte das wortlos weg, bekam
Toma am Arm zu fassen und boxte ihm heftig in den
Unterbauch.

Liana wollte sich auf ihn stürzen, hielt aber inne, als
schon Achile aus der Haustür gestürmt kam, den Bach
förmlich überflog und sich ins Geschehen mischte. Er
traf den Maskierten mit seinem Faustschlag im Gesicht. Der aber vergütete die Attacke so schnell, als
hätte er überhaupt nichts gespürt. Achile taumelte
nach dem Gegenhieb und ging zu Boden, als der Maskierte Toma gegen ihn schleuderte.

Mit Toma und Achile im Gras war nun Lianas Augenblick gekommen. Sie wusste, dass sie diesem Kerl nicht
viel entgegenzusetzen hatte, doch wenn sie ihn nur
lange genug beschäftigte, wären die anderen wieder
zur Stelle. Wild schreiend stürzte sie auf ihn los und
sorgte mit dieser kurzen Ablenkung dafür, dass er den
heranstürmenden Florin zu spät kommen sah. Liana
warf sich gegen den Maskierten, doch es war die Hef-
tigkeit von Florins Attacke, die sie alle drei ins Gras beförderte.

Florin hielt den Maskierten auf seiner Seite am Boden, Liana versuchte dasselbe auf ihrer, konnte ihn
aber nicht lange festhalten. Er entwand sich ihr gewalt-
sam und stieß sie von sich. Da aber war auch schon
Achile über ihm und sprang an ihrer statt in die Bre-
sche. Liana keuchte erleichtert und zog sich zu Toma

zurück. Im Kampfring wurde sie nun nicht länger gebraucht.

„Geht es dir gut?", fragte Toma besorgt und nahm sie an der Hand.

Liana nickte und schmiegte sich ungeachtet ihrer Nacktheit an seine Seite. Die unvermittelte Nähe gab ihr Sicherheit. Nackt zu sein, war zur Selbstverständlichkeit geworden, der umfassende Hautkontakt gleichwohl eine neue Dimension. Toma drückte sie an sich, doch es war das Gerangel am Boden, das ihre Aufmerksamkeit auf sich zog. Es war intensiv, doch Hilfe schienen Achile und Florin nicht zu benötigen. Den einen Arm des Angreifers schmiedete Florin fest, den anderen hielt Achile in Schach, während seine Faust ein ums andere Mal auf den Maskierten niederging. Er schlug auch noch zu, als sich der Mann schon nicht mehr regte. Toma gebot seinem Arm schließlich Einhalt und zog Achile mit Luxandras Hilfe von dem Kerl herunter.

„Lass gut sein, er hat genug", sagte Toma, und Achile fügte sich nach kurzer Gegenwehr.

Florin lupfte dem bewusstlosen Mann die Sturmhaube vom Kopf. Trotz aufgeplatzter Lippen und blutiger Nase erkannte Liana nicht unerwartet Dina Juneskrogs Freund Ilia.

„Wir ahnen beide, wo Orest und Walfa sind", sagte Toma zu Achile. „Ich mache mich gleich auf den Weg. Du solltest mitkommen."

Achile, noch ziemlich außer Atem, nickte, und hielt dann geradewegs auf den Eingang zum Badehaus zu. Toma wandte sich an Liana.

„Bleib hier", sagte er eindringlich. „Ich komme dich bald holen."

Dann folgte er Achile in den Vorraum des Badehauses. Ein paar Sekunden lang glaubte Liana, das ausgestoßene Adrenalin hätte ihre Auffassungsgabe beeinträchtigt, denn irgendetwas schien sie verpasst zu haben. Erst nach und nach begriff sie. Orest und Walfa waren nicht da, hatte Ilia gesagt. Offensichtlich die Wahrheit, sonst wären sie längst aufgetaucht. Wohin sie verschwunden waren, lag auf der Hand. Toma war hier. Eine gute Gelegenheit, um sich im Silberhain-Gestüt die Juneskrogs zu holen.

Lianas Alarmglocken schrillten. Teresa würde sich den beiden sicher in den Weg stellen. Bewaffnet, wenn es sein musste. Und was dann?

Aller schwarzer Qualm hatte sich verzogen. Die Obstbäume waren wieder zu sehen. Die Idylle war zurück, aber einen schrecklichen Moment lang plagte Liana die Furcht, dieses Treffen könnte eine einzige Finte gewesen sein, um Toma vom Gestüt wegzulocken. Doch nein, das durfte nicht sein. Unmöglich. Orest und Walfa hatten auch ihre Kinder getäuscht. So und nicht anders musste es sich verhalten. Nichts anderes ergab Sinn. Oder doch? Liana wusste es nicht und versuchte vergeblich, aus all dem schlau zu werden.

In Hemden, Hosen und Stiefeln kamen Toma und Achile aus dem Badehausvorbau zurück und eilten Richtung Scheune.

„Verschnürt den Kerl", rief Achile seiner Schwester zu. „Wir sind bald zurück."

Weitere Worte fielen nicht. Betreten und verloren stand Liana inmitten des Totan-Hofes und schaute zu, wie Toma und Achile mit verhärteten Mienen auf zwei Pferden davongaloppierten.

***

Liana war dabei, aber sie fühlte sich nicht anwesend, als Luxandra und Florin Ilia mit Seilen aus der Scheune fesselten. Dieser Kerl war hier – wo kam er her? Orest und Walfa waren fort. Waren sie bei Teresa? Die Juneskrogs waren auf dem Gestüt. Oder hatten auch sie Tomas Abwesenheit genutzt, um … ja, was? Wer wollte hier was? Und wer war hier wer?

Liana, noch nass von ihrem Bad im Bach und ein wenig frierend, kehrte sich von dem Geschehen ab und tat ein paar Schritte, bis sie spürte, dass sie nicht länger Gras, sondern Stein und Geröll unter den Füßen hatte. Der stechende Schmerz spitzer Steine an ihren Fußsohlen schien ihren Kopf zu klären und sie in die Wirklichkeit zurückzuholen. Sie bemerkte Tränen auf ihren Wangen. Doch auch hinter ihr schluchzte jemand.

Sie drehte sich um. Ilia lag an Handgelenken und Füßen gefesselt regungslos im Gras. Luxandra kniete daneben und schaute angewidert auf ihn herab. Sie war es, die schluchzte. Florin war nicht zu sehen.

Liana fühlte sich immer noch ratlos, auch kraftlos, doch inzwischen sah sie die Welt wieder klar. Achile und Luxandra waren von ihren Eltern hintergangen worden, und gerade war ihr Gehöft innerhalb weniger Tage zum zweiten Mal überfallen worden. Wenn Liana sich schon überfordert fühlte, was musste dann in ihnen vorgehen?

278

Florin kam mit zwei Schaufeln und einem Pickel in den Händen aus dem Badehaus. Auch trug er inzwischen eine graue Hose.

„Damit hat er die Tür verriegelt", sagte Florin. „Hat sie quer durch den Bügel geschoben."

Liana nickte nur. Jeder Kommentar war überflüssig, und nichts, was sie hätte sagen können, wäre der Situation angemessen gewesen.

Florin brachte Schaufeln und Pickel in die Scheune zurück, während Luxandra mit grimmiger Miene aufstand. Als sie Liana sah, veränderte sich ihr Ausdruck. An die Stelle des Grimms trat etwas wie Bestürzung, und Liana meinte, den Grund dafür zu begreifen.

„Wir haben ... das nicht gewollt", sprach Luxandra kaum lauter als ein Flüstern.

Nun war sich Liana sicher. Luxandra war beschämt. Liana verspürte ein Bedürfnis zu weinen, aber stattdessen erlaubte sie sich ein Lächeln, denn damit waren auch die letzten verbliebenen Zweifel verflogen, dass sie sich hier unter Freunden befand.

Ich weiß, wollte sie Luxandra sagen, aber die Worte kamen nicht. Sie ging zu ihr, und sie schlossen behutsam die Arme umeinander.

Florin kam zurück. Zunächst zögerte er, dann umarmte er sie beide. Die haltgebende Zeremonie dauerte an und fand ihr Ende erst, als Ilia neben ihnen dumpf stöhnte.

„Wir sollten ins Haus gehen", schlug Luxandra befehlshaberisch vor. „Es wird noch dauern, bis die anderen wiederkommen. Diesen Haufen Dreck lassen wir hier liegen. Von der Küche aus können wir ihn sehen. Der wird nicht noch einmal unser Heim besudeln.

Nicht einmal den Ziegenstall." Sie wandte sich mit einem durchdringenden Blick an Liana. „Nach allem, was vorgefallen ist, können wir nicht erwarten, dass du dich bei uns noch willkommen fühlst. Ich will dich trotzdem einladen."

Keine noch so eloquente Antwort, nach der Freunde einen Ort zu einem besonderen machten, und sie, Luxandra, und Florin Freunde waren, schien der augenblicklichen Situation gerecht zu werden. Auch fiel es Liana überhaupt schwer, in Worte zu kleiden, was sie gerade fühlte und bewegte. Sie drückte Luxandra noch einmal beherzt. „Lasst uns reingehen."

Ilia gab ein Stöhnen von sich, doch er erfuhr keine weitere Beachtung. Im Vorraum des Badehauses zogen sie sich an und begaben sich ins Haus.

Es war kein bedrücktes Schweigen, das sich in der Küche breitmachte, während sie auf die Rückkehr der anderen warteten, doch wollten sich auch keine Gespräche ergeben, die über zwei oder drei Sätze hinausgingen. Zu viel spukte in Lianas Kopf herum, und Luxandra schien in ähnlicher Verfassung. Eine Schießerei am Gestüt schloss Liana aus – die hätte man wahrscheinlich gehört –, aber alles andere war im Bereich des Möglichen, was dort in der vergangenen Stunde passiert sein mochte. Teresa hatte sicher nicht klein beigegeben, als Orest und Walfa ihre Aufwartung gemacht hatten. Die Frage war also, wie weit die beiden gegangen waren, um ihre vermeintlichen Brandstifter in die Hände zu bekommen.

Florin wirkte gelöster. Er setzte ihnen eine Kanne Tee auf und erwies sich für Liana als willkommener Ruheanker im Raum. Draußen im Hof lag unverändert Ilia, die Hände auf den Rücken gefesselt und auch an den Füßen zusammengeschnürt, und zuckte ab und an, während allmählich der Abend heraufzog. Dort, wo er kauerte, mochte einst Lothar Juneskrog tot im Gras gelegen haben. Liana konnte verstehen, dass es seinen Enkeln nach Wiedergutmachung verlangte, aber nach allem, was Dina und Ilia angerichtet hatten, war jeder moralische Anspruch darauf erloschen. Nicht ganz so einfach war es bei Nicolai.

Als Reiter den Zufahrtsweg entlangkamen, erhoben sich Liana, Luxandra und Florin vom Küchentisch. Zuvorderst erblickte Liana Orest und Walfa. Orest warf einen grimmigen Blick zum Badehaus, dann schwang er sich agil aus dem Sattel. Liana fiel ein Stein vom Herzen, als sie hinter Walfa Toma und Achile erkannte. Toma würde sicher nicht einträchtig mit den Totans reiten, wenn Teresa irgendetwas zugestoßen wäre. Vier, mehr waren es nicht, und auch das wertete Liana als gutes Zeichen.

„Bin gespannt, was sie zu sagen haben", raunte Luxandra finster und marschierte aus der Küche, zweifellos, um ihre Eltern zu konfrontieren.

Florin eilte ihr nach, Liana wiederum blieb am Küchenfenster stehen. Sie wusste nicht, was sie erwartet hatte, vielleicht, dass Orest Ilia ein paar Mal treten würde, doch nichts dergleichen geschah. Orest schenkte ihm nur einen angewiderten Blick, den Liana auch von seiner Tochter kannte, und stapfte über einen der Stege auf die Haustür zu. Dort mussten sich inzwischen Luxandra und Florin eingefunden haben, denn Orest hielt plötzlich inne, und der Grimm in seinem Blick verflog.

Die anderen stiegen ebenfalls ab. Toma blieb im Hintergrund und behielt seinen Hengst bei sich, während die drei Totan-Pferde von Achile in den Stall geführt wurden. Walfa wirkte ungewohnt bestürzt, als sie ebenfalls den Steg übertrat, wo Orest und Luxandra bereits angeregt diskutierten. Liana vernahm kaum Worte, aber Luxandra war ziemlich laut. *Gut so.* Auch wenn sie ein gewisses Maß an Verständnis dafür aufbrachte, dass Orest und Walfa einer Generation entstammten, in der Gespräche und Kompromisse Schwäche bedeuteten, gehörte ihnen für ihre Täuschung ordentlich der Kopf gewaschen. Dem Missverständnis aufgesessen, dass sich die Brandstifter bei den Silberhains befanden, hatten sie ihren Hof preisgegeben, wodurch der wahrscheinlich Gefährlichste des Trios noch einmal hatte zuschlagen können.

Liana ließ die Küche hinter sich und begab sich ebenfalls nach draußen, wo sie Ohrenzeuge wurde, wie Orest seine Tochter um Verzeihung bat. Liana passierte das Geschehen kommentarlos und wich auch Walfas beklommenem Blick demonstrativ aus. Gemessen überquerte sie den Bach und hielt auf Toma zu, der sie mit einem weichen Lächeln empfing. Nun war sich Liana sicher, dass alles in Ordnung war.

„Bereit, heimzureiten?", fragte er.

Liana nickte und umarmte ihn. „Ich schätze, du hast mir gleich eine Menge zu erzählen."

Er erwiderte die Geste. „Der Ritt dürfte nicht langweilig werden", entgegnete er, was ihr Hengst mit einem Wiehern noch unterstrich.

Achile kam aus der Scheune zurück und trat zu ihnen, während an der Haustür Luxandra ihren Eltern lautstark die Leviten las.

„Kommt gut nach Hause", sagte Achile. „Wir sehen uns morgen."

Taten sie das? Liana hinterfragte es nicht, sondern freute sich darauf. Einem inneren Impuls folgend hätte sie nun auch Achile umarmen müssen, aber das unterließ sie.

„Was geschieht jetzt mit dem Kerl?", fragte sie stattdessen. „Lasst ihr ihn für die Wölfe draußen liegen?"

Achile schmunzelte. „Ich habe bei Toma die Polizei angerufen", antwortete er. „In etwa einer Stunde sollte ein Wagen hier sein, wenn die sich nicht verfahren. Die werden ihn mitnehmen."

„Dina wird sich stellen und gestehen", ergänzte Toma. „Sobald das Gold gefunden ist. Dazu hat Nicolai sie überredet."

Soweit klang das ziemlich verheißungsvoll. „Das heißt, wir gehen morgen auf Schatzsuche?"

„Das werden wir", sagte Toma und verhalf Liana aufzusitzen.

Bevor er folgte, gab es noch einen freundschaftlichen Handschlag mit Achile, und einmal öfter konnte sich Liana verzückt vergegenwärtigen, was an diesem Tag allen Widrigkeiten zum Trotz gewonnen worden war.

***

Der Ritt unter dem Abendhimmel über die Liana inzwischen vertraut gewordenen Pfade gestaltete sich unerwartet heiter, als Toma Einzelheiten berichtete.

„Aber ich hatte den Eindruck, Teresa verachtet Gewehre“, sagte Liana.

„Trotzdem kann sie damit umgehen“, erwiderte Toma. „Ich gehe davon aus, dass sie auch davon Gebrauch gemacht hätte, wäre jemand ohne ihre Erlaubnis über das Tor gestiegen. Wahrscheinlich haben das auch Orest und Walfa erkannt. Sonst hätten sie es womöglich versucht.“

Teresa mit Gewehr im Anschlag musste ausreichend Eindruck gemacht haben, dass die beiden davon abgesehen hatten. Zum Glück. „Was war mit den Juneskrogs? Haben die sich vor die Tür getraut?“

„Keinen Schritt“, antwortete Toma. „Hätten sie auch gar nicht gekonnt. Griselda hat auf sie aufgepasst, während Teresa draußen den Hof verteidigt hat. Griselda braucht kein Gewehr, um jemanden in Schach zu halten. Ihr genügt ihr Blick.“

„Das stimmt“, kicherte Liana vergnügt. „Draußen hat Teresa also Orest und Walfa aufgehalten, bis du und Achile eingetroffen seid.“

„So ist es“, bestätigte Toma. „Und dann kam Achiles Auftritt. Auf dem Totan-Hof wird sich jetzt einiges ändern.“

Das machte Liana hellhörig. „Was denn zum Beispiel?“

„Auf den Punkt gebracht, Orest wird kürzertreten“, antwortete Toma. „Achile übernimmt. Künftig wird bei allen wichtigen Entscheidungen über die Geschicke der Familie er das letzte Wort haben. So wird zum Beispiel auch schon bald ein großer Backofen gebaut werden, damit Florin Brot backen kann.“

„Das ist großartig“, staunte Liana und glaubte dennoch, sich verhört zu haben. „Orest tritt wirklich kürzer? Wie das denn? Doch sicher nicht freiwillig.“

„Doch, durchaus“, sagte Toma. „Er und Walfa haben ihren Fehler eingesehen. Sie waren fassungslos und völlig durch den Wind, nachdem Achile ihnen geschildert hatte, was am Hof geschehen war. Er ist alles andere als schonend mit ihnen umgegangen.“

„Das haben sie auch nicht anders verdient“, meinte Liana. „Also ist Achile jetzt der Klanchef?“

Sie sah Toma lächeln. „Ist er. Sämtliche Familienangelegenheiten werden wir fortan mit ihm klären. Was alles ein wenig leichter machen wird.“

„Es wird also Familienangelegenheiten geben?“, horchte Liana nach. „Zwischen Silberhains und Totans? Welche, die über die Schatzsuche morgen hinaus gehen?“

„Davon gehe ich aus“, sagte Toma. „Und ich bin sehr zuversichtlich.“

Das war auch Liana und schmiegte sich zufrieden an Toma, während ihr Reittier sie sicher durch den sich verfinsternden Wald trug.

***

Das Außentor des Silberhain-Gestüts stand offen, was für Liana nochmal unterstrich, dass sich die Lage normalisiert hatte. Sie stiegen ab, und Toma übergab ihr die Zügel, während er das Tor hinter ihnen schloss.

„Denkst du, die Polizei wird hier aufschlagen?“, fragte Liana.

„Ich glaube nicht, dass sie unsere Aussage brauchen“, antwortete Toma. „Die von Achile, Luxandra und Florin sollten ausreichen, um Ilia mitzunehmen.“

„Und Dina wird sich stellen?“

„Nachdem morgen der Familienschatz gehoben ist“, sagte Toma. Er übernahm den Hengst, und sie gingen weiter. „So lautet die Abmachung.“

So hatte es Liana bereits vernommen. „Werden die Juneskrogs also hier übernachten?“ Eine Aussicht, die ihr wenig behagte.

Zu ihrer Überraschung verneinte Toma. „Mit einer Brandstifterin im Haus könnte ich heute Nacht kein Auge zutun. Nicolai hat Dina mit in sein Wirtshaus genommen.“

Tatsächlich, Nicolais dunkler Wagen parkte nicht länger vor dem Haus, wie Liana aufging. Die Juneskrogs waren fort. Liana gab einem erleichterten Lächeln nach. Damit stand einem unbeschwerten Abend nichts mehr im Weg.

Sie brachten das Pferd in seine Box im Stall und gelangten durch einen Flur in die Eingangshalle, wo sie auf Teresa trafen.

„Da seid ihr ja“, begrüßte sie sie unterkühlt, wie es ihre Art war. „Der Tisch ist gedeckt, das Essen ist gleich fertig.“

„Hey, du Tapfere“, sagte Liana und umarmte sie spontan.

Teresa wirkte etwas überfahren, aber schließlich erwiderte sie die Geste zaghaft.

„Hab gehört, du hast das Haus mutig gegen Orest und Walfa verteidigt“, meinte Liana.

„War nicht so schwer", entgegnete Teresa. „Hab ihnen nur den Lauf eines Gewehrs zeigen müssen."

Liana wusste sehr genau, dass es keineswegs so einfach gewesen sein konnte. Den Abend verbrachten sie gemeinsam im Salon und ließen den Tag Revue passieren. Die Stimmung war gelöst, und selbst Teresa gelang gelegentlich ein zufriedenes Lächeln. Liana musterte die Geschwister und summierte in Gedanken ihre Eindrücke. Dies war erst ihr vierter Abend bei den Silberhains, doch es fühlte sich an, als wäre sie schon viel länger hier. In kurzer Abfolge war hier einiges geschehen. Sie hatte mitgeholfen, eine drohende Familienfehde zu entschärfen, hatte in den jungen Totans Freunde gefunden und bei all dem auch ein Gefühl für das Leben hier oben bekommen. Morgen würden sie sich gemeinsam auf Schatzsuche begeben. Die Krönung dieses Abenteuers lag somit noch vor ihnen. Lianas Blick blieb auf Toma haften, den eine Bemerkung Teresas gerade herzhaft zum Lachen brachte. Die Krönung dieses Abenteuers könnte auch *er* sein, ging ihr zunehmend auf.

„Ich lege mich schlafen", verkündete er, nachdem er sich ausgelacht hatte. „Es war ein gefüllter Tag." Er stand aus seinem Sessel auf und wandte sich an Liana. „Ich danke dir noch einmal für deinen Beistand heute. Teresa, du hast uns da eine fabelhafte Freundin ins Haus geholt. Gute Nacht, ihr zwei."

„Sie ist brauchbar und erträglich", bestätigte Teresa.

Toma verließ den Salon, und Liana schaute diesem bemerkenswerten Mann hinterher, mit dem sie heute einen in mehrfacher Hinsicht aufregenden Tag verbracht hatte.

„Luxandra hat angemerkt, ich würde hierher passen“, sagte sie, als sie mit Teresa allein war.

Teresa musterte sie. „Entscheidender ist, wie du das siehst.“

Liana suchte nach einer Antwort und fand sich schließlich vage den Kopf schütteln. „Ich weiß nicht, ich meine, es ist faszinierend. Es ist auch schön hier. Aber ...“

„Aber es gibt hier nichts“, vervollständige Teresa sachlich nickend. „Keine Clubs, keine Bars, keine Partys. In der Tat, das hast du mir bei deiner Ankunft aufgezählt.“

Liana versuchte Teresa zu studieren, wie auch sie sie gerade zu studieren schien. „Keinen Lärm“, fügte Liana der Aufzählung leise hinzu. „Keine Drogen, keine Belanglosigkeiten, keine Banalitäten, keine Selbstdarsteller, keine pikierten Nachbarn, keine schwachsinnige TV-Unterhaltung ...“

In Gedanken war sie in Bukarest bei den überwiegend unbedeutenden Alltagsproblemen ihrer Freunde und Nachbarn zwischen Mode, schlechten Partys und zu teuren Smartphones. Hier hingegen hatte alles eine Bedeutung, jedes Wort, jede Geste und jedes Lächeln.

„Man muss selbst wissen, was einem wichtig ist und was nicht“, meinte Teresa und erhob sich. „Ich gehe ebenfalls schlafen. Du kannst dir ruhig eine Flasche Wein aufmachen, wenn du willst.“

„Ich brauche keinen Wein“, sagte Liana und stand ebenfalls auf. „Halt mich mal“, bat sie geradeheraus.

Teresa sah sie an und zuckte die Schultern. „Wenn du willst.“

Schon fand sich Liana in ihrer Obhut wieder, in einer festen, herzlichen Umarmung. In der Stadt gab es in jeder Bar und auf jeder Party Küsschen und Umarmungen. Nichts davon hatte wirklich Bedeutung. Diese Umarmung hatte Bedeutung. So auch die mit Luxandra. Und die mit Florin. Und die mit Toma.

„Danke", wisperte Liana.

„Wofür denn?", fragte Teresa.

„Dafür, dass ich hier sein kann", antwortete Liana. „Dafür, dass ich all das erleben darf. Dafür, dass ich dich habe. Und dafür, dass ich dich allmählich verstehen kann."

Liana erwartete eine bissige Spitze seitens Teresas, doch sie blieb aus.

„Ist mir ein Vergnügen", sagte Teresa und schloss die Arme noch ein wenig enger. „*Uns*", fügte sie hinzu. „Es ist *uns* ein Vergnügen. Toma mag dich sehr."

„Ich mag ihn auch", räumte Liana ein.

Teresa nahm ihre Hände zurück und sah ihr in die Augen. „Wie schön", sagte sie wieder in ihrer gewohnten Schroffheit. „Dann solltet ihr vögeln."

Liana runzelte die Stirn. „Neulich hast du mich noch davor gewarnt, ihm das Herz zu brechen."

„Davor warne ich dich auch heute noch."

Liana musterte ihre Freundin und erkannte, dass sie es ernst meinte – beides.

„Ich gehe jetzt nach oben", sagte Teresa und wandte sich ab. „Mach, was dir richtig erscheint. Ich schätze, du könntest ihn noch im Bad erwischen."

Liana zögerte ein paar Sekunden, aber dann eilte sie ihr hinterher und holte sie an der Haupttreppe ein.

Die beiden betraten das Badezimmer im Wohnhaus, in dem Toma tatsächlich unter der Dusche stand. Teresa begab sich zum Waschbecken und fing an, sich die Zähne zu putzen, Liana wiederum verharrte ratlos im Raum und betrachtete abwechselnd ihre Freundin und die nackte Silhouette ihres Bruders hinter der milchgläsernen seitlichen Duschwand. Es brauchte noch eine gestenreiche Aufforderung Teresas, bis sie anfing, aus ihren Sachen zu schlüpfen. Nackt klopfte sie behutsam an die Duschkabine und trat dann, ohne eine Erlaubnis abzuwarten, am Vorhang vorbei ein.

Toma, der gerade das Wasser abgestellt hatte, sah sie erstaunt an.

„Ist hier nicht Platz für zwei?", stellte Liana unbeholfen zur Diskussion. Sie versuchte zu lächeln, doch wahrscheinlicher war, dass sie gerade schrecklich verkrampft und verunsichert aussah.

„Doch, ich denke schon", entgegnete Toma.

Liana trat vor ihn hin, aber sie scheute sich, Körperkontakt aufzunehmen. Die Initiative ging schließlich von ihm aus. Seine Hände fanden ihre Wangen, seine Lippen die ihrigen. Liana schmeckte seine feuchte Haut, ihre Arme umschlangen ihn. Sie schmiegte sich an seinen nassen Körper und spürte an ihrem Unterbauch, wie sein Penis erigierte. Lianas innere Verkrampfung verflog, und als sich ihre Lippen wieder voneinander lösten, gab sie einem tiefempfundenen Lächeln nach. Toma erwiderte es.

„Würdest du diese Nacht mit mir verbringen?", murmelte er.

Nein, ich warte hier auf den Zug, lag Liana auf der Zunge. „Mein oder dein Zimmer?", entgegnete sie.

Toma nahm sie an der Hand und schob den Duschvorhang beiseite. „Meins ist näher und hat das größere Bett."

„Schon überredet", sagte Liana und klapste ihm auf den Hintern.

Sie nahmen ein Handtuch aus dem Badschrank und eilten davon. Bei einem kurzen Blickwechsel mit Teresa sah Liana ihre Freundin lächeln.

Kapitel 17: Lothars Vermächtnis

Liana erwachte mit dem ersten Sonnenlicht, das über die sacht ansteigenden Berghänge im Osten blinzelte. In anderer Leute Armen konnte sie nicht schlafen, doch sie spürte Toma an ihrer Seite. Tatsächlich schlief auch er nicht mehr. Liana hätte sich gern noch etwas gesammelt, doch sie fühlte sich bereit für den Morgen danach.

„Hab einen komischen Traum gehabt", säuselte sie noch etwas schlaftrunken. „Da sind wir auf Schatzsuche gegangen. Irre, was?"

Toma nickte kaum merklich. „Wie merkwürdig." Er lächelte. „Denn weißt du, in meinem Traum ging es auch um eine Schatzsuche. Und sie war erfolgreich." Seine Hand fand ihre Wange, und er küsste sie.

Liana hatte die Zweideutigkeit verstanden. Worte, die sie tief im Inneren sanft streichelten. Zugleich meldete sich von irgendwoher Teresa mit ihrer Warnung, Toma nicht das Herz zu brechen. Das lag selbstverständlich nicht in ihrer Absicht. Doch sollte sich Toma in sie verlieben, würde es unweigerlich geschehen, sobald sie nach Bukarest zurückkehrte. In der Stadt hatte es nicht immer eine große Bedeutung, wenn zwei Menschen miteinander im Bett landeten. Dazu mussten sie sich nicht einmal zwingend mögen. Hier war das anders. Wie so vieles. Hoffentlich würde Toma verstehen, dass dies nicht mehr als ein Abenteuer werden durfte. Liana mochte ihn. Sehr sogar. Aber sie lebten nun mal in zwei unterschiedlichen Welten, die nicht miteinander kompatibel waren.

***

Beim gemeinsamen Frühstück im Speisesaal war die Stimmung bestens, wovon sich sogar Teresa anstecken ließ. Die vergangene Nacht fand kaum Erwähnung, vielmehr waren sie thematisch bald bei der bevorstehenden Schatzsuche bei den Totans.

„Dieser Ilia ist in Gewahrsam, und von den Juneskrogs geht keine Gefahr mehr aus", sagte Toma. „Wir können es also riskieren, Griselda allein auf dem Gestüt zu lassen."

Teresa nickte sacht. „Aber wir sollten vor den Juneskrogs bei den Totans sein. Von Orest kann nämlich sehr wohl noch eine Gefahr ausgehen."

Toma seufzte. „Das ist nicht von der Hand zu weisen."

Nach dem Frühstück wollte Teresa Liana in einen der Bereiche des Anwesens führen, die sie noch nicht betreten hatte: den Turm.

„Willst du mir die Aussicht zeigen?"

„So ungefähr", antwortete Teresa.

Der Zugang zum Turm befand sich im Obergeschoss des Mittelhauses. Teresa, mit ihrem frisch bandagierten Fuß leicht humpelnd, ging voran, Liana folgte ihr durch eine unscheinbare Tür am Hauptlauf kurz vor dem Übertritt ins Wirtschaftshaus. Dahinter fanden sie sich in einem hohen Raum wieder, der halbseitig der Turmrundung entsprach. Entlang dieser Rundung führte eine steile Treppe zum Aussichtsplateau hinauf. Unten gab es zwei Fenster. An den grauweißen Wänden hingen Landschaftsgemälde. Mittig stand ein altes Klavier. Liana ahnte, warum. „Eine gute Akustik hier drin, was?"

Teresa nickte. „Ein Hall mit viel Körper."

Sie nahm Platz und spielte eine Melodie, die Liana Beethoven zuordnete. Tatsächlich eine interessante Klangfarbe. Das leicht verstimmte Klavier verlieh ihr noch zusätzlichen Charakter.

„Altertum, Verlorenheit, Einsamkeit und eine Prise Morbidität", verlieh Liana ihren Eindrücken Ausdruck.

Teresa beendete ihr Spiel und sah sie durchdringend an. „Tiefe würde ich noch hinzufügen", sagte sie. „Eine Tiefe wie die Weiten des Alls."

Liana schluckte überrumpelt. Sie wusste natürlich, worauf Teresa hinauswollte. „Es ist dir ernst, oder?" Eine Feststellung, keine Frage. „Ich könnte bei euch einziehen. Und hier drin würden wir komponieren und aufnehmen."

„Alles, was ich sage, ist mir ernst", antwortete Teresa. „Na ja, fast alles", räumte sie ein. „Du könntest hier einziehen, ja. Ob nun als Tomas Freundin, meine Freundin oder Stallknecht, was immer du magst."

Liana fühlte sich erneut überfahren. „Aber in Bukarest ..." Sie beendete den Satz nicht, weil sie nicht mehr wusste, was sie sagen wollte.

„Was ist in Bukarest?", erwiderte Teresa. „Nichts, was ich dort zurücklasse, wird mir wirklich und wahrhaftig fehlen." Sie atmete durch. „Allenfalls du", fügte sie hinzu.

Liana konnte nicht anders, als zu lächeln. „Das dürfte das Netteste sein, das du je zu mir gesagt hast.“

Teresas Miene blieb unwirsch. „Ich sage Sachen nicht, um *nett* zu sein.“

„Ich weiß“, entgegnete Liana. *Eine Eigenheit der Stadtbevölkerung*, fügte sie in Gedanken hinzu. „Das klingt, als hättest du deine Entscheidung getroffen.“

Teresa erhob sich vom Klavier und ging zu einem der Fenster. Draußen tat sich ein Teil der sonnenbeschienenen Koppel auf. Dahinter lag der bewaldete Steilhang der Südseite. „Bukarest war eine wichtige Erfahrung“, sagte Teresa. „Bisweilen auch eine schöne Zeit.“

Eine *wichtige Erfahrung*, eine *bisweilen schöne Zeit*, Liana musste sich zusammennehmen, um nicht loszuschreien. Ihrer Empfindung nach hatten sie dort fünf erfüllte Jahre verlebt, viel Freude gehabt und wundervolle Musik komponiert, und es schmerzte sie zutiefst, dass Teresa das nicht mehr wertschätzte.

„Aber derzeit ist der Gedanke, dorthin zurückzukehren“, fuhr Teresa fort, „befremdlich.“ Sie drehte sich zu Liana um, nun mit einem versöhnlichen Ausdruck. „Ich habe mich noch nicht entschieden. Ich behalte mir beide Optionen offen. Was ist mit dir?“

„Ich bezweifle, dass ich mehr als eine Option habe“, antwortete Liana aufrichtig.

„Du hast noch reichlich Zeit, es herauszufinden“, entgegnete Teresa und lächelte vage, als sie an Liana vorbei das Turmzimmer verließ.

***

Toma ritt auf seinem gestrigen Hengst, Liana und Teresa auf der Stute Ludmilla. Zehn Minuten vor dem vereinbarten Zeitpunkt trafen sie bei den Totans ein. Die gesamte Sippschaft hatte sich bereits im Mittelhof zwischen der Scheune und dem Badehaus versammelt. Ihre erst acht Monate alte Tochter trug Cosmina auf dem Arm. Toma und Teresa hatten auf Gewehre verzichtet, hier jedoch entdeckte Liana welche. Orest lud gerade eins, Achile schulterte ein anderes am Riemen – um notfalls Bären oder Wölfe vertreiben zu können, hoffte Liana, und nicht, um damit nachher auf die Juneskrogs zu schießen.

Die Begrüßung fiel herzlich aus. Cosmina stellte Liana und den zwei Silberhains den jüngsten Totan-Spross vor, und selbst Walfa hatte für die drei ein warmes Lächeln übrig, obgleich Teresa ihr gestern noch eine Flinte vor die Nase gehalten hatte. Einzig Orest verhielt sich etwas distinguiert. In seinem Fall empfand Liana das beruhigend. Ein übermäßig freundlicher Orest angesichts der gestrigen Vorkommnisse hätte ihr Misstrauen geweckt.

„Du bürgst für diese Leute?", rieb er Toma hin.

Toma verneinte. „Mitnichten, Orest", sagte er. „Ich bürge lediglich für die Vereinbarung, die wir mit ihnen und mit euch geschlossen haben."

Eine kluge Antwort, befand Liana. Damit stand er zu seinem Wort, geriet aber nicht abermals in die Schusslinie, sollten sich Nicolai oder Dina nicht an die Verabredungen halten.

„Für unseren Teil der Abmachung bürge ich", erklärte Achile aufgeräumt.

Liana hatte nichts anderes erwartet. An der Totan-Seite war damit alles geritzt, denn Orest würde sicher nicht das Wort seines Sohnes unterminieren. Wenn sich auch die Juneskrogs anständig verhielten, würde es gut laufen. Dann mussten sie nur noch einen Schatz finden.

Luxandra trat vor Teresa. „Du hast hier gestern was versäumt", sagte sie.

„Am Gestüt war auch was los", entgegnete Teresa.

Ihr Gegenüber nickte sacht. „Du hättest fast meine Eltern erschossen."

Teresa zuckte die Schultern. „Kann in den besten Nachbarschaften vorkommen."

Luxandras Lippen formten ein Lächeln, dem sich auch Teresa anschloss.

Wenig später kam ein dunkler Wagen den Kamm vom Dorf herabgefahren. An der Talsenke angekommen, bog er in die Zufahrt zum Totan-Gehöft ein. Derselbe hatte auch schon zweimal bei den Silberhains geparkt. Liana erspähte mindestens zwei Insassen, zweifellos Nicolai und Dina Juneskrog.

Etwa zehn Meter vor der Scheune hielt das Fahrzeug an. Nicolai Juneskrog stieg von der Fahrerseite aus. Dina blieb sitzen. Scheute sich wohl, den Menschen gegenüberzutreten, die sie beinahe abgefackelt hätte. Rücksichtslos und auch noch feige. Liana empfand nur Abscheu für sie.

Die Totans wiederum verachteten auch Nicolai, wie Liana in ihren Mienen zu lesen glaubte.

Nicolai kam gemessen näher. „Familie Totan, ich grüße Sie", sagte er bestimmt, aber nicht herrisch. „Mein Name ist Nicolai Juneskrog und ich hoffe, dank

der bemerkenswerten Gastfreundschaft und Integrität
der Silberhains können wir uns gütlich einigen."

"Gütlich einigen", raunte Orest und spuckte auf den
Boden. „Wir halten uns an die Abmachung, aber gütlich
einigen werden wir uns mit Brandschatzergesindel gewiss nicht!"

Nicolai nickte gewogen. „Meine Schwester wird sich
dafür verantworten", entgegnete er. „Auch das ist Teil
unserer Abmachung."

„Auf die wir bestehen werden", stellte Achile klar und
trat vor. „Mein Name ist Achile Totan. Hinter mir sehen
Sie meine Familie." Er wandte kurz den Kopf und überflog Liana und die beiden Silberhains. „Und gute
Freunde", fügte er hinzu.

Nicolai atmete durch und nickte abermals einvernehmlich. Einen Handschlag gab es nicht, doch der
Auftakt war gemacht. Auch Toma trat vor.

„Unseren gemeinsamen Erkenntnissen nach", sagte
er, „hat Lothar Juneskrog kurz vor seiner Enteignung
und Ermordung durch die Kommunisten noch etwas
Gold verstecken können. In seinem Badehaus hat er einen Teil der Information versteckt, die es braucht, um
das Versteck zu finden. Den anderen Teil schrieb er in
einen Brief, den wir Silberhains an Lothars Nachfahren
übergeben sollten." Toma sah von Nicolai zu Achile
und wieder zu Nicolai. „Es liegt nun an euch, diese für
sich allein nutzlosen Teilstücke zusammenzuführen."

„Ich habe Sie als Ehrenmann kennengelernt, Herr Silberhain", sagte Nicolai. „Und ich bin sicher, dass Sie
auch nur mit Ehrenleuten Abmachungen treffen würden." Er widmete sich Achile. „Deshalb bin ich bereit, in
Vorleistung zu gehen. In dem Brief hat mein Großvater

den Ausgangspunkt festgehalten. Es ist seinen Worten nach eine tausend Jahre alte Eiche."

Raunen und Gemurmel ging durch die Reihen der Totans.

„Ich danke Ihnen", sagte Achile. „Wir wissen, welche Eiche gemeint ist. Unter einer Fliese im Badehaus fanden wir den Hinweis auf die Entfernung. Elf Meter westwärts, fünf Meter nordwärts."

„Dann sollten wir zu ihr gehen", schlug Nicolai vor. „Ich habe Haue und Spaten im Kofferraum. Wie weit ist es?"

„Fünfzehn Minuten zu Fuß", antwortete Achile.

„Dann mal los", regte Florin mit sichtlicher Vorfreude an. „Gehen wir auf Schatzsuche." Auch er hatte eine Schaufel zur Hand.

Nicolai begab sich zum Kofferraum seines Wagens, und nun stieg auch Dina aus der Beifahrerseite. Liana entging nicht, dass Orest wachsam sein Gewehr ein wenig anhob, sei es nun wegen Dina oder der Möglichkeit, dass Nicolai eine Kalaschnikow aus dem Kofferraum holen könnte. Nicolai aber nahm lediglich, wie angekündigt, Pickel und Schaufel heraus.

Dina, mehrfach bandagiert, vor allem um ihr Knie, hielt sich an der Beifahrertür fest und stierte die Totans finster an. Ihre Miene ließ eine schlimme Beleidigung erwarten. „Es tut mir leid", sagte sie stattdessen, bevor sie, ohne eine Reaktion abzuwarten, wieder einstieg.

Nur vier aus den Reihen der Totans begaben sich auf Schatzsuche: Orest, Achile, Luxandra und Florin. Walfa, Cosmina und die Kinder blieben zurück. So auch Dina, für die ein Fußmarsch vermutlich zu beschwerlich wäre. Dass man ihr im Haus einen Tee reichen würde, bezweifelte Liana.

„Irgendwo bei dieser Eiche“, murmelte sie Teresa zu, „haben sich du und Luxandra doch mal vor einem Bären verkriechen müssen, oder? Gibt's in diesem Wald denn viele Bären?“

Teresa, noch leicht humpelnd, musterte sie grimmig von der Seite. „Keine Sorge, ich habe eine Pfeife dabei.“

Ein Scherz, dachte Liana. Das war Teresa Silberhain, aber das musste als Scherz zu verstehen sein. Die Silberhainerin gab sich diesbezüglich keine Blöße, aber Liana beschloss, dass es ein Scherz gewesen sein musste. Ansonsten wären zwei Gewehre vielleicht doch zu wenig.

Der Wald war nicht allzu dicht bewachsen. Auch Pferde kämen hier mühelos durch. *Bären auch*, fügte eine unheilvolle Stimme in Lianas Hinterkopf hinzu. Nach etwa zehn Minuten strammen Marsches rückte etwas in Sichtweite, das Lianas Augen weitete. Es war ein Baum, jedoch einer, wie sie noch keinen zuvor gesehen hatte. Der Stamm, wenngleich mittig gespalten, hatte einen beeindruckenden Durchmesser von bestimmt acht Metern. Angesichts dessen war er nicht allzu hochgewachsen, höchstens fünfzehn Meter, schätzte Liana, doch überwucherten seine beiden seitwärts treibenden Kronen mehrere benachbarte Bäume und Felsen und waren mit deren Austrieben verflochten. Ein bemerkenswerter Anblick, wenngleich der Baum nicht allzu gesund auf Liana wirkte. Etliche Äste trugen keine Blätter und sahen wie abgestorbene Fangarme und Klauen aus.

„Ein zäher, alter Bursche", kommentierte Achile mit einem anerkennenden Lächeln und sah zu Liana. „Hier haben sich unsere Eltern vor langer Zeit ihre Liebe geschworen."

„Unwichtig", raunzte Orest unwirsch.

Liana fuhr zu ihm herum. „Ganz und gar nicht", hielt sie dagegen. „Sondern das einzig Wichtige überhaupt."

Sie durchschaute, dass Orests bedrohliche Miene nur aufgesetzt war. Er ließ nun sogar ein Lächeln durchschimmern. „An die Arbeit jetzt!", befahl er nichtsdestotrotz brüsk. „Florin, das Maßband!"

Mit einer Maßbandspule ging Florin ans Werk. Luxandra lotete mit einem Kompass die Richtung aus. Sie führten den Trupp in einen beschaulichen Buchenhain in Steinwurfweite der alten Eiche.

„Hier sind wir", sagte Florin und bedeutete das leicht abschüssige Stück grasbewachsenen Waldes zu seinen Füßen. „Wenn wir die Angaben richtig interpretiert haben, ist das die Stelle." Es sah zu Nicolai. „Wollen Sie den ersten Spatenstich machen, Herr Juneskrog?"

„Ich lasse Ihnen gern den Vortritt", entgegnete Nicolai wachsam.

Florin, Luxandra, Nicolai und Achile begannen zu graben. Orest, sein Gewehr geschultert, verfolgte die Arbeit aus ein paar Metern Entfernung. Teresa stand bei ihm.

„Er hat nicht vor, Nicolai nach getaner Arbeit zu erschießen, oder?", wisperte Liana Toma zu.

„Das will ich nicht hoffen", antwortete Toma, wobei sich seine Lippen kräuselten. „Und ich glaube es auch nicht. Die Totans haben uns ihr Wort gegeben."

Gestern hatten Orest und Walfa ihre eigenen Kinder getäuscht, aber Liana wollte Tomas Einschätzung vertrauen.

Es war Nicolai, der nach etwa fünf Minuten gemeinschaftlichen Grabens und Pickelns fündig wurde. „Ein Stück Stoff", murmelte er und bückte sich.

Die anderen stellten ihre Arbeit ein und wandten ihm die Köpfe zu. Auch Orest kam nun näher. Nicolai förderte ein erdfarbenes Leinentuch zutage, wie es Liana schien, doch er zog es kaum einen halben Meter weit heraus. „Es ist ein Jutesack", sagte er. „Wir müssen ihn weiter ausgraben."

Die anderen halfen ihm, den Fund freizulegen, bis er von Nicolai und Achile herausgehievt werden konnte. Auch Liana und Toma gingen näher ran. Während Florin weiterhin im ausgehobenen Loch herumstocherte, ob sich vielleicht noch etwas fand, machte sich Luxandra daran, den Sack aufzuschnüren. Bis auf Florin hielten alle gespannt inne, als sie hineingriff und schließlich einen faustgroßen Stein herausholte. Liana hatte sich Goldnuggets anders vorgestellt – glänzender und vor allem goldener –, doch die Umstehenden schienen durchaus angetan von dem Fund. Luxandra hielt den Stein hoch, damit ihn alle sehen konnten. Tatsächlich glitzerte er punktuell, wenn ihn durch die Baumkronendecke Sonnenstrahlen trafen.

„So sieht also rohes Gold aus", murmelte Liana Toma zu.

„Unbearbeitet und noch im Stein", sagte Toma vage nickend.

„Was macht man jetzt damit?", fragte Liana.

„Man könnte die Brocken an eine Prägeanstalt verkaufen", antwortete Toma. „Aber die Totans sind wahrscheinlich handwerklich geschickt genug, das Gold vom Stein zu trennen. Auch in unserem Haus hat es früher eine Goldschmiede gegeben."

Liana musterte ihn fasziniert von der Seite, als Orest ein dröhnendes Lachen vernehmen ließ und damit ihre Aufmerksamkeit wieder auf sich zog. Er wühlte im Sack und nahm Stein um Stein heraus, um sie zu begutachten. Liana kannte die Preise goldener Ohrringe und Kettchen, doch was dieser Fund wert sein mochte, konnte sie nicht ermessen. Orests Gebaren nach war es wahrscheinlich ein kleines Vermögen. Nach einer Weile ließ er davon ab und widmete sich Nicolai, der die Szenerie merkwürdig distanziert verfolgte.

„Wir teilen den Fund auf, nicht das Gold", brummte Orest. „Ich will Sie und Ihre Schwester nach diesem Tag nämlich nie mehr wiedersehen. Wir wiegen den Sack auf unserer Waage."

„Darum hätte ich Sie gebeten, Herr Totan", entgegnete Nicolai ruhig.

Orest musterte ihn und nickte gemessen, so als hätte er gerade unwiderruflich über sein Gegenüber triumphiert. „Sie sollen Ihre Hälfte bekommen. Und dann verschwinden Sie."

Auch Nicolai nickte, einvernehmlich und kaum weniger gemessen.

***

Liana, Toma und Teresa waren dabei, als der Fund auf einer Waage in der Scheune der Totans gewogen wurde. Walfa und Cosmina erschienen nicht dazu, auch Dina hatte den noch an Ort und Stelle parkenden Wagen nicht verlassen, sondern die rückkehrende Prozession der Schatzsucher nur neugierig begutachtet. Von Nicolai kam ein versöhnliches Nicken, als er sie passierte.

„Zweiundvierzig Kilo und zwölf Gramm", verlautete Orest an Nicolai gewandt. „Damit stehen Ihnen einundzwanzig Kilo und sechs Gramm zu, Herr Juneskrog. Wollen Sie nachwiegen?"

Nicolai schüttelte den Kopf. „Das wird nicht nötig sein."

Orest nahm Hammer und Beitel aus einem Werkzeugschrank. „Na los, sacken Sie ein, Herr Juneskrog!", raunte er mit einer einladenden Geste, die schwerlich zu seiner unverwandt grimmigen Aura passen wollte. „Den letzten Stein werden wir spalten." Sein Blick fiel auf Toma. „Damit unser Herr Juneskrog mit keinem Gramm zu wenig von hier fortgehen muss."

„Vorbildlich, wie ich es von dir erwartet habe, Orest", gab Toma zurück.

Als Nicolai Juneskrog seinen Anteil im Jutesack seines Großvaters beisammenhatte, schaute er nacheinander in alle anwesenden Gesichter. Es schien, als wollte er noch etwas sagen, doch letztlich schwieg er eisern. Am längsten blieb sein Blick auf Toma haften, und Liana entging nicht, dass Nicolai ein Nicken andeutete, das nur als Danksagung zu interpretieren war.

„Ob seine Schwester sich wirklich der Polizei stellen wird?", stellte Florin zur Diskussion, als er, drei Totans, zwei Silberhains und Liana dem wegfahrenden Wagen hinterhersahen.

„Nicolai wird dafür sorgen", gab sich Toma überzeugt.

Aus Luxandras Blick sprach Skepsis. „Hältst du ihn wirklich für einen Ehrenmann?"

Zu Lianas Überraschung und wohl auch der meisten Anwesenden schüttelte Toma den Kopf. „Nein", sagte er. „Aber ich halte ihn für jemanden, der darunter leidet, keiner geworden zu sein."

Liana sah Teresa flüchtig ihre Augenbrauen hochziehen. Sie glaubte zu verstehen, worauf Toma hinauswollte. Das Schicksal hatte es mit den Juneskrogs weniger gut als mit den Silberhains gemeint. Doch es hätte damals unter dem schrecklichen Joch der Kommunisten auch gegenteilig laufen können, und nicht zuletzt in Toma hatte Nicolai Juneskrog jemanden kennengelernt, der er hätte sein können, wenn die Dinge anders gekommen wären. Nicolai Juneskrog war vielleicht kein Ehrenmann, doch er würde versuchen, einer zu werden.

„So, meine verehrten Silberhains und Liana", sagte Luxandra und musterte sie nacheinander. „Ruft Griselda an. Ihr seid bei uns zum Mittagessen eingeladen."

Kapitel 18: Der Schatz der Karpaten

„Wann lerne ich denn mal deinen Liebhaber kennen?", fragte Liana. „Das will ich nämlich. Seine Frau natürlich auch, die ja wirklich eine sehr gute Freundin von dir sein muss, wenn sie ihn mit dir teilt. Also, wann lerne ich sie kennen?"

„Gar nicht", raunte Teresa, konnte sich wegen ihres gehandicapten Fußes dem Gespräch jedoch nicht so forsch entziehen, wie es sonst ihre Art wäre.

Sie hatten den Nachmittag in einem von den Silberhains bewirtschafteten Pflanzgarten nördlich des Gestüts verbracht. Es gab da auch eine kleine Hütte mit Werkzeugschuppen. Anders als beim Landsitz schien dort sogar nachmittags lange die Sonne. Beim Rückweg entlang der westlichen Talseite hatte Liana einen Blick auf die seit Jahrzehnten verschlossene Goldmine der Silberhains werfen können.

„Nein, da ist nichts mehr zu holen", hatte Toma Lianas Frage beantwortet. „Ich bezweifle außerdem, dass ich für diese Arbeit gemacht wäre. Es ist schrecklich dunkel und stickig da drin."

Nun befand sich Liana auf Teresas Fersen von den Ställen ins Mittelhaus.

„Warum nicht?", erwiderte Liana brüskiert.

„Weil sie uns nicht besuchen kommen und ich dich nicht mitnehme, wenn ich sie besuche", stellte Teresa klar.

Liana war es ein Genuss, nicht lockerzulassen. „Ich habe die Totans kennengelernt", sagte sie. „Ich will auch deine anderen Freunde hier kennenlernen."

Teresa hielt abrupt inne und fuhr zu ihr herum, die übliche Unerbittlichkeit im Ausdruck, hinter dem sich jedoch viel Herzlichkeit verbarg, wie Liana wusste.

„Zu gegebener Zeit vielleicht", erklärte Teresa abschließend.

„Fantastisch, wann wird die sein?", erwiderte Liana.

Geduldig nahm Teresa einen Atemzug. „Na gut, du bist noch eine Weile hier, es wird sich bestimmt eine Gelegenheit finden."

„Ich bestehe darauf", erklärte Liana bestimmt.

Sie begaben sich in den grobschlächtigen Waschraum, der vor allem nach intensiven Stallarbeiten benutzt wurde und um Werkzeug und Sättel zu säubern. Teresa verfrachtete ihre Stiefel auf einen Rost. Arbeitshose und Bluse wanderten in einen Waschkorb. Liana tat es ihr nach. Wie Teresa nur noch in Unterwäsche, musterte sie ihre Freundin.

„Weiß Toma", setzte Liana an, „dass du und ich ... gelegentlich ... nun ja ..."

Teresa taxierte sie. „Dass du und ich gelegentlich im Bett Spaß zusammen gehabt haben?"

Liana nickte verhalten.

„Weiß er", fuhr Teresa fort. „Hab ihm alles über dich erzählt, bevor ich ihm zugemutet habe, eine Freundin von mir aus Bukarest bei sich auszuhalten."

Liana runzelte die Stirn und gab einem Lächeln nach.

„Was ist so komisch?", fragte Teresa.

„Nicht komisch", entgegnete Liana. „Eher wunderbar. Wunderbar einfach."

Nun ließ Teresa nicht locker. „Was ist wunderbar einfach?"

Liana witterte, dass sie mit den falschen Worten jetzt auch in ein Fettnäpfchen treten konnte. „Euer offener Umgang. Nicht nur zwischen dir und Toma. Auch mit den Totans. Man sagt einfach, was man denkt und fertig."

„Das sollte der Sinn von Konversationen sein", quittierte Teresa und schlüpfte in ihre Hausschuhe.

Wie wahr, dachte Liana und folgte Teresa ins deutlich wohnlichere Badezimmer im Wohnhaus.

Den Abend verbrachte Liana mit den Silberhain-Geschwistern im Salon, wo sie bei einer Flasche Wein nun tatsächlich das Kartenspielen nachholten.

„Selbst wenn nur ein Zehntel des Gesteins aus Gold besteht", sagte Toma, „dürften Juneskrogs wie Totans eine Weile sorgenfrei davon leben können."

„Vor allem", ergänzte Liana zufrieden, „haben die Totans nun die Mittel, ihr Badehaus zu sanieren."

„Ich schätze, da werden wir uns künftig noch öfter aufhalten", meinte Toma schmunzelnd. „Nicht zuletzt, um unsere wiedergefundenen Freundschaften zu pflegen."

Liana lächelte und senkte gleichwohl den Blick. *Wir*, hatte er gesagt. Er und Teresa wahrscheinlich. Oder sollte auch sie, Liana, damit inbegriffen gewesen sein? Und wenn ja, wie sollte sie damit umgehen? Ging Toma nach ihrer gemeinsamen Nacht davon aus, dass sich etwas zwischen ihnen entwickelte? Und wünschte sich das Liana nicht sogar? Sie hatte noch mehr als eine Woche Zeit, um sich darüber klarzuwerden.

Die Nacht verbachte Liana abermals mit Toma. Am folgenden Vormittag verweilte sie unter dem Dach des Turms und lauschte Teresas Klavierspiel am Fuß der Treppe. Hier oben hatte der Klang noch eine zusätzliche Nuance Hall, Diffusität und Nostalgie. Teresas gefühlvolles Spiel in Verbindung mit der betörenden Aussicht durch die vier Fenster – eines pro Himmelsrichtung – ging Liana unerwartet nah. Sie hatte längst begonnen, eine Faszination für das Leben hier zu entwickeln. Es sich auf Dauer vorzustellen, fiel ihr dennoch schwer. Doch sich auf eine neue Welt einzulassen, musste nicht zwangsweise bedeuten, die andere gänzlich aufzugeben, überlegte sie. Teresa wollte das wohl so handhaben, doch Lianas Dafürhalten nach spräche nichts dagegen, zwischen den Welten zu wechseln.

Auch als Teresa den Turm verließ, verblieb Liana auf der Plattform unter dem Dach. Die weiten und nur sanft ansteigenden Waldhänge im Osten badeten in der Vormittagssonne. Sie beschien auch einen Teil des dichten Walls im Süden, durch den die schmale Straße zum Dorf hinaufführte. Im Westen stieg ein ebenso steiler Hang an, der jedoch mehr von Klippen und Felsen als von Wald durchsetzt war. Nordwärts wiederum lagen die sonnenverwöhnten Ebenen und Täler, von denen Liana gern noch mehr sehen wollte.

Hier gab es weder Bars noch Clubs, geschweige denn Festivals wie entlang der Donau, doch unzweifelhaft war es eine inspirierende Gegend und der Turm ein allzu verführerisches Ambiente für Aufnahmen.

Nichts, was ich dort zurücklasse, wird mir wirklich und wahrhaftig fehlen, hatte Teresa über Bukarest gesagt. Das würde Liana keinesfalls so unterschreiben, doch auch sie hatte begriffen, dass ihre wertvollste Errungenschaft in dieser Stadt Teresa war. Teresa aber würde dort nicht mehr sein, so wie es aussah. Sie würde hier sein. Wie auch Toma.

Liana seufzte, während sich ihr Blick in der Ferne verlor. Eine Zweitexistenz in den Karpaten würde bedeuten, dass sie ihre Arbeit für ihr Musik- und Kulturjournal zurückfahren musste. Vielleicht aber gar nicht mal so sehr. Artikel verfassen konnte sie überall, wenn sie nur ausreichend Input hatte. Um neue Alben probezuhören, zu besprechen und zu rezensieren, war sie ebenfalls nicht örtlich gebunden. Das ginge sogar während einer Zugfahrt. Lediglich Interviews, Konzertberichte, Ausstellungen und dergleichen würden sich schwieriger gestalten. Dieser Preis aber erschien Liana inzwischen nicht mehr sehr hoch.

Mit einem Lächeln auf den Lippen dachte sie an ihren Bandkollegen Grazian. Um die Abtrünnige ihres Trios zurückzuholen, war sie in die Berge gereist. Stattdessen stand nun in Aussicht, dass auch sie, Liana, sich in Bukarest rarer machen würde. So weit war es zwar noch nicht, doch Toma gab ihr eindeutige Signale. Nichts lag Liana ferner, als ihm das Herz zu brechen. Dies war vor allem auch Teresas Sorge. Dazu würde es wohl kommen, sollte sich Liana nun auf ihn einlassen, nur um dann in sechs Monaten festzustellen, dass dies doch nicht das Richtige für sie war. Gleichwohl, dieses Risiko ließ sich niemals völlig aus der Welt schaffen, weder aus dieser noch aus der anderen. Toma war sich dessen bewusst, und er war offensichtlich bereit, es einzugehen. Liana war es auch.

ENDE

Recherchematerialien

Anton Valentin: Die Banater Schwaben, München 1959, Zweite Auflage herausgegeben im Auftrag der Landsmannschaft der Banater Schwaben aus Rumänien e. V. von Dr. Anton Peter Petri, München 1984,
Franz Stanglica, Wien: Steierdorf im Banat, Bad Vilbel bei Frankfurt/Main 1982, S. Hirzel Verlag, Stuttgart.